Die Geschenke meiner dunklen Seele. Simone Gütte

AF220827

SIMONE GÜTTE

Die Geschenke
meiner dunklen Seele

Roman

Impressum

© 2021 Simone Gütte
Lektorat/Korrektorat: © Franziska Junghans, Ka&Jott GbR
© Cover und Umschlaggestaltung: Laura Newman –
design.lauranewman.de
Herstellung/Verlag: BoD – Books on Demand, Norderstedt
ISBN: 978-3-7534-4404-8

Bibliografische Information der Deutschen
Nationalbibliothek:
Die Deutsche Nationalbibliothek verzeichnet diese
Publikation in der Deutschen Nationalbibliografie; detaillierte
bibliografische Daten sind im Internet über
http://dnb.dnb.de abrufbar.

Inhalt

In der Geborgenheit des Universums

Eins

Larry kippte ein Glas Wein auf ex und torkelte zur Garage. »Claire Sue, wo steckst du? Wir dürfen das Firmenjubiläum nicht verpassen. Das kann ich mir nicht leisten.«

Ärgerlich sah ihm Claire hinterher. »Firmenjubiläum? Das soll wohl ein Witz sein. Dir ist klar, dass die Whiskey schmuggeln, oder? Die strecken das Zeug und liefern es an illegale Kneipen. Dafür wollen sie dich. Wenn du beim Schmuggeln erwischt wirst, wanderst du ins Gefängnis!«

»Misch dich nicht in meine Angelegenheiten ein!«, gab Larry barsch zurück und bereute es sogleich. In etwas milderem Tonfall fuhr er fort: »Versteh mich bitte, wir brauchen das Geld. Ich tue das für uns. Vertrau mir.« Flehentlich blickte er seine Frau an.

Er hatte Angst, das wusste Claire Sue. Sein Boss war ein hohes Tier im Whiskeygeschäft, und Larry wollte seinen Job um jeden Preis behalten. Das Haus, ihr Lebensunterhalt, sie selbst – alles war von seinem Geld abhängig.

Schon immer hatte sie zu ihm aufgeschaut. Sie bewunderte seine Entschlusskraft, seine Unabhängigkeit, seine Energie, die Dinge anzupacken. Larry war ihre große Liebe. Seit seiner Anstellung in Fosters Zementfabrik kamen ihm diese Eigenschaften zunehmend abhanden. Claire hatte dies mit Unbehagen beobachtet, wagte jedoch keinen Widerspruch.

»Ich stehe dir bei Larry, aber sag das ab. Wir schaffen das. Ich bitte meine Eltern um Geld.«

»Harriet und John?«, fragte Larry und blickte an ihr vorbei. »Bei unserer Hochzeit musste ich versprechen, für dich zu sorgen, erinnerst du dich? Und John um etwas bitten? Das kannst du vergessen. Von Anfang an hat er behauptet, ich wäre nicht der Richtige für dich. Ich ließe dir keine Freiheit und so einen Blödsinn. Nein, wir müssen das allein regeln. *Ich* muss das allein regeln.«

Er wandte sich um und stieg in den alten Ford V8. Claire folgte ihm widerwillig.

So langsam komme ich mir wie ein Anhängsel vor, dachte sie missmutig. *Meine Meinung zählt nicht.*

Sie sah kurz zurück. Seit sie sich das Haus am Stadtrand geleistet hatten, waren sie hoch verschuldet. Dennoch, es war falsch, ja, es war verboten, Whiskey zu schmuggeln. Foster würde nie ein Risiko eingehen, war sie sich sicher. Larry mit seinem Schuldenberg würde er leicht überreden können.

Die Weltwirtschaftskrise macht die Menschen zu Kriminellen, wusste Claire.

Seufzend nahm sie auf dem Beifahrersitz Platz. Ohne ein weiteres Wort startete Larry den Wagen und fuhr zur Lagerhalle, die Foster eigens für das »Firmenjubiläum« gemietet hatte.

Foster und seine Frau Jude begrüßten das Ehepaar überschwänglich. Obwohl Larry noch nicht zugesagt hatte, war sich Foster seiner Sache sicher. Er klopfte ihm auf die Schulter. »Erfreulich, dass Sie unserer Einladung gefolgt sind. Folgen Sie mir. Claire Sue, Sie können am Tisch meiner Frau Platz nehmen.«

Claire spürte Judes Blicke, die über ihre Frisur und ihr schlichtes Kleid glitten bis hinab zu ihren abgewetzten Sandaletten. Claire wusste, sie war weder modisch noch dem Anlass entsprechend gekleidet. Jude entließ sie mit einem knappen Kopfnicken und begrüßte weitere Gäste.

Kurze Zeit später lehnte Claire an einem Eisenträger der Lagerhalle, hielt ein Rotweinglas in der Hand und beobachtete die Männer. Sie standen abseits der übrigen Gäste. Larry war vom Wein zum Whiskey übergegangen und unterhielt sich hitzig mit seinem Boss.

»Etwas Wein?«, fragte ein Kellner und präsentierte ihr die Flasche.

»Nein, danke. Ich habe noch«, entgegnete sie. Sie bemühte sich, Larry und Foster nicht aus den Augen zu verlieren, denn das Gedränge in der Halle nahm zu.

»Kein schöner Umgang, nicht wahr, Mrs. Claire?«

Erstaunt sah sie den Kellner an. »Woher kennen Sie meinen Namen?«

Der Kellner lächelte nur und hob die Schultern. Dann wandte er sich anderen Gästen zu, schlenderte langsam durch die Halle und sah gelegentlich zu ihr herüber.

Obwohl sie sich geschmeichelt fühlte, erfasste sie ein unterschwelliges Unbehagen. Das »Firmenjubiläum« nahm an Lautstärke zu. Die Gäste grölten umso lauter, je betrunkener sie wurden.

Sie blickte zu Larry und Foster, die an einem Tisch Platz genommen hatten und sich eifrig besprachen. Naiv, als würde sie nichts im Schilde führen, gesellte sie sich dazu.

Die beiden blickten auf, das Gespräch erstarb.

»Geht's gut?«, plauderte sie und nahm einen kräftigen Schluck Rotwein.

»Madam, wäre es für Sie nicht angenehmer, sich mit den anderen Damen der Gesellschaft zu unterhalten?«, fragte Foster.

Claire schüttelte den Kopf. »Ich kenne hier niemanden.«

»Larry, seien Sie so freundlich, geleiten Sie Ihre Frau zum Tisch meiner Jude. Sie kümmert sich um alles Weitere.«

»Ich mag Jude nicht«, wandte Claire ein, ermutigt vom Rotwein. Sie sah die wütenden Blicke der Männer und drehte ihnen den Rücken zu.

»Halten Sie sie an der Leine, wenn Sie wollen, dass unser Geschäft zustande kommt«, hörte sie Fosters ärgerliche Stimme.

Larry packte Claire am Arm und zog sie hinter sich her. »Du machst alles kaputt«, zischte er. »Ich stehe kurz vor dem Abschluss. Hol dir noch ein Glas, wenn du dich nicht zu Jude setzen magst. Aber verschwinde.« Er ließ ihren Arm los und ging zurück.

»Ich würde alles tun, damit Sie auffliegen, Foster!«, rief Claire.

Alle halbwegs nüchternen Blicke richteten sich auf sie.

»Dann war Ihr Mann die längste Zeit hier angestellt gewesen«, brüllte dieser zurück.

Wütend schlug Larry mit der Faust auf den Tisch.

»Raus!«, schrie er Claire an. »Geh zum Wagen!« Seine Stimme klang rau und alkoholgeschwängert.

Claire starrte ihn wütend an.

»Unglaublich Larry, das lassen Sie sich gefallen? Was sind Sie für eine Memme?« Foster lachte und wollte gar nicht mehr aufhören.

Er verstummte abrupt und machte eine auffordernde Kopfbewegung. Einen kurzen Moment später spürte Claire einen Schlag auf dem Kopf und fiel zu Boden.

Als sie zu sich kam, saß sie auf dem Beifahrersitz des Ford V8. Ihr Kopf schmerzte. Neben ihr bewegte sich jemand. Sie blickte zur Fahrerseite und erkannte den Kellner, der ihr den Rotwein angeboten hatte.

Entschuldigend hob er die Schultern. »Ich hatte Sie gewarnt, Mrs. Claire. Kein guter Umgang hier.«

Claire starrte ihn an und fuhr sich über den Hinterkopf. Sie spürte Feuchtigkeit zwischen den Fingern. Der Schlag hatte eine schmerzende, blutende Platzwunde verursacht. Wer ihr den Schlag verpasst hatte, wusste sie nicht.

»Mein Name ist Howard Wyland, Mrs. Claire«, stellte sich der Kellner vor. »Wenn Sie möchten, fahre ich Sie nach Hause. Larry hat sich für seinen Weg entschieden. Aber Sie können immer noch umkehren.«

Irritiert von seinen Worten und der vertraulichen Ansprache, suchte Claire nach einer Antwort.

In diesem Moment gab es einen Knall und die Frontscheibe des Wagens zersplitterte. Claire duckte sich instinktiv. Howard sank lautlos neben ihr zusammen.

Claire wollte schreien, aber sie brachte keinen Laut heraus. Zitternd und stumm starrte sie ihn an, bis jemand sie aus dem Auto zerrte. Es war Larry, der sie aus trüben Augen anblickte.

»Du machst alles kaputt. Die ganze Welt verlacht mich wegen dir. Dabei habe ich dir immer jeden Wunsch erfüllt!« Eigenartigerweise sprach er glasklar und ohne zu lallen, dann machte er kehrt und wankte davon.

Wie habe ich dich einst geliebt, Larry. Mir gegenüber spielst du den Boss, aber anderen ordnest du dich unter!

Sie betrachtete Howard, der aussah, als schliefe er nur, wäre da nicht das rote Rinnsal, das ihm über die Stirn lief. Sie fing an zu schluchzen.

Wie kann ich umkehren? Ich kenne meinen Weg nicht, machte sich ein Gedanke in ihrem Kopf breit.

Stoßweise nehme ich meinen Atem wahr, als ich die Augen aufschlage. Ich stütze mich hinterrücks an einer dehnbaren Außenhülle ab und komme wackelig auf die Beine. Meine dunklen Haare hängen wirr im Gesicht und nehmen mir die Sicht. Fahrig wische ich sie beiseite.

Das war ein Traum, denke ich dankbar, *nur ein Traum.*

Weder Larry noch Foster oder Howard sind in meiner Nähe. Es gibt kein Firmenjubiläum und keine zerschossene Windschutzscheibe. Ich lebe nicht mehr im Chicago der 1920er Jahre. Ich lege eine Hand auf meinen Brustkorb, um mich zu beruhigen.

Mein letztes Erdenleben war eine Katastrophe. Als Seele hatte ich die simple Aufgabe, mithilfe meines lichthellen Kleides meine Claire Sue auf ihrem Lebensweg zu leiten. Stattdessen bin ich vorzeitig ergraut: Ich konnte ihr Herz nicht mehr erreichen, mein Kleid war erloschen. Claire Sue verlor ihr Selbstvertrauen, das Vertrauen in ihre Seelenführung. Sie musste sich allein durchschlagen, als sich Gatte Larry aus dem Staub gemacht hatte. Über Howard Wylands Tod kam sie nie hinweg. Ohne Selbstvertrauen durchs Leben zu gehen, ist wie auf einem Bein zu hopsen und zu hoffen, irgendwie im Tritt zu bleiben. Es funktioniert nicht.

Wie schön ist da die Weite des Universums. Gemeinsam mit anderen Seelen kreise ich durchs All. Wir sehen aus wie ein Teppich flirrender Staubteilchen. Aber halt, hier stimmt etwas nicht.

Ich stecke in einer Blase! Und Blasen bilden sich nur, wenn eine Trennung von den anderen Seelen bevorsteht. Außerdem sind Träume kein gutes Vorzeichen. Erinnert sich eine Seele an ihr Vorleben, steht ihr eine Neubeseelung bevor. Ich zucke zusammen, als mir dieser Zusammenhang bewusst wird. Nervös schaue ich mich um. Wie geht es anderen Seelen im All? Vereinzelt schweben bereits ein paar der dehnbaren, durchsichtigen Seelenfahrzeuge umher, aber es gibt keine Hektik, keine Aufbruchsstimmung.

Ich beschließe, es mir in meiner Blase bequem zu machen, denn ich kann, muss aber nicht zur Erde zurückkehren. Das entscheide ich. Bereits in vielen Erdenleben habe ich an den unterschiedlichsten Orten als Mensch

Erfahrungen gesammelt. Das reicht vorerst. Ich habe keine Lust auf eine Neubeseelung.

In der Geborgenheit des Universums fühle ich mich wohl. Ich lehne mich in meiner Blase zurück und verfolge den Lauf der Gestirne, die durch das tintenblaue All ziehen, beobachte die mannigfachen Sonneneruptionen, die aufblitzenden Lichter und flirrenden Farben meiner Heimat.

Um mich von meinem Albtraum abzulenken, betrachte ich das Sternbild Orion, das nur wenige Lichtmomente von mir entfernt liegt. Schon von Weitem blinken mir die strahlenden Riesensterne des schönsten Sternbilds im Universum entgegen: Sirius, der hellste Stern am Nachthimmel, Rigel im kühl eisblauen Gewand und Betelgeuse, die linke Schulter des Jägers Orion. Dem Roten Überriesen steht bald eine Supernova bevor. Mit seinem grandiosen Schauspiel aus pulsierendem Feuer und gleißenden Lichtexplosionen unterhält er die gesamte Milchstraße.

Allerdings kann ich meine Blase nicht in diese Richtung steuern. Als ich mich umdrehe, erkenne ich auch, warum. Ein Wesen mit einer dunklen Wallemähne bis zu den Hüften hängt frei im Raum und hat seine Griffel in meine Blase geschlagen. Es hält mein Fahrzeug fest.

»Hüte dich vor Dunkelseelen! Es ist ihre Zeit«, flüstert es.

Es zieht eine Hand heraus und zeigt zu meinen Füßen. Unterhalb meiner Behausung rauschen Myriaden von Sternschnuppen vorbei. Und nicht nur das. Mein Kleid beginnt milchig-weiß zu flackern ebenso wie das Gewand des geisterhaften Wesens. Kein Zweifel, es ist – genau wie ich – eine Seele, der eine Erdenrückkehr bevorsteht.

Worauf sie mich hinweisen will, ist klar. Albträume, die vergangene Fehler zeigen, Sternschnuppen, die Glück auf Erden ankündigen und mein aufflammendes Kleid als Wegweiser durchs Hier und Jetzt eines Menschen – das alles sind Vorboten, die auf eine Neubeseelung hindeuten.

»Ich habe mich entschieden, nicht zur Erde zurückzukehren«, sage ich.

Die Seele lächelt. Kleine, rund anmutende weiße Zähne blitzen in ihrem Gesicht auf.

»Wir müssen aufpassen, dass keine mit uns fliegt«, warnt sie mich, ohne meinen Worten Beachtung zu schenken. Sie schaut über die Schulter zurück. »Dunkelseelen verstecken sich inmitten der unzähligen Lichtquellen, hüllen sich in Nebel und Staubwolken. Eine Blase ist für sie überhaupt kein Problem, daher reise ich ohne dieses Gefährt. Sie piken sich mit ihren Fingern durch – und schwupp – hat man eine am Kleid. Schmerzseelen werden sie genannt, weil sie frühere Fehler und Schmerzen aufpoppen lassen. Sie ernähren sich von Ängsten und verletzten Gefühlen.«

Reflexartig schaue ich auf mein Kleid. Ein Glück, es hat sich keine verfangen. Als ich den Kopf hebe, ist die Seele verschwunden. Meine Blase schwebt frei im Raum.

Zwei

Mein Kleid leuchtet mittlerweile so hell wie die Venus am Abendhimmel und fordert meine Erdenrückkehr geradezu heraus. Von meiner Blase aus beobachte ich, wie Seelen aus allen Quadranten des Universums zu einem Punkt streben. Die Pforte des Vergessens.

Sollen sie nur! Ich setze eine Runde aus.

»Du bist ein Bild des Jammers«, lästert jemand.

Ich zucke zusammen und wende mich der Stimme zu. Sie klingt, als ob sich jemand ein Tuch vor den Mund halten würde, und zudem ganz schön überheblich. Niemand ist zu sehen.

»Eine Heulsuse, die sich in einer Blase eingerichtet hat«, fährt die Stimme im selben Tonfall fort. »Dein Licht ist damals – puff – zusammen mit deinem Selbstvertrauen erloschen! Warum machst du dich klein und verbirgst dein Licht unter einem Felsbrocken? Gefällt es dir in deinem Jammertal? Wie konnte es nur so weit kommen?«

Ich muss schlucken. Bin ich gemeint? »Das geht dich gar nichts an!«, rufe ich in die Tiefen des Alls.

Ich ernte ein paar fragende Blicke vorbeifliegender Seelen.

»Hast du dich angesprochen gefühlt?«, fragt jemand neben mir. Ich erkenne die Seele mit der Wallemähne.

»Nein«, flunkere ich.

»Du bekommst für dein Erdenleben einen Koffer«, teilt sie mir aufgeregt mit. »In früheren Leben gab es so etwas nicht. Aber auch wir reisen mit der Zeit.«

»Ich hatte dir bereits gesagt, dass ich nicht zur Erde zurückkehre«, antworte ich.

»Doch«, beharrt sie und zeigt auf mein leuchtendes Kleid. »Ein deutlicheres Zeichen gibt es nicht.«

»Ich habe mich dagegen entschieden!«

»Du wirst deinem Menschen eine großartige Ausstrahlung verleihen«, versucht sie, mich zu überreden.

Das weiß ich alles. Mit den neugierig blickenden Augen, den fein geschwungenen Lippen und der – wie ich finde – etwas zu lang geratenen Nase, sehe ich meiner Claire Sue ähnlich.

»Da vorne gibt es die Koffer«, ruft die Wallemähne. Mit einer unheimlichen Fingerfertigkeit öffnet sie meine Blase und zieht mich am Arm heraus.

»Hast du Sternenstaub in den Ohren? Ich werde nicht zur Erde reisen!«, schimpfe ich, während ich versuche, meinen Arm aus ihrem Klammergriff zu ziehen. Vorsichtshalber hält sie diesen mit beiden Händen fest und schleppt mich hinüber zu der hochgewachsenen Gestalt eines Seelenmentors. Vor ihm stoppen wir. Meine übergriffige Begleiterin lässt endlich los und wartet in gebührendem Abstand, bis sie dran ist.

Durchdringend schaut mich der Seelenmentor an. Die Kontaktaufnahme mit ihm erfolgt auf telepathischem Wege, damit niemand lauschen kann, welche Erlebnisse und Katastrophen eine jede Seele hinter sich hat. Es sind zum Teil tiefsitzende, herausfordernde Ereignisse, die in den Seelenebenen eingebrannt sind. Außerdem ist es streng geheim, welche neuen Aufgaben verteilt werden, um diese Verletzungen zu heilen. Er drückt mir einen

Koffer in die Hand.

»Du bist vorzeitig ergraut, liebe Seele, als du während deines Menschseins dein Selbstvertrauen und damit das Vertrauen ins Leben verloren hast«, bringt er mein Dilemma auf den Punkt. »Mit den Werkzeugen, Talenten und Fähigkeiten in deinem Koffer kannst du es zurückgewinnen. Obendrein erhältst du für dein nächstes Leben wertvolle Geschenke.«

»Ich möchte derzeit kein Erdenleben antreten«, gebe ich ihm ebenfalls auf telepathischem Wege zu verstehen. »Das letzte hat mich mein schönes Kleid gekostet. Wie ein verrußter Fleckenteppich sah ich aus, als ich nach Hause ins All zurückgekehrt bin. Auf Erden habe ich sehr gelitten. Ich habe alles falsch gemacht, was man nur falsch machen kann. Habe den Mund aufgemacht, als es besser gewesen wäre, zu schweigen. Habe geschwiegen, als ich hätte sprechen sollen. Ich habe das Vertrauen in meine eigene Intuition verloren. Hier, in den wohltuenden Weiten des Universums, brauche ich zum Glück weder Intuition noch Vertrauen.«

Mein Seelenmentor betrachtet mich ernst. »Genauso war es, liebe Sonnenseele. Aber dein Mensch auf Erden benötigt Selbstvertrauen und deine intuitiven Gaben.« Er macht eine Pause, um meine Reaktion abzuwarten.

Sonnenseele. Unsicher blicke ich an mir herab. Mein Seelenkleid leuchtet. Es ist das Nonplusultra, es macht mich überhaupt erst zu einer Sonnenseele. Denn es ist nichts Geringeres als die Essenz eines Menschen, seine Wirkung in der Welt, sein Lebensatem. Jede Eingebung schicke ich hell und klar zu ihm. Daher ist es wichtig, das Seelenkleid rein zu halten. Es ist der Wegweiser durch ein Leben.

»Auf der anderen Seite verstehe ich dich«, fährt er fort, als ich nicht antworte. »Daher habe ich mir etwas überlegt. Du wirst einen neuen Seelenort kennenlernen. Einen, den du lieben wirst und wo du in aller Ruhe deine Hausaufgaben machen kannst. Es geht nicht mehr ums Überleben, sondern um Leben. Was sagst du?«

Klingt ganz gut, aber das will ich nicht zugeben.

»Du beseelst Clara Susann Wunderlich, die am fünften Oktober 1999 geboren wird. Ich schenke dir den Weg des Lernens und der Beziehung.«

Er zeigt nach vorn. Ein gleißendes Licht füllt einen Torbogen aus. Er gehört zur besagten Pforte des Vergessens. Wenn ich sie passiere, werde ich alles vergessen, was einst war und frei von Erinnerungen zur Erde gelangen.

»Öffne den Koffer und lies dir in aller Ruhe die Botschaften durch«, fährt er durch Gedankenübertragung fort. »Und dann entscheide dich.«

Er lässt mich schwebend im Raum zurück und wendet sich meiner Begleiterin zu, die schon ungeduldig hinter uns herumschwirrt. Auch ihr übergibt er einen Koffer und erklärt ihr, was sie auf Erden erwarten wird.

Mit beiden Händen halte ich meinen fest und schaue mich um. Das ist die Chance. Während alle ihre Koffer in Empfang nehmen oder bereits auf das Tor des Vergessens zuhalten, könnte ich entschweben. Zurück zu meiner Blase. Aber wo ist sie?

In diesem Moment umkreist mich das Farbenspiel des Universums, als wäre ich der Mittelpunkt des Alls. Wie fremdgesteuert öffne ich den Koffer. Ein Gegenstand blitzt mir entgegen, und ich kneife kurz die Augen zusammen. Es ist ein Spiegel.

Ich nehme ihn heraus und schaue in Claire Sues zartrosa Gesicht. Zwei rehbraune Augen, das große Näschen, der geschwungene Mund. Sie lächelt mich im Spiegel an, pustet sich eine schokobraune Haarsträhne aus der Stirn, zeigt mir die Zunge, zwinkert mir zu, schaut ernst zurück. Sie atmet. Sie lebt durch meine Beseelung. Durch viele Existenzen habe ich meine Claire Sue schon geführt. In dieses Leben möchte sie als Clara Susann starten. Tränen steigen mir in die Augen. Ich habe keine Wahl. Ich weiß nur, dass ich es diesmal besser machen muss. Ich bin es ihr schuldig, dass sie ihr Selbstvertrauen zurückgewinnt. Denn ich liebe meine Clara Susann. Und wenn ich liebe, habe ich keine andere Wahl, als zu leben.

Drei

Ich halte mich abseits der umherfliegenden Seelen hinter einem unscheinbaren Asteroiden versteckt und nehme einen Papierbogen aus dem Koffer. Auf diesem sind meine Seelenaufgaben festgehalten, die Erfahrungen, die ich als Seele im menschlichen Körper von Clara Susann machen werde. Still lese ich, welche Herausforderungen es in ihrem Leben zu meistern gilt.

Herausforderungen:
Gewinne Vertrauen ins Leben. Das schaffst du, indem du mutig und ehrlich vorangehst.

Dies sind deine Werkzeuge, die dir helfen werden:
Du liebst Abwechslung und Vielfalt. Du entwickelst Einfühlungsvermögen durch Empathie. Du probierst gern Neues aus. Du liebst die Menschen, die Tiere, die Natur und die Jahreszeiten.

Dein Gewinn:
Du lernst die Sorgen und Nöte deiner Mitmenschen kennen, verstehst ihre Beweggründe und entwickelst Verständnis. Das hilft dir, zu verzeihen. Das wird nicht nur deine Mitmenschen erlösen, sondern auch dich. Dieses Leben kann dich einen großen Schritt nach vorne bringen, wenn du alte Gewohnheiten aufgibst und dich neuen Erfahrungen zuwendest.

Wie du deine Ziele erreichen kannst:
Verlasse den Weg des geringsten Widerstands. Höre auf, es anderen recht machen zu wollen. Übernimm Verantwortung für dein Leben. Sorge für dich, dann sorgst du gleichzeitig für alle um dich herum.

Das klingt besser, als ich dachte. Es klingt sogar einfach. Aber es bleibt kryptisch. Ich verstehe nicht, wie ich Claras Selbstvertrauen zurückerlangen soll. Stirnrunzelnd lege ich das Blatt Papier in den Koffer zurück.

In meinem Reisegepäck befinden sich auch Claras Talente und Charaktereigenschaften. Ich werfe einen Blick darauf und atme sie tief ein. Nun stehen sie mir intuitiv zur Verfügung, ich kann sie jederzeit abrufen. Sollte ich wirklich zwischendurch etwas vergessen, kann ich mir die passenden Schriftstücke heraussuchen. Ich hoffe jedoch, dass ich sie niemals brauchen werde. Denn das würde bedeuten, dass ich ihren Lebensweg genau wie im letzten Leben verloren hätte.

Puh! Bin ich wirklich bereit für diese Reise? Schließlich habe ich mich drängen lassen, von meiner übergriffigen Begleiterin, meinem Seelenmentor, und nicht zuletzt von der Macht der Liebe.

Ich schließe die Augen und atme. Während ich tief in mir versinke, durchflutet eine Erinnerung mein lichthelles Kleid: Die anderen! Sie haben im letzten Leben das Kommando übernommen und mein Kleid ergrauen lassen. Leider geht es nicht ohne sie. Sie sind immer dabei, werfen ihre Ideen in menschliche Köpfe, brüsten sich mal selbstbestimmt und großspurig oder teilen sich zaghaft und kleinlaut mit. Dieses Mal muss ich es schaffen, mich mit ihnen zu arrangieren.

Mein Kleid beginnt, sternenklar zu leuchten. Ich schlage die Augen auf. Ja, ich bin bereit.

Um mein Asteroidenversteck herum beginnt die Luft zu flirren. Weitere Seelen sind nachgerückt, ausgerüstet mit ihren Koffern. Viele haben die Schriftstücke hervorgeholt und lesen ihre Lebenswege. Manche lassen sich zur Pforte des Vergessens treiben, einige zappeln herum, drängen nach vorne, ohne Rücksicht auf andere Seelen. Und ein paar sind dabei, die sich zurückziehen und am liebsten verbergen würden.

Als ich mich ein weiteres Stück aus meinem Versteck wage, erfasst mich der Sog eines ganzen Seelenschwarms, sodass ich meinen Koffer festhalten muss. Dicht an dicht halten wir auf den Torbogen zu.

Jemand zieht mich an meinen Haaren. Ich verdrehe die Augen, als ich sehe, wer neben mir erschienen ist. Natürlich ist es die kleine Klette von vorhin.

»Wen beseelst du?«, fragt sie.

»Clara Susann Wunderlich«, antworte ich wahrheitsgemäß und konzentriere mich auf den Torbogen.

Sie lacht, als hätte ich den Witz des Universums gemacht. Erneut hakt sie sich bei mir unter.

»Welche Erfahrungen wirst du als Mensch sammeln?«, fragt sie mich. »Oder anders gefragt: Was musst du lernen?«

»Mich durchzusetzen«, sage ich und versuche, meinen Arm aus ihrem Klammergriff zu ziehen.

»Mehr nicht?« Es klingt ein wenig naserümpfend.

»Was ist mit dir?«, frage ich. »Welche Herausforderungen hast du in deinem Koffer?«

»Dranzubleiben«, erwidert sie knapp.

Ich mustere sie.

»Was?«, fragt sie. »Das ist ganz schön schwierig!«

»Wir sind gleich an der Pforte des Vergessens angekommen, lass uns Abschied nehmen«, bitte ich sie höflich.

»Hast du dieses Tor durchflogen, vergisst du alles. Daher haben wir unsere Koffer!«, doziert sie und sieht mich lächelnd an. »Und, wie willst du es schaffen, dich durchzusetzen?«

»Ich mache Pläne, wenn es so weit ist«, antworte ich ausweichend.

Sie lacht laut auf. »Pläne? Pläne sind wie Wünsche. Sie erfüllen sich nie nach deinen Vorstellungen. Pläne sind für die Tonne. Das Leben selbst wird dir die richtigen Herausforderungen stellen. Keine Angst, das werden immer die sein, die du gerade zum Lernen brauchst.«

»Was weißt du denn von meinen Herausforderungen?«

»Zum Beispiel, dass du nur dann die gleiche Aufgabe wie im letzten Leben bekommst, wenn du diese nicht bewältigt hast«, teilt sie mir altklug mit und lässt endlich los. »Auf ins Leben, Sonnenseelchen! In ein stinknormales Leben!« Sie lacht und verschmilzt mit der Masse der davonschwebenden Seelen.

Ich schüttele den Kopf. *Sonnenseelchen? Was für eine Anmaßung.*

Das Erwachen meiner Mitbewohner

Eins

Vor neun Monaten wachte ich als reines, unschuldiges Nichts im zarten Körper meiner Clara Susann auf. Ich erinnere mich, dass ich in einem gleißend hellen Torbogen zusammen mit Tausenden anderen Seelen durchgeschüttelt, gerubbelt und gereinigt wurde. Es ist kaum eine Erinnerung, sondern eher eine Ahnung. Wie bei einem Traum, in dem man alles miterlebt, aber sobald man erwacht, bleiben wilde Bruchstücke zurück und sogar die zerfallen im Laufe eines Tages, wenn man sich nicht mit ihnen beschäftigt.

Im Mutterleib begrüßte ich die inneren Organe, sah ihnen beim Wachsen zu. Ich lernte Mutter Herz und Vater Verstand kennen, die genauso jung sind wie die kleine Clara.

Mutter Herz erfasste mich mit einem warmen Strahl aus ihrem Innersten und zeigte mir den Platz, wo ich wohnen sollte: in ihrer linken Herzkammer. Sie erklärte mir, wie wir beide zusammenarbeiten werden: Da ein Mensch die besten Entscheidungen mit dem Herzen trifft, werde ich intuitiv Impulse liefern. Atemzug für Atemzug leite ich diese zu Mutter Herz. Sie reagiert mit einem Gefühl, damit Clara die Entscheidung leichtfällt. Für die Impulse nutze ich mein vor Energie sprühendes

Kleid. Im Laufe der Tage, Wochen, Monate und Jahre hole ich hervor, was Clara sehen, hören, erleben, fühlen, verändern oder manifestieren möchte. Die Umstände in Claras Leben werden für die richtigen Ereignisse sorgen. Ich bin ihr Kompass. Mutter Herz wird meine Eingebungen begutachten und die richtigen Anstöße zum Handeln liefern. Clara wird schnell lernen, Mutter Herz zu vertrauen. Natürlich wird uns auch Vater Verstand helfen. Er eröffnete mir, wie er mit Klugheit, Logik und Ideen Claras Geist beleben wolle, um das Mädchen durchs Leben zu führen.

Ich bin begeistert! Das wird ein fantastischer und glücklicher Lebensweg für meine Clara Susann.

Am fünften Oktober, einem wolkigen, leicht regnerischen Tag des Jahres 1999 ist es so weit. Clara Susann Wunderlich erblickt das Licht der Welt. Ihre Eltern, Mutter Henriette und Vater Johann, sind überglücklich. Die Hebamme hat dem Baby einen sanften Klaps auf den Po gegeben und nun strampelt es mit den Beinen, hat die Hände zu Fäusten geballt und schreit sich die noch nicht ausgebildete Lunge aus dem Hals.

Kann ich verstehen, denn trotz des milden Herbsttages ist es im Gegensatz zum warmen Mutterleib kalt im Kreißsaal.

Auch für mich fühlt sich alles neu und aufregend an. Außerhalb des schützenden Mutterleibs nehme ich die Begrenzungen eines menschlichen Körpers wahr. Ich lebe in einem Körper, einem richtigen Körper! Ein gemütlich leuchtendes Dunkelrot umhüllt mich und gibt mir Schutz und Geborgenheit. Überall klopfen, pochen und pulsieren die emsig arbeitenden inneren Organe. Warmes rotes Blut rauscht durch die Adern. Aus der Nähe erkenne ich sich formende Kringel, die zu Kugeln werden, eindellen, sich auflösen und verflüchtigen. Dann beginnt das Spiel von vorn.

Clara Susanns Körper wird mein Gefährt durch ein Menschenleben.

Noch kann ich durch die Augen des Kindes schlecht sehen. Es verständigt sich durch Bewegungen und schreit, wenn es Hunger hat. Dann nimmt es Mutter Henriette in den Arm, streicht ihm über den mit zartem schokobraunem Flaum bedeckten Babykopf und gibt ihm süße Muttermilch.

Von Mutter Herz erfahre ich, dass es Vater Verstand ist, der sich in Claras Baby- und Kleinkinderzeit vornehmlich mit Geschrei meldet: Entweder signalisiert er Hunger oder Durst, dass es zu warm oder zu kalt ist. Er quengelt, wenn die Kleine auf den Arm genommen werden möchte oder wenn sie wieder runter will. Seine Logik ist nicht besonders gut ausgeprägt.

Mutter Herz ist liebevoll und schweigsam. Sie lässt das kleine Babygesicht lächeln. Ich schicke wie im Funkenflug Impulswellen zu ihr. Und so kichert Clara, tastet umher, will ihre Umgebung erkunden. Gemeinsam verbreiten wir Wärme und Wohlbefinden. Meine Clara wird geliebt.

Zwei

Schon seit einer geraumen Weile beobachtet Henriette den Wolkenhimmel an diesem warmen Junimorgen. »Es trübt sich ein, Johann. Das ist nicht gut fürs Geschäft. Die Saison läuft sowieso schlecht dieses Jahr, wir brauchen jeden müden Cent.«

»Es kommen immer ein paar Gäste, die Lust auf eine Bootsfahrt haben«, versucht Johann seine Frau zu beruhigen. »Lass uns zum Anleger gehen.«

Henriette nickt und dreht sich zu ihrer Tochter um. »Was wird das, Clara Susann? Du kannst auf der Wiese spielen.«

»Mal sehen, wie lange ich Handstand kann!«, ruft die Kleine. Sie nimmt Anlauf, setzt beide Hände auf den Boden und kommt schwungvoll in die Gerade. Sie keucht bei der Anstrengung, den Handstand zu halten.

»Komm, Clärchen, du kannst an der Wand des Bootsschuppens üben, einverstanden?« Johann streckt Clara die Hand aus und seine Tochter packt zu.

»Du musst dann aber auch gucken, Papa, ja?«

Johann nickt. »Na klar, mein Engel.« Mit Clara an der Hand folgt Johann seiner Frau zum Anleger des Bootsverleihs.

Auf der Promenade des Steinhuder Meeres ist bereits Leben eingekehrt. Die ersten Fischbuden haben geöffnet, Fischbrötchen mit geräuchertem Aal und Forelle, Matjes- und Bismarckhering liegen appetitlich in den Auslagen. Die »Auswanderer«, offene Segelboote in Holzbauweise, warten startklar vertäut an den Bootsstegen. Ihre Kapitäne schauen sich nach den ersten Ausflugsgästen um, die den warmen Tag für einen Besuch auf der Inselfestung Wilhelmstein nutzen wollen. Der Wind hilft, die Wolken über dem Steinhuder Meer zu vertreiben, sodass endlich die Sonne zum Vorschein kommt.

Aufatmend blickt Johann in den Himmel.

»Was ist, Papa?«, fragt Clara.

»Wir brauchen gutes Wetter, Clärchen, damit heute viele Gäste kommen.«

Clara nickt ernst.

Henriette ist bereits vorausgegangen, hat das Kassenhäuschen aufgeschlossen und prüft nun die Bestände und das Wechselgeld. Eine knappe halbe Stunde später treffen die ersten Gäste ein. Ein junges Paar möchte sich ein Tretboot leihen. Henriette kassiert die Gebühr und verweist die beiden weiter an Johann, der es am Bootssteg startklar macht.

»Wir wollen einmal die Insel umrunden, was meinen Sie, wie lange brauchen wir dafür?«, fragt der Mann.

»Das kriegen Sie bequem in einer Stunde hin«, antwortet Johann.

»Aber nicht anlegen!«, quasselt Clara aufgeregt dazwischen.

Die beiden lachen. »Das wissen wir, du Süße!«

Johann löst die Taue und befördert das Boot samt Fahrgästen mit einem kräftigen Stoß hinüber zur Ausfahrt. Die beiden treten in die Pedale und fahren unter der Fußgängerbrücke hinaus auf den Binnensee.

Nach und nach trudeln mehr Gäste ein. Johann hat gutzutun, die Tret- und Elektroboote vorzubereiten und am Ende einer Fahrt in Empfang zu nehmen. Clara saust zwischen all den für sie interessanten Leuten umher. Ein Bootssteg hat so viel mehr zu bieten als eine Wand, an der man Handstand üben könnte.

»Clara Susann!«, ertönt die laute Stimme ihrer Mutter aus dem Kassenhäuschen.

Clara Susann allerdings scheint von den Wellen verschluckt worden zu sein. Auch Johann sieht sich suchend nach seiner Tochter um.

Henriette winkt aufgeregt aus ihrem Unterstand. »Wo ist sie? Eben ist sie doch noch wie eine Verrückte hier herumgerannt. Ich muss heute mit ihr zum Arzt, um die Windpockenimpfung nachzuholen.«

Ihr Mann nickt, während er sich nach Clara umsieht.

»Johann, du bleibst hier. Das Geschäft können wir uns nicht entgehen lassen.«

»Natürlich«, bestätigt ihr Mann.

»Clara Susann!«, ruft Henriette erneut, diesmal energischer und ärgerlicher.

»Hey, da ist sie ja. Versteckt sich unter einer Bootsplane!« Lachend rennt Johann den Steg entlang. Clara kichert, als er die Plane anhebt.

»Komm da raus!«, schimpft Henriette.

»Clärchen, wir machen heute Abend eine kleine Bootstour, was meinst du?«, beschwichtigt ihr Vater. »Wir springen ins Wasser und üben schwimmen, ja? Aber jetzt musst du mit Mama zum Doktor.«

»Heute geht es nicht. Sie bekommt eine Spritze, da

gehen wir nicht anschließend baden«, wendet Henriette ein.

»Doch!«, protestiert Clara, schlüpft unter der Abdeckung hervor und rennt in die entgegengesetzte Richtung, vorbei an ihrer Mutter zurück zum Kassenhäuschen.

»Komm sofort her, Clara Susann!« Henriettes Stimme hallt über das Wasser.

»Typisch deine Tochter!«, wendet sie sich an Johann. »Hol du sie bitte, ich muss sie noch umziehen.«

Mit einem Seufzer nähert sich Johann seiner Tochter. »Machen wir morgen, Clärchen, einverstanden? Heute gehst du mit Mama zum Arzt, du bekommst einen kleinen Piks, damit du gesund bleibst.«

»Ich will nicht gepikt werden! Das tut immer so weh!« Clara wirbelt herum, verfehlt den Bootssteg und noch bevor Johann sein Kind greifen kann, landet es im hüfthohen Wasser. Ein Schwall Brackwasser ergießt sich über ihn.

Clara taucht komplett unter. Sie strampelt wie eine Wilde, während sich über ihr Blasen und Strudel bilden. Johann bekommt seine Tochter an den Oberarmen zu packen und zieht sie mit Schwung heraus. Atemlos setzt er Clara auf den Planken ab, klopft ihr auf den Rücken. Sie hustet und spuckt.

Henriette, bleich vor Entsetzen, ist sofort zur Stelle. Wortlos hilft sie ihrer Tochter auf die Beine, zieht sie hinter sich her. Zu Hause lässt sie Clara ordentlich erbrechen.

Der Impftermin wird an diesem Tag gleichzeitig Untersuchungstermin. Der Arzt horcht Clara ab, prüft, ob alles in Ordnung ist. Erleichtert kann er Entwarnung geben: Die Kleine hat den Unfall gut überstanden. Um die Windpockenimpfung kommt Clara trotzdem nicht herum. Der kleine Piks tut dieses Mal mehr weh als sonst.

War doch nur ein Fehltritt, habe ich gedacht. Kinder toben, laufen, rennen, fallen, versinken. Stehen auf. Tauchen auf.

Am Abend jedoch gibt es einen Streit zwischen Henriette und Johann, wie ich ihn nie zuvor gehört habe.

»Du erlaubst Clara zu viel! Dieses Mal hättest du sie fast ertrinken lassen.«

»Das ist überhaupt nicht wahr, ich habe sie sofort herausgezogen. Mit deinen ständigen Verboten erziehst du sie zu einem unselbstständigen Menschen.«

»Das ist Unfug! Ich übernehme Verantwortung für Clara, während sie bei dir mit allem durchkommt!«

»Ich möchte, dass sich unser Kind frei entwickeln kann.«

»Sehr gut, Johann. Du hast doch gesehen, wo das hinführt. Sie ist erst vier!«

»Wir waren vor Ort, wir haben aufgepasst.«

»Haben wir nicht! Sie hat so viel schmutziges Brackwasser geschluckt, dass sie fast erstickt wäre. Benutz deinen Verstand, Johann. Übernimm Verantwortung für deine Tochter. Bring ihr bei, dass das Herumtoben auf einem Bootssteg gefährlich ist. Ich komme noch um vor

Sorge …« Schluchzend verlässt Henriette das Wohnzimmer.

»Typisch deine Tochter!«, schimpft sie mit erstickter Stimme in der Küche weiter.

Aus dem Wohnzimmer kommt keine Antwort mehr.

Clara weiß nicht, was *typisch deine Tochter* zu bedeuten hat. Am liebsten würde sie zu ihrem Papa laufen, um von ihm in den Arm genommen zu werden. Aber sie sitzt mit angewinkelten Beinen auf ihrem Bett, die Arme drumherum geschlungen, Kopf auf den Knien. Sie wiegt sich hin und her. Sie weiß, dass sich ihre Eltern wegen ihr streiten.

Das Erlebnis nimmt mich mit. Daher schicke ich ihr zum Trost einen Impuls.

Als es im Wohnzimmer ruhig geworden ist, steht Clara auf, geht zum Fenster und schaut auf das gegenüberliegende Dach. Dort sitzt ein Mädchen. Es ist offensichtlich aus der Dachluke geklettert, über die Dachziegeln gestiegen und hat es sich auf der schmalen Stufe bequem gemacht, die eigentlich für den Schornsteinfeger vorgesehen ist. Es trägt einen rotgoldenen Umhang, rote Jeans und goldene Stiefel. Als das Mädchen Clara entdeckt, winkt es ihr zu. Clara winkt erfreut zurück. Sie gibt ihm den Namen Zara. Zara erhebt sich, breitet ihren Umhang aus und fliegt über die Dächer davon. Staunend blickt Clara ihr hinterher.

»Warte auf mich!«, ruft sie. »Ich hole meinen Umhang!«

Eilig öffnet sie die große Schublade ihrer Kommode.

Hier werden Bettwäsche, Kopfkissen und Fußwärmer aufbewahrt. Eine Decke für kalte, ungemütliche Tage liegt obenauf. Clara zieht sie hervor und knotet die zwei Enden um ihren Hals. Fertig ist ein flugtauglicher Umhang.

Schnell saust sie die Treppen hoch ins Dachgeschoss und steigt auf die Leiter zur Dachluke. Die quadratische Öffnung ist zwar nur für die Belüftung vorgesehen, aber für Clara eignet sie sich hervorragend, um hinauszuklettern. Geschickt wie eine Katze zwängt sie sich durch den Spalt und nimmt zwei kurze Schritte über die Dachziegel zur Schornsteinfegerstufe. Genau wie Zara lässt sie sich auf der Stufe nieder. Der Wind weht ihr um die Nase, die Tränen sind vergessen. Das Abenteuer liegt vor ihr.

»Zara!«, ruft sie in die Abendstille. »Du solltest doch auf mich warten!«

Leider kommt keine Antwort. Dafür wird es im Dachgeschoss laut.

»Clara Susann, um Gottes willen! Komm da runter! Johann, hol sofort deine Tochter rein!«

Claras Vater eilt herbei, steckt Kopf und Schultern durch die Luke. Mehr von ihm passt nicht durch. »Clärchen, was tust du da? Du könntest runterfallen! Bitte gib mir deine Hand, ich hol dich zurück.«

»Ich möchte lieber fliegen«, erwidert Clara und deutet auf ihre Wolldecke. »Zara holt mich gleich ab.«

»Bist du völlig verrückt geworden, Kind?«, hört Clara die Stimme ihrer Mutter im Hintergrund.

»Warum tust du das, mein Clärchen?«

Ihr Vater klingt bittend und hilflos. Das mag Clara gar nicht. Er weiß immer, was gut für sie ist, was sie liebt, was sie gemeinsam spielen könnten. Wenn er so traurig klingt, muss sie sich um ihn kümmern.

Sie steht auf und geht die zwei Schritte zurück zur Luke. Johann streckt seine Hände aus. Henriette schubst ihn beiseite und versucht, ihre Tochter durch die Öffnung ins Dachgeschoss zu ziehen. Clara gerät ins Rutschen, fällt mit den Knien auf die Dachschräge und hält sich mit den Händen an der offenen Luke fest. Henriette zieht sie an den Armen nach drinnen. Das tut weh, und Clara schreit auf.

»Du brauchst gar nicht zu jammern! Du hast uns einen Riesenschrecken eingejagt! Morgen hast du Hausarrest. Hast du mich verstanden, Clara Susann?«

Heulend windet sich Clara aus ihren Armen, stößt die ausgestreckten Hände ihres Vaters fort und läuft in ihr Kinderzimmer.

»Ich hätte das ganz alleine geschafft!«, schimpft sie und schlägt die Tür hinter sich zu. »Ohne auszurutschen!«

Drei

Ich bin verzweifelt. Clara ist mutig und abenteuerlustig, na klar hätte sie es geschafft, allein und unbeschadet ins Dachgeschoss zu klettern. Aber Eltern machen sich eben Sorgen. Vielleicht, weil sie groß, ungelenkiger, ungeschickter sind? Und natürlich auch, weil sie Gefahren anders einschätzen.

Einige Tage bleibt es ruhig im Hause Wunderlich. Clara spielt in ihrem Zimmer, erzählt ihrer Freundin Zara von dem Erlebnis und lässt sich von ihr trösten. Mit ihrem Papa will sie nicht sprechen, mit ihrer Mutter kann sie nicht. Sie isst gemeinsam mit ihnen, sieht kaum auf, zieht sich in ihr Zimmer zurück. Henriette und Johann sind besorgt. Ärgerlich. Ratlos.

Eines Morgens höre ich leise wispernde Stimmen. Zuerst denke ich, Mutter Herz und Vater Verstand würden sich unterhalten. Das tun sie oft, dann höre ich Mutter Herz mit so herzerquickenden Anweisungen wie: »Lauf los, entdecke die Mülltonnen!« Aus den oberen Gefilden schimpft Vater Verstand: »Willst du das wohl lassen?« Und schon kommt das Kind durcheinander und landet – Peng! – auf der Nase. Dann sendet Vater Verstand ein Heulen durchs Sprachzentrum, während Mutter Herz unwillig mit der Herzmuskulatur zuckt. Für gewöhnlich halte ich mich aus solchen »Diskussionen« heraus. Manchmal beobachte ich als Seele nur.

Es sind jedoch nicht Mutter Herz und Vater Verstand, die miteinander flüstern, stelle ich nach einiger Zeit fest.

Lautlos schwebe ich hinauf in die Hirnwindungen zu Vater Verstand. Hier ist das Tuscheln deutlich zu vernehmen, ich kann zwei Tonarten unterscheiden.

»Clara sollte ein artiges und gehorsames Kind sein, damit ihre Eltern sich nicht streiten«, sagt eine Stimme ernst und nachdrücklich.

»Sie sollte Mama und Papa sagen, wie lieb sie die beiden hat«, vernehme ich daraufhin die zweite Stimme. Sie klingt warm und liebevoll und ein bisschen einschmeichelnd, wie ich finde.

»Was ist denn hier los?«, unterbreche ich das Gesäusel.

Die beiden schweben aus Vater Verstands Zellen heraus und nun kann ich sie genauer betrachten. Eines der Wesen trägt ein blaues Kleid, wirkt zart und zerbrechlich, länglich wie eine Feder, die sich im Wind biegt. Es hat sich einen Dutt aus seinem brünetten Haar gesteckt. Das andere Wesen ist ganz in Rosa gehüllt. Alles an ihm ist rundlich, der Körper, das pausbäckige Gesicht, die Arme, die kleinen dicken Fingerchen. Sogar die Saumabschlüsse am Kleid sind gerundet. Seine Haare sind ebenfalls brünett, aber im Gegensatz zu dem blauen Wesen umrahmen unzählige kurze Ringellocken sein Gesicht. Genau wie ich schweben sie, Beine und Füße baumeln unter ihren Kleidern hervor. Ihre Gesichter sehen gleich aus: große rehbraune Augen, ein runder geöffneter Mund und ein etwas zu lang geratenes Näschen.

Ich bin sprachlos. Sie sehen aus wie ich! Wie Clara.

Stumm starren sie mich an.

»Dies sind Claras innere Stimmen, meine Verstandeskinder«, stellt Vater Verstand stolz die beiden Geisterfräulein vor. »Die blaue Stimme ist Prioneurotika Dampfmach. Sie achtet darauf, dass Clara Pflichtbewusstsein, Zielstrebigkeit und Folgsamkeit entwickelt, und hilft ihr beim Setzen von Prioritäten.«

»Prio reicht, das kann sich ja sonst kein Mensch merken«, erklärt das blaue Geisterfräulein, ohne mich aus den Augen zu lassen. »Ich liefere Impulse, um Clara zu helfen. Immer altersangemessen versteht sich.«

Vater Verstand nickt und zeigt auf das andere Wesen. »Unser rosa Pummelchen ist Harmonia Ruhigblut. Es sorgt für Frieden, Harmonie und Anpassung, damit sich die Eltern nicht aufregen oder traurig sind. Über meine grauen Zellen haben sie Zugang zu Clara.«

Harmonia hebt ihr Kleid und deutet einen Knicks an. »Rundum stimmig«, stellt sie sich vor.

»Und, wozu braucht Clara das?«, frage ich verwirrt. »Ich kümmere mich um das Mädchen, zusammen mit Mutter Herz.«

Mein lichthelles Kleid beginnt zu leuchten und ich spüre, wie Ärger in mir aufsteigt. »Was das Kind braucht, ist die Liebe ihrer Eltern«, beantworte ich mir meine Frage selbst. »Clara sehnt sich danach, dass ihre Eltern sich versöhnen. Vielleicht schickt ihr mal ein anständiges Gebrüll nach oben, wenn die beiden streiten, statt artig und gehorsam zu sein oder sich bei Mama und Papa ein-zuschmeicheln!«

Die pummelige Harmonia versteckt sich hinter der gra-zilen Prio, die mit verschränkten Armen vor mir schwebt.

»Wir achten auf Claras Gemütszustand und geben ihr Hinweise, mit denen sie sich wohlfühlt. Und wer bist du?«, fragt mich dieses blaue Etwas, das sich als Wort-führerin aufspielt. Das macht mich richtig wütend.

»Wie seid ihr überhaupt in Claras Kopf gekommen?« Ich verschränke ebenfalls die Arme, ohne ihre Frage zu beantworten.

»Gemach, gemach«, schaltet sich Vater Verstand ein. »Mama Henriette hat gesagt, dass Johann seinen Ver-stand benutzen soll. Das gilt auch für Clara. Und so haben sich aus meinen grauen Zellen diese beiden nütz-lichen Stimmen entwickelt. Gemeinsam helfen wir Clara, genau wie du mit deiner Intuition, Sonnenseele.«

»Aha, das ist also Sonnenseele«, sagt Prio.

Ich meine, einen arroganten Tonfall herauszuhören. Alle drei hängen wir in Claras Körper und mustern uns gegenseitig.

»Nun seid doch vernünftig«, bittet Vater Verstand. »Wir alle gehören zu unserem Menschen und wollen sein Bestes. Jetzt, da wir uns alle kennengelernt haben, sollten wir zusammenhalten. Nicht wahr, Sonnenseele?«

Ich schaue ihn entgeistert an. Warum hält er *mich* für die Außenseiterin?

Mein Blick wandert zu Prio. Unverwandt blicke ich ihr in die Augen. In *meine* Augen. Das verwirrt mich noch immer, und ich zucke zusammen, als mir Harmonia eine Hand auf die Schulter legt.

»Es macht Clara unsagbar traurig, wenn ihre Eltern sich streiten«, antwortet sie anstelle von Prio. »Wir wollen zu-künftig Gedanken in diese Richtung vermeiden.« Tränen laufen ihr die Wangen herab.

Ich schaue sie zerknirscht an. Ich verstehe.

Es wird Clara erst recht traurig machen, wenn sie ihre Gefühle nicht zeigen darf. Sie will in den Arm genommen werden, jagt es durch meinen Kopf. Was ist, wenn die beiden recht haben? Habe ich Clara mit meiner aben-teuerlustigen Eingebung, das Dach zu besteigen, wirklich geholfen oder habe ich sie nur abgelenkt?

»Sind noch mehr von euch da?«, wende ich mich an Prio und merke, dass es mir guttut, mich von Harmonias

Traurigkeit abzuwenden.

Prio schüttelt den Kopf. Endlich lässt sie die Arme sinken und ihr Gesicht bekommt einen milden Ausdruck. »Wir beide arbeiten eng mit Vater Verstand zusammen. Und wir wissen ...« Eine längere Pause tritt ein. Prio sucht in Vater Verstands grauen Zellen die nächsten logischen Worte. »Wir wissen, dass du als Claras Seelenführerin Erfahrungen sammeln willst. Du möchtest Grenzen kennenlernen und übertreten, damit Clara sich weiterentwickeln kann. Und das ist auch gut so.«

»Aber?«

»Unsere Aufgabe ist es, Clara vor zu vielen Emotionen zu schützen, weißt du?«, übernimmt Harmonia die Antwort. »Seit der Unfall auf dem Bootssteg passiert ist, sind Claras Eltern verstört. Sie machen sich gegenseitig Vorwürfe. Aber die Zankerei macht die Kleine traurig und ängstlich. Du mutest Clara zu viel zu, wenn du willst, dass sie laut brüllt und sich dagegen auflehnt. Sie fühlt sich schuldig und will sich zurückziehen. Sie ist noch so jung.«

Wieder muss ich mich von Harmonia abwenden. Fast weine ich mit ihr. Ich blicke auf ihre Hände, die sie eifrig ineinander windet.

Laut seufze ich auf. »Sie soll sich nicht schuldig fühlen, denn sie hat keine Schuld. Es ist eben passiert. Es war ein Unfall, mehr nicht. Wenn das vergessen ist, ist der Streit vorbei. Clara liebt beide: Mutter und Vater. Sie will eine harmonische Familie.«

»Ich fürchte, so einfach wird es nicht«, meldet sich Vater Verstand. »Als vierjähriger Verstand kann ich das nicht in Worte fassen, das weißt du sicher, Sonnenseele.

Aber ich weiß, dass Mama und Papa sich nicht nur wegen der Erziehung streiten. Es geht um den Bootsverleih. Die letzten Wochen und Monate waren anstrengend für die beiden. Sie kommen zurzeit mehr schlecht als recht über die Runden.«

Ich fühle mich zerknirscht. Ich gebe zu, dass ich die Unstimmigkeiten längst mitbekommen habe. Mit der erfundenen Freundin Zara habe ich versucht, Clara zu trösten. Aber es geht nicht. Das Kind bekommt alles mit.

»Vater Verstand, was machen wir denn nun?«, frage ich.

»Frag Mutter Herz.«

Ich nicke und ziehe mich zurück, ohne die drei noch einmal anzusehen.

Bei Mutter Herz beziehe ich den mir zugedachten Platz.

»Es wird alles gut«, klopft sie leise.

»Ach echt?«, platzt es aus mir heraus.

»Versuche, dich nicht zu sehr von den beiden Kopfstimmen beeinflussen zu lassen, liebe Sonnenseele. Sie suchen Ausweichmöglichkeiten, um das Kind vor der Realität zu schützen. Das ist ihre Aufgabe, damit Claras Leben friedlich verläuft. Claras Eltern müssen selbst eine Lösung finden. Lass Clara daher rebellieren, schreien oder schimpfen, wenn dir danach ist. Als Seele sprengst du gesetzte Grenzen«, antwortet Mutter Herz.

Plötzlich entfährt ihr ein hoher schriller Laut, wie ich ihn nie zuvor gehört habe.

»Was ist?«, frage ich erschrocken.

Mutter Herz zeigt auf mein lichthelles Kleid.

Ich hebe es an, um genauer hinzuschauen. Das Licht

am Saum meines Kleides, den ich so herrlich herum-schwenken kann, ist verloschen.

»Mama Herz, was hat das zu bedeuten?«

»Oh«, macht sie nur. »Das ist nicht gut.«

»Was bedeutet: Oh?«, hake ich nach.

»Es spaltet sich etwas ab. Genau wie sich aus Vater Verstand Verstandeskinder gebildet haben, bildest du ... bildest du ... «

Ich habe Mutter Herz noch nie so herumstammeln hören.

»Was bilde ich?« Im selben Moment frage ich mich, ob ich die Antwort hören will.

»Eine dunkle Seele«, sagt sie leise.

Vier

Was in aller Welt ist eine dunkle Seele?, frage ich mich. Und warum löst das mulmige Gefühle in mir aus?

Mutter Herz versucht, mir zu erklären, was sie meint. »Ein dunkler Teil spaltet sich ab, wenn sich die Sonnen-seele den Vorgaben der inneren Stimmen anpasst, statt sich durchzusetzen. Dann werden lichte Seelenanteile ausgeschlossen und wachsen als dunkle Seele weiter. Eines Tages wird die dunkle Seele so groß sein, dass du ihr begegnen kannst. Die ersten Abspaltungen geschehen oft während der Kindheit. Das Kind steht unter dem Schutz seiner Eltern, möchte sich anpassen und geliebt werden. Es vernachlässigt seine eigenen Bedürfnisse. Du bist die Seelenführerin. Lenke Clara.«

»Räume ich den anderen zu viel Spielraum ein?«

Mutter Herz nickt. »Du lässt dich anstecken. Du weinst mit, fühlst mit. Du findest, dass sie recht haben. Die Kinder von Vater Verstand wollen nichts Schlechtes. Clara würde jedoch lieber kundtun, dass sie der Streit ihrer Eltern verletzt. Das sind ihre wahren Gefühle. Ich weiß, wovon ich spreche.«

»Ja, wenn sich jemand mit Gefühlen auskennt, dann du«, gebe ich zu. »Ich werde das geradebiegen.«

»Du musst versuchen, Claras Gefühle zu bewahren und gleichzeitig die inneren Stimmen mit einzubinden. Sie dürfen dich nicht übertrumpfen. Sende deine Impulse. Du wirst sehen, das wird deinen Kleidersaum aufleuchten lassen.«

Ich betrachte den erloschenen Rand meines Kleides. Er darf auf keinen Fall größer werden, im Gegenteil, das Dunkle muss verschwinden.

»Prio? Harmonia?«, rufe ich in die Kopfsphäre.

Die beiden Geisterfräulein schweben zu mir herab, die Augen verkniffen, die Stirn zu einem Runzeln verzogen.

»Wir möchten alle, dass sich Clara wohlfühlt«, beginne ich.

Sende deine Impulse, geht es mir durch den Kopf. Weine, Clara. Schreie, schimpfe, trample mit den Füßen – das würde passen. Zeige, dass du mit dem Verhalten deiner Eltern nicht einverstanden bist. Sie sind erwachsen, sie sollen sich auch so benehmen. Sich einigen. Sich vertragen. Sich lieben.

»Was wolltest du sagen?«, fragt Prio.

»Clara muss sich mit der jetzigen Situation arrangieren«,

mischt sich Harmonia ein. »Wir wissen nicht, ob und wann sich ihre Eltern versöhnen. Wir achten darauf, dass es keinen Anlass zum Streit zwischen den beiden gibt. Abenteuer und Erkundungstouren sind ab sofort gestrichen. Überhaupt alles, was die Eltern ihr verbieten.«

Prio nickt zu Harmonias Worten. »Willst du mit uns zusammenarbeiten?«, wendet sie sich an mich.

Ich schüttele den Kopf.

Prio schürzt die Lippen. »Wie du meinst. Wir jedoch werden unsere inneren Stimmen erheben und Clara ruhig und gehorsam werden lassen.«

»Für Abenteuer und Herumtollen ist Zara zuständig«, spricht Harmonia weiter. »Die hast du dir ausgedacht, Sonnenseele. Finden wir gut! Mit ihr kann Clara reden oder brav drinnen spielen. Sie wird sie ablenken und trösten, wenn Mama und Papa streiten. Das ist es doch, was wir alle wollen, oder?«

Ich schaue die beiden irritiert an. »So war das nicht gedacht. Zara ist nur eine Fantasiefreundin, kein Ersatz für echte Erlebnisse und Freunde.«

Das Gespräch läuft in die falsche Richtung. Das blaurosa Geschwisterduo nutzt sogar meine Erfindung für seine Zwecke aus.

»Wir flüstern Clara ein, dass sie keinen Unfug anstellen soll. Dann sind ihre Eltern zufrieden.« Harmonia legt ihre rundliche rosa Hand auf meine Schulter.

»Es ist beschlossen. Wir machen gemeinsame Sache.« Prio stemmt beide Hände in die Hüften und lächelt mich siegessicher an.

Erschrocken blicke ich von einem Geisterfräulein zum

anderen. Was geschieht hier?

»Nein! Clara sehnt sich nach einem freien Leben, unbefangen und voller Neugier. Stattdessen soll sie artig sein, um keinen Streit zu provozieren?«, begehre ich auf.

Die beiden zucken die Achseln und nicken.

»Gut erkannt, Sonnenseele«, sagt Prio. »Ich mache dir einen Vorschlag: Ich ordne deine intuitiven Impulse in einer passenden Reihenfolge, damit es Clara gut geht. Harmonia hat einen Blick auf die Eltern, übermittelt Clara liebenswerte, aber zurückhaltende Einfälle, damit sie sich keine unnötigen Sorgen machen.«

Harmonia strahlt mich an. »Na, wie klingt das?«

»Weiß nicht.« Ich habe das Gefühl, das Gespräch ist völlig aus dem Ruder gelaufen. Wieso kann ich mich nicht durchsetzen?

»Machen wir jetzt gemeinsame Sache oder nicht?«, hakt Prio ungeduldig nach.

»Wie war noch gleich dein Vorschlag?« So langsam komme ich durcheinander. Was war meine Idee? Was hat die Blaue gesagt?

»Du sendest Impulse, ich ordne sie«, fasst Prio ihr Angebot für verwirrte Seelen zusammen.

»Keine Angst, Sonnenseele, für unser junges Alter sind wir sehr vernünftig. Nicht umsonst nennt man uns Verstandeskinder«, beruhigt mich Harmonia.

»Aber«, jammere ich und zeige auf meinen Kleidersaum. »Mein Kleid …«

»Wieso ist dein Saum so gräulich?«, fragen die beiden.

Ich komme mir erschlagen vor. *Lass dich nicht von den inneren Stimmen übertrumpfen,* hat Mutter Herz gesagt. Und genau das passiert. Obendrein habe ich vergessen, was ich sagen wollte. Was mein nächster Impuls gewesen wäre. Nur mein gruseliger Kleidersaum zeugt davon, dass ich vom Weg abgekommen bin. Er ist für alle sichtbar.

Es hat keinen Zweck zu leugnen, geht mir auf. Dazu sind wir viel zu dicht auf engstem menschlichem Raum.

»Dunkle Seele, hat es Mutter Herz genannt. Ich möchte es loswerden. Das schaffe ich nur, wenn ich Clara durch ihr Leben führe.«

»Ihr Leben macht derzeit eine Biege, aber wir helfen«, meint Harmonia.

»Lass uns nur machen«, stimmt Prio versöhnlich zu.

Fünf

Prio und Harmonia leisten ganze Arbeit. Was immer ich an intuitiven Impulsen an Clara sende, um sie fröhlich und lebendig zu halten, sortiert Prio in einer eigenen Reihenfolge. So wird zuerst gegessen, dann gespielt, manchmal auch mittags geschlafen. Bäume klettern, Spinnen retten, Regenwürmer ausgraben, Schlammspritzen, Pfützen springen, Bäche durchschwimmen, Bootsstegwettläufe entfielen. Schade, Mutter Herz und ich hatten richtig Spaß, der kleinen Clara Flausen in den Kopf zu setzen. Aber dort regiert Vater Verstand zusammen mit der pflichtbewussten Prio und der wonnigen Harmonia.

Solche – ihrer Meinung nach – unvernünftigen Impulse stoppen sie mit glasklaren Gedanken wie: Da könnte Mama vor Ärger rot anlaufen. Davon kriegt Papa

Ausschlag. Davor ekelt sich Mama. Da rastet sogar Papa aus. Hier kriege ich Stubenarrest. Da machen sich meine Eltern zu große Sorgen.

Prio und Harmonia stellen das Spielen hinten an. Sie lassen Clara nach Schnee oder Regen ausschauen, um drinnen zu bleiben, trichtern Pflichten und Verbote in ihr junges Hirn ein, um eigenmächtige Erkundungstouren zu verhindern.

Aus dem kleinen Wildfang wird ein ruhiges Kind. Es bietet keinen Anlass für Streit, verhält sich angepasst und gehorsam. Es vermeidet Widerworte, unterhält sich lieber stundenlang mit seiner Fantasiefreundin, der rot-goldenen Zara.

Dennoch können weder Prio noch Harmonia be-haupten, dass irgendetwas besser geworden wäre. Im Gegenteil. Die Eltern streiten sich nach wie vor, egal, wie lieb Clara sich verhält. Sind es keine Erziehungsfragen, zanken sie sich ums liebe Geld. Verletzen sich, sind eifer-süchtig, schweigen sich an.

Ich jedoch sehe aus, als hätte ich mich von der Hüfte abwärts in Kohlenstaub gewälzt. Die dunkle Seele, von der Mutter Herz gesprochen hat, bahnt sich ihren Weg durch mein Kleid. In gräulich verwobenen Schlieren kün-digt sie sich an. Ich bin wütend und neugierig zugleich und frage mich, wann ich ihr begegnen werde. Lange kann es nicht mehr dauern.

Als ob das nicht schlimm genug wäre, tauchte ungefähr zurzeit um Claras Einschulung herum ein weiteres Kind aus Vater Verstands grauen Zellen auf: eine gewisse

Urtana Besswiss. Dieses Geisterfräulein trägt ein hellgraues Strickkleid, das nur als wild und durcheinander zu beschreiben ist: Linksstrick, Rechtsbündchen, Zopfmuster, Ringelgarn, Paisley-Muster, Lochstickereien. Zwei Stricknadeln befinden sich ersatzweise in ihrem brünetten Pferdeschwanz, den sie sich hoch oben auf ihrem Kopf gebunden hat. Dass ihr Gesicht genauso aussieht wie bei uns allen, muss ich wohl nicht erwähnen. Urtanas Hände sind ständig mit zwei Stricknadeln beschäftigt, während sie ihre Mitmenschen beobachtet. Sie strickt Urteile. Eine ganze Reihe solch verwurstelter Wollröhren hat sie bereits fertiggekriegt.

»Durch mich lernt Clara, wie sie sich selbst verhält, aber auch, wie sie mit den Reaktionen von anderen umgehen muss. Sie lernt zu bewerten und bildet sich eigene Urteile«, rechtfertigt Urtana ihre Ankunft.

Bei solchen Aussagen kann ich mir nur an den Kopf packen. »Beim letzten Krach ihrer Eltern hast du: *Ich bin an allem Schuld* in deinen Schal gestrickt. Weißt du, was das bedeutet? Clara redet sich Schuldgefühle ein.«

»Na ja, wegen ihr haben sich die Eltern gestritten. Henriette sagte, sie wüsste nicht, wie sie das Schullandheim bezahlen solle und Johann gab Kontra, er wolle einfach mehr Handwerkeraufträge annehmen …«

»Für die Geldprobleme ihrer Eltern kann die Kleine nichts«, fahre ich Urtana an. »Hör auf, ihr so etwas einzureden. Das braucht kein Mensch!«

»Bitte, dann rippele ich den wieder auf.« Beleidigt schnappt sie sich ihre selbst gestrickte Tasche mit den Schals und schwebt hoch erhobenen Hauptes davon.

Im Laufe der Jahre waren es zunehmend existenzielle Fragen, mit denen sich Claras Eltern herumschlugen. Während der kalten Jahreszeit mussten die Boote gewartet, Materialien, Werkzeuge, Ersatzteile gekauft und Miete für die Bootsschuppen gezahlt werden. Die Einnahmen deckten kaum die Ausgaben, die der Bootsverleih verschlang. Und so stockte Henriette das Einkommen über die Wintermonate mit Arbeiten in einem Steuerbüro auf. Johann arbeitete in seinem alten Beruf als Installateur. Es war nun einmal der Traum der beiden, den Bootsverleih am Leben zu erhalten.

An einem dieser Winterabende nimmt das unaufhaltsame Zerwürfnis zwischen Claras Eltern seinen Lauf.

Mittlerweile gehört es zu Claras Alltag, dass sich ihre Eltern streiten. Daher hat sich die Siebtklässlerin angewöhnt, die Ellenbogen auf den Schreibtisch zu stützen und die Ohren mit den Händen abzuschirmen, während sie lernt. Laut liest sie sich den Text vor, um das Stimmengewirr zu übertönen.

Erneut dringen einzelne Wortfetzen zu ihr durch: »Du spinnst, so klappt das nie!« »Das können wir nicht annehmen.« »Du und diese …« »Was? Ich soll die Klappe halten? Du lügst die ganze Zeit …« Die aufgeregten Stimmen ihrer Eltern steigern sich, prallen zusammen, ebben wieder ab.

Clara weiß, dass es um den Bootsverleih geht. »Beruhigt euch. Seid endlich still«, murmelt sie vor sich hin.

Sie nimmt die Hände von den Ohren und blickt zur

Tür, abwartend, ob einer der beiden in ihr Zimmer stürmen würde.

»Ich gebe diesen Mist auf! Von dir lasse ich mir nichts unterstellen!«, hört sie ihren Vater lautstark schimpfen, als er Türen schlagend das Haus verlässt.

Dann wird es ruhig. Clara sitzt lauschend in ihrem Zimmer, ihre Konzentration ist dahin.

Seit jenem Tag hängt ein unsichtbares Gewitter, stets bereit, mit Blitz und Donner über der häuslichen Atmosphäre niederzugehen. Clara vermeidet Fragen aller Art. Neulich hat selbst die simple Nachfrage, wann Tante Ronda wieder zu Besuch käme, einen Wutausbruch bei ihrer Mutter ausgelöst.

Das beständig aufgebaute Krawumm entlädt sich in einem brachialen KRAWUMM!, als Johann an einem Dezembermorgen des Jahres 2012 seine Entscheidung in den Raum wirft: »Du willst mit deinen Unterstellungen recht behalten? Bitte, du sollst recht behalten. Und was das Geld anbelangt? Hier mache ich doch deiner Meinung nach auch alles falsch. Wir trennen uns. Aber jetzt sei endlich zufrieden!«

Ein Jahr später ließen sich Claras Eltern scheiden. Denn natürlich war Henriette nicht zufrieden mit Johanns Ansage. Schließlich hatte er sie vor vollendete Tatsachen gestellt. Tag für Tag trieb es ihr die Zornesröte ins Gesicht, wenn sie an diesen Streit dachte. Sie begann, Wohnungsanzeigen zu studieren, bis sie einen Bungalow am Rande des idyllischen Naturschutzgebietes Leinemasch fand. Pragmatisch verglich sie die günstige Miete mit den teuren Objekten am Steinhuder Meer. Die Entscheidung für einen Umzug fiel ihr umso leichter, als sie feststellte, wie verkehrsgünstig der Ort zu ihrem Hannoveraner Steuerbüro lag.

Die Zornesröte verließ ihre Wangen. Kurzentschlossen packte sie ihre Sachen, schnappte sich ihre Tochter, meldete sie von der Schule ab und bei der neuen an. Sie verschwand aus Johanns Leben und erhielt das Sorgerecht für Clara. In Clara jedoch nistete sich Schwere ein.

Die Vierzehnjährige sitzt auf ihrem Bett, die Beine angewinkelt, Arme drumherum geschlungen, Kopf auf den Knien. Sie denkt an Zara, ihre Freundin und Beschützerin, als sie vier Jahre alt war. Gemeinsam schaukelten sie die traurigen Momente weg, flüsterten stundenlang unter der Bettdecke, wie es weitergehen könnte. Ihre rotgoldene Freundin hatte auf alles eine Antwort. Clara war stets besänftigt eingeschlafen. Heute gibt es Zara nicht mehr.

Als es an der Tür klopft, hebt das Mädchen den Kopf.

»Darf ich hereinkommen?«, fragt Henriette und öffnet diese einen Spalt breit. Zaghaft lächelt sie ihre Tochter an.

Clara nickt, während Henriette eintritt und sich zu ihr auf die Bettkante setzt.

»Ich hatte mir das auch anders vorgestellt«, beginnt sie. »Dein Vater und ich hatten den gleichen Traum, ein freies, unabhängiges Leben mit Wasser, Wind, Wellen und Booten. Wir wollten das Büroleben und die Klempnerarbeiten aufgeben. Aber so lief das nicht. Aus dem

Traum wurde eine Abhängigkeit vom Geld und Über-leben. Zum Schluss war es eine einzige Sisyphusarbeit.«

»Was ist eine Sissifosarbeit?«

»Eine sinnlose und mühevolle Arbeit ohne Ende. Oder mit einem anderen Ende als erwartet. Nichts ist von un-serem Traum geblieben. Und dann mischte sich diese Thusnelda in unsere ohnehin angespannte Situation.« Ihr letzter Satz klingt gepresst, während ihr lautlos die Tränen über die Wangen rinnen.

»Wen meinst du mit Thusnelda? Vaters neue Freun-din?«

Ihre Mutter nickt unglücklich. Mit einem Taschentuch tupft sie sich die Tränen vom Gesicht. »Aber das soll heute nicht das Thema sein. Hier fangen wir ganz von vorn an.«

»Darf ich denn Papa mal besuchen?«

Abrupt steht Henriette auf. Eingeschüchtert beo-bachtet Clara ihr Mienenspiel, das sich in schneller Folge mit Strenge, Verwirrung und Wut abwechselt. Dabei knetet sie ihre Hände und scheint nach einer Antwort zu suchen.

»Das geht nicht«, antwortet sie schließlich. »Ich möchte das nicht. Er ist mir in den Rücken gefallen, hat diese Frau …« Sie geht zum Fenster und schaut hinaus auf eine hügelige Wiese, auf der einige Herrchen und Frauchen mit ihren Hunden spielen. »Wenn du zu ihm ziehst, bin ich völlig allein.«

»Ich will nicht zu ihm ziehen«, sagt Clara und tritt zu ihrer Mutter ans Fenster. »Ich frage nur, ob ich ihn be-suchen darf.«

Energisch schüttelt Henriette den Kopf. »Dein Vater hat mich sehr verletzt. Du würdest mir einen großen Gefallen tun, wenn du ihn nicht besuchst. Ich habe nur noch dich, meine Clara Susann.« Wieder beginnt Henriette zu schluchzen.

Clara streicht ihr sanft über den Rücken. »Dieser Ort ist so weit weg von zu Hause. Alle meine Freundinnen wohnen dort. Ich musste schon die Schule wechseln und den Ruderklub …«

»Du wirst neue Freunde finden. Es gibt auch an der Leine Möglichkeiten, um zu rudern. Bitte, Clara Susann, ich will keine Diskussionen.«

Clara nickt. Schweigt. Eine Weile sehen die beiden den Hunden zu, die die Wurfspielzeuge ihrer Besitzer fröhlich schwanzwedelnd zurückbringen. Dankbar lächelnd streichelt Henriette ihrem Kind über die Wange, dann verlässt sie das Zimmer.

Die Tränen ihrer Mutter sind nicht spurlos an Clara vorübergegangen. So einsam und unglücklich hat sie sie nie zuvor gesehen. Clara beschließt, ihre eigene Traurigkeit hintanzustellen. Auch in ihrer neuen Umgebung wird sie Freundinnen finden und einem Ruderverein beitreten können.

Einer Eingebung folgend, öffnet sie den Kleiderschrank. Ihr Blick fällt auf den braunen Teddybären mit der orangefarbenen, weißgestreiften Rettungsweste, der am Schrankboden liegt. Als Clara ihn aufhebt, gibt er ein volltönendes Brummen von sich. Sie lächelt und drückt ihn an sich. Ihr Vater hatte ihn ihr geschenkt, als sie das erste Mal im Tretboot über das Steinhuder Meer gestrampelt waren. Sie setzt ihn auf ihr Kopfkissen, legt sich daneben.

Natürlich war sie entsetzt gewesen, als Papa erzählte, er habe eine neue Freundin. Es fühlte sich verletzend und zugleich bizarr an.

»Warum hat er das gemacht?«, fragt sie den Teddy. »Ich werde ihn fragen, sobald Mama mal weg ist.« Erschrocken über sich selbst, linst sie zur Tür. Nichts regt sich.

Neben der Traurigkeit nistet sich ein weiteres Gefühl in Claras Herzen ein. Es ist eher vage und nicht zu beschreiben, breitet sich jedoch warm und beruhigend in ihr aus.

Sechs

Urtana klopft an meine Herzkammer. Müde und schwer von all der Traurigkeit schiebe ich mich zum Ausgang und schaue zu, wie sie in ihrer Stricktasche wühlt und einen neuen Schal hervorholt. Stolz zeigt sie ihn mir.

»Besser?«, fragt sie und beobachtet meinen Gesichtsausdruck. »Das wird Claras Leben erleichtern, du wirst sehen.«

Verständnis prangt mittig in ihrem Strickwerk. Ich wiege den Kopf. Es stimmt, dieses Gefühl war durch Mutter Herz gewandert. Clara fühlte, dass sie verstand, warum sich ihre Eltern getrennt hatten. Worte wären ihr dafür nicht eingefallen. Urtanas Urteil passt, stelle ich fest, während ich sie beeindruckt beobachte. Es musste seine Richtigkeit haben, dass Vater Verstand ihre Einnistung in seinen grauen Zellen zugelassen hat.

Was mir allerdings kein gutes Zeugnis ausstellt. Nachdem alle drei Geisterfräulein – einschließlich Urtana – ihre gewichtigen Stimmen in die Waagschale geworfen haben, bin ich verstummt. Ich fühle mich ungehört. Aber was habe ich überhaupt gesagt? Das wabernde Grau in meinem Kleid zeigt, dass ich nachlässig geworden bin. Die Auswirkungen sind nicht zu übersehen. Die Schlieren haben sich bis hoch zu meinen Schultern gewunden. Ich sehe aus wie eine Dame des Barock: Oberhalb leuchte ich noch mit weit ausgeschnittenem Dekolleté, darunter jedoch sieht nichts mehr fein und edel aus durch diese abscheuliche Farbe. Ich glaube, ich schweige mich deshalb aus, weil ich Clara kaum noch den Weg weisen kann.

»Clara hat Verständnis aufgebracht«, erklingt Mutter Herz' Stimme. »Diese Eigenschaft gehört genauso zu ihr, wie sich um andere zu kümmern. Aber sie ist bereits vierzehn, sie vernachlässigt ihre eigenen Bedürfnisse. Bleibe ihr Wegweiser. Du verlierst dein leuchtendes Kleid, weil deine Stimme zu leise ist. Versuche, Clara auf ihren Weg zurückzuführen.«

Mein Dekolleté leuchtet auf. Natürlich, das ist es! Solange überhaupt noch etwas an mir leuchtet, kann ich mich bemerkbar machen. Ich klopfe auf meinen Brustkorb. Um mich herum beginnt es zu röcheln. Ich spanne die Bronchien für meine Sache ein. In einer gemeinsamen

Kraftanstrengung werden wir Clara erreichen. Mit Liebe, viel Atmen. Und Husten.

»Ich hatte dir das verboten, Clara Susann! Geh auf dein Zimmer, ich will mit dir sprechen.« Henriettes Stimme hallt durch den Bungalow in der Leinemasch wie seinerzeit über den Bootssteg.

Hustend sucht Clara ihr Zimmer auf. Sie späht aus dem Fenster, aber auf der Wiese vor ihrem Haus ist niemand mehr zu entdecken. Sie wirft sich auf ihr Bett, schubst den Teddy auf den Boden. Von draußen hört sie die eiligen Schritte ihrer Mutter.

»Was sollte das?«, fragt sie, während sie ihr Zimmer betritt.

Als Antwort hustet Clara, was das Zeug hält.

»Schon wieder eine Grippe, Kind?« Ihre Mutter lässt sich auf der Bettkante ihrer Tochter nieder und befühlt ihre Stirn. »Wir gehen zum Arzt«, bestimmt sie.

»Ich will nur ins Bett, Mama«, stöhnt Clara. »Mir ist so kalt.«

»Gut, dann morgen.« Die Stimme ihrer Mutter klingt nicht mehr laut und fordernd, sondern ist in einen besorgten Tonfall gewechselt. »Ich messe erst mal Fieber und koche dir eine Suppe, einverstanden?« Sanft streicht sie ihrem Mädchen über die warme Stirn.

Clara nickt. Während ihre Mutter in der Küche hantiert, zieht sie sich einen Pyjama an und hüllt sich in ihrer Bettdecke ein.

Fünfzehn Minuten später stellt Henriette ein Tablett mit einer Tasse Zwiebelsuppe und einer Kanne Tee mit

Honig und Zitrone am Bett ihrer Tochter ab. Der Duft der Zwiebelsuppe weckt Claras Lebensgeister. Sie pustet hinein und löffelt in kleinen Schlucken die heiße Suppe. Eine angenehme Wärme durchströmt ihren Körper.

Vorsichtig hält Henriette das Thermometer in Claras Ohr und wartet, bis es zu piepsen beginnt.

»Fast achtunddreißig Grad. Verdammt, das ist viel«, murmelt sie nervös, als sie die Temperaturanzeige betrachtet. Sie schüttelt das Thermometer, die Anzeige bleibt.

»Um auf den Vorfall zurückzukommen«, beginnt sie und streicht eine Strähne hinter Claras Ohr. »Dein Vater versucht noch immer, dich mir wegzunehmen, stimmt's?« Ihre Stimme klingt gepresst.

»Nein, das will er nicht«, krächzt Clara.

Erstaunt schaut Henriette ihre Tochter an. »Nicht? Was hat er dann gesagt?«

»Dass ich abhauen soll.«

»Wie bitte? Dieser Mistkerl!« Henriette erhebt sich und geht zum Fenster. »Du bist ihm also völlig egal. Hat nur seine neue bescheuerte Tussi im Kopf.«

»Ich denke, er will mich dir wegnehmen?«, fragt Clara zaghaft nach.

»Er stört unseren Familienfrieden«, weicht Henriette aus. »Du siehst ja, er ist dir bis vor unsere Haustür gefolgt. Er sucht nach einem Weg, wie er uns trennen kann. Wenn er das nächste Mal hier auftauchen sollte, hältst du dich von ihm fern. Hast du mich verstanden, Clara Susann?«

Clara nickt erschöpft. Sie stellt die Tasse aus der Hand

und lässt sich auf ihr Kopfkissen fallen.

»Ach, meine kleine Clara.« Henriette setzt sich zu ihrer Tochter auf die Bettkante. »Ich bin völlig fertig. Endlich haben wir ein neues Leben begonnen. Nun funkt er uns wieder dazwischen! Schon einmal hat er es geschafft, alles kaputtzumachen. Ich weiß nicht, wie ich das aushalten soll.«

»Du musst nichts aushalten, Mama. Ich verstehe dich ja. Darf ich ein bisschen schlafen?«

»Natürlich, Kind.« Als Henriette aufsteht, fällt ihr Blick auf den am Boden liegenden Teddybären. »Soll ich den wegwerfen?«

Flink beugt sich Clara über die Bettkante und greift den Bären, der sein tiefes Brummen von sich gibt.

»Ist nur runtergefallen«, sagt sie und stopft ihn unter die Bettdecke.

Henriette zögert, unschlüssig, ob sie ihr den Teddy wegnehmen oder die Entscheidung lieber Clara über-lassen soll.

»Ich rufe beim Hausarzt an und vereinbare einen Termin für morgen früh«, sagt sie schließlich, als sie sieht, dass sich Clara zur Seite dreht.

Nachdem ihre Mutter das Zimmer verlassen hat, holt Clara den Teddybären unter der Decke hervor. »Fühlt sich so Frieden an, Teddy? Zum einen haut sie mir Ver-bote um die Ohren, auf der anderen Seite kümmert sie sich um mich. Was bringt es ihr, wenn sie schlecht über Papa spricht? Erst behauptet sie, er will mich zu sich holen. Als ich ihr sage, dass das nicht stimmt, ist er ein Mistkerl. Weißt du, was meine Mutter will?«

Sie kippt den Teddybären leicht nach vorn, sodass er wieder brummt.

»Wir müssen es wohl selbst herausfinden«, flüstert sie.

Ihre Augen füllen sich mit Tränen, als sie an die Begegnung mit ihrem Vater denkt. Heimlich hat sie den Mann beobachtet, der jeden Nachmittag um dieselbe Zeit über die Hundewiese streifte. Kein Zweifel, es war ihr Vater. Er war extra gekommen, um sie zu treffen. Müde sah er aus, gebeugt und alt wirkte er in seinem dunkelblauen Parka. Heute hatte sie die Gelegenheit genutzt, war zu ihm gelaufen, freudig und erwartungsvoll die Arme ausgebreitet. Er hatte sie umarmt, nur um ihr zu sagen, dass sie abhauen solle?

Clara schüttelt den Kopf. Mit einer matten Handbewegung wischt sie die Tränen weg.

»Ich verstehe meine Eltern nicht. Sie sind geschieden, weil sie sich ständig gestritten haben. Gaben dauernd dem anderen die Schuld. Dann sind wir weggezogen. Mama hat mir den Kontakt zu Papa verboten. Jetzt müssten meine Eltern glücklich sein. Aber sie schaffen es nicht, normal miteinander umzugehen! Verstehst du das?« Sie beugt den Teddy nach vorn, doch er brummt nicht.

Fest drückt sie ihn an sich. »So fühlt sich jedenfalls kein Frieden an. Entschuldige, dass ich dich runtergeworfen habe. Du kannst nichts dafür.«

Sieben

Fünf Jahre sind seit diesem Vorfall vergangen. Nicht nur Teddy hat damals zugehört, auch ich habe mit jedem Atemzug gelauscht. Verständnis und Verstehen können ganz schön auseinanderklaffen.

Seit ihrer Begegnung auf der Wiese hat Clara ihren Vater nicht mehr gesehen. Ihr Wunsch, herauszufinden, warum er und ihre Mutter sich so verändert haben, ist geblieben. Das spüre ich in jedem einzelnen leuchtenden Kleiderflecken. Prio und Harmonia achten allerdings darauf, dass sich Clara mit Fragen zurückhält.

Clara weiß, dass ihre Mutter nicht aus Absicht oder Boshaftigkeit streng ist. Sie ist schlicht und ergreifend unglücklich. Also tröstet Clara ihre Mama, bringt gute Noten mit nach Hause und liest ihr jeden Wunsch von den Augen ab. Ihre eigenen Bedürfnisse stellt sie zurück.

Nein, Clara ist nicht in ihrer Mitte, weiß nicht einmal, ob sie Wünsche äußern darf. Mutter Herz hat mir das schon bestätigt. Clara schaut nach außen, überlegt, wo und wie sie helfen kann, packt tatkräftig an. Den Blick nach innen vergisst sie.

Es ist ein schwieriges Kapitel in ihrem Leben. Ich weiß selbst, dass ich Prio und Harmonia das Zepter überlassen habe. Urtana strickt wirre Urteile, die sich in Claras Unterbewusstsein einnisten. Dort haust bereits ein bunter Cocktail an Schuldgefühlen, Opferbereitschaft und Selbstmitleid. Viele davon hat Urtana wieder aufgedröselt, nur um sie später mit denselben Urteilen erneut zu besticken. Meine Stimme gelangt kaum bis gar nicht durch den angesammelten Müll hindurch.

Eines ist gewiss, so kann es nicht weitergehen. Mein Seelenkleid hat sich mittlerweile bis zum Halsansatz verdunkelt. Was jedoch richtig unheimlich ist: Die grauschwarzen Schwaden haben zu flüstern begonnen. Jedes Mal, wenn ich mich bewege, dringt ein: »Ich zeig's dir … Ich zeig's dir« hinauf zu meinen Ohren. Kein Zweifel, die dunkle Seele ist am Werk! Ich weiß, was sie mir zeigen will, nämlich, wer bald die Oberhand gewinnt.

So leicht lasse ich mich nicht vertreiben. Allerdings. Wenn ich komplett ergraut bin, kann ich womöglich keine Impulse mehr senden. Aber noch ist es nicht so weit! Mir kommt eine Idee.

Ich klettere aus meiner Herzkammer heraus und suche Lunge und Bronchien auf. Schon seit Jahren sind die Atmungsorgane meine Verbündeten. Auch jetzt erklären sie sich bereit, mir zu helfen. Die Lungenflügel blähen sich, die Bronchien rasseln. Clara wird von einem Hustenanfall geschüttelt. Durch ihren Körper jagt eine kräftige Portion Atemnot und Schwäche, sodass sie sich in ihr Bett kuschelt. Sie brütet die nächste Grippe aus.

Was daran gut ist? Von dort aus kann sie in aller Ruhe die aufgestiegenen milchig-weißen Nebel über den Leineauen beobachten und den Spaziergängern zuschauen, die mit ihren Hunden unterwegs sind. Oberhalb der Wiese führt eine Brücke über die Leine. Gleich dahinter beginnt ein nahezu naturbelassener Laubwald mit jahrhundertealten Buchen, Eichen, Erlen und Weiden. Röhricht und Weidenbüsche umsäumen die unzähligen

Teiche abseits der Alten Leine, die den Schwänen, Enten, Gänsen und Blesshühnern Brutplätze und Schilf- verstecke bieten.

Clara lächelt, als sie an das laute Geschnatter denkt, wenn sich die Wasservögel das Futter im Schnabel nicht gönnen. Im Frühjahr und Sommer sind es die Störche, die die Wiesen nach Nahrung für ihre Jungstörche durch- stöbern, im Herbst sammeln sich die Wildgänse auf den Auen, um ihren Weg in den Süden anzutreten.

Clara liebt die Leinemasch. Die Umgebung war damals das Erste, was sie über den Verlust ihres Vaters und ihrer alten Heimat hinwegtröstete.

Warum ich das erzähle? Ein Entschluss war seitdem in ihr gereift. Die Sicht auf die Leineauen, die sie bei ihren Krankheiten genießen konnte, weckte ihren Wunsch, sich auch beruflich mit der Natur zu befassen.

Schon in diesem Wintersemester soll es losgehen. Clara greift zu ihrem Tablet, liest zum wiederholten Male den Flyer »Internationaler Studiengang Technische und An- gewandte Biologie B.Sc.«, den sie sich von der Internet- seite der Hochschule Bremen heruntergeladen hat. Als sie ein erneuter Hustenanfall überfällt, legt sie das Tablet aus der Hand.

Wie wird Mama darauf reagieren?, geht es ihr durch den Kopf. *Erlaubt sie mir, in Bremen zu studieren? Außerdem ist ein Auslandsaufenthalt während des fünften und sechsten Semesters vorgeschrieben. Wie wird sie es aufnehmen, wenn ich gleich ein ganzes Jahr von zu Hause fort bin?*

Ich bin stolz auf meine Idee, denn diese Sehnsucht habe ich entfacht. Es war höchste Zeit für eigene Wünsche.

Was allerdings seltsam ist: Trotzdem ich Clara erreicht habe, ist das wabernde Schwarz in meinem Seelenkleid nicht weniger geworden. Irgendetwas mache ich falsch. Was hatte mir Mutter Herz einst gesagt? *Binde die inneren Stimmen mit ein.*

Ermutigt durch meinen Vorstoß zu Clara, bitte ich die pflichtbewusste Prio, Lerneifer und Zielstrebigkeit an den Tag zu legen. Harmonia möge für eine entspannte Zeit im Hause Wunderlich sorgen. Urtana solle ihre alten Urteile auflösen und schauen, was es Neues zu stricken gäbe. Mir schweben so Eigenschaften wie Ehrgeiz, Fokus und Durchhaltewillen vor. Urtana verspricht, zu beobachten und ihre Strickgewohnheiten zu ändern.

Die Kinder von Vater Verstand haben sich einverstanden erklärt, mitzuwirken, damit Clara ihre Ziele erreicht. Die drei unermüdlichen Geisterfräulein sind wichtig, sie prägen Claras Persönlichkeit. Und siehe da, die Stimmung im Bungalow an der Leinemasch entspannt sich.

Nur mein Kleid, mein ehemals schönes leuchtendes Kleid, gleicht weiterhin einem Wischmopp. Es bleibt ein schwieriges Kapitel, auch für mich.

Die Ankunft meiner dunklen Seele

Eins

Obwohl in der Leinemasch bereits der Frühling um die Vorherrschaft ringt, sitzt Clara in ihren Bademantel gehüllt und mit dickem Winterschal um den Hals am Frühstückstisch. Ab und zu hustet sie, nippt an ihrer Tasse Kamillentee, das Frühstück steht unberührt vor ihr. Sie hält ihr Tablet in der Hand.

»Mama«, krächzt sie. »Wir hatten doch neulich die Berufsberatung in der Schule. Du weißt ja, dass ich mich am liebsten im Naturschutz engagieren würde, vielleicht auch eine Ausbildung als Tierpflegerin nachschieben möchte. Jetzt habe ich den passenden Studiengang für mich gefunden.«

»Am Frühstückstisch guckst du bitte nicht auf das Tablet, Clara Susann«, entgegnet ihre Mutter, während sie ihr Brötchen mit Margarine bestreicht. »Iss eine Kleinigkeit, du siehst ganz kraftlos aus.«

»Ich habe keinen Hunger, danke Mama.« Sie dreht das Tablet zu ihr herum und weist auf die Internetseite. »Es gibt einen Studiengang Biologie an der Hochschule in Bremen. Wenn ich wieder fit bin, möchte ich meine Bewerbungsunterlagen einreichen. Ist das okay für dich?«

Henriette legt das Brötchen aus der Hand und starrt ihre Tochter an.

»Bremen ist nicht weit weg, nur ein paar Kilometer. Wir können uns oft sehen«, fährt Clara fort. Sie schaut auf ihr Tablet, um dem Blick ihrer Mutter auszuweichen.

»Weit über hundert Kilometer«, verbessert diese. »Wieso muss das in Bremen sein? Gibt es an der Uni Hannover keine Studiengänge?«

»Da muss man erst ein Auswahlverfahren durchlaufen, das ist schwieriger. Aber an der Hochschule Bremen sind die einzigen Voraussetzungen das Abitur und eine Bewerbung.« Bittend schaut Clara ihre Mutter an.

»Wann soll das sein?«

»Am ersten Juni läuft die Bewerbungsfrist und im Oktober beginnt das Studium.«

»In sechs Monaten schon? Und wie lange dauert der Spaß?«

»Das ist kein Spaß, sondern ein Studium. Sieben Semester sind angesetzt.«

»So lange?«

»Mama, das ist ganz normal, das ist nicht lange.« Clara steht auf, um sich eine zweite Tasse Tee zu kochen. Sie spürt den Blick ihrer Mutter im Rücken.

»Wie kommst du plötzlich darauf?«, fragt diese. »Wieso besprichst du das zwischen Tür und Angel mit mir? Du bist nicht einmal gesund und planst auszuziehen? In eine andere Stadt?«

Clara hört, wie erstaunt und gleichzeitig traurig ihre Mutter klingt.

»Tut mir leid, Mama. Irgendwann muss ich ausziehen. Das Studium wäre eine prima Chance für mich.«

Als das Wasser im Kocher zu blubbern beginnt, hängt

Clara einen Teebeutel in den Becher.

»Und mich hast du nicht in deine Pläne eingebunden?«

»Entschuldige.« *Ich habe die Entscheidung allein getroffen,* vollendet sie ihren Satz in Gedanken. *Ich hatte Angst, du würdest mir Steine in den Weg legen.*

»Was kannst du mit Bio anfangen? Naturschützer? Das ist doch kein seriöser Beruf! Wie viel verdienst du da?«

Clara beobachtet den Wasserkocher, der beim Aufkochen ordentlich Dampf ausstößt.

»Ich hätte dir einen Job in meinem Steuerbüro beschafft«, fährt Henriette fort. »Herr von Stitzing hätte bestimmt nichts dagegen, wenn du dort anfangen würdest. So etwas tun Eltern für ihre Kinder.« Clara hört ein leichtes Schniefen, dann ist es still in der Küche.

Der Einschaltknopf springt auf Aus und Clara gießt das Wasser in ihren Becher. »Mama, ich will keine Steuersachen bearbeiten. Biologie war schon immer mein Lieblingsfach. Ich liebe die Natur, Tiere, Pflanzen, alles, was damit zu tun hat. Das weißt du doch.«

»Sieht mir eher wie eine Flucht aus. Ich hätte erwartet, dass du solche Entscheidungen zuerst mit mir besprichst. Seit Jahren haben wir ein freundschaftliches Verhältnis und jetzt das! Du enttäuschst mich, Kind.«

»Aber ich rede doch jetzt mit dir«, wendet Clara zaghaft ein.

»Du stellst mich vor vollendete Tatsachen. Das ist unfair. Reden heißt darüber sprechen und sich gemeinsam einigen. Aber bitte, wenn du so unsere Freundschaft zerstören willst. Ich hoffe, du hast dir wenigstens Gedanken gemacht, wer diesen Zeitvertreib finanzieren soll.«

Clara schaut sich zu ihr um. Mit dieser Reaktion hat sie nicht gerechnet.

»Zeitvertreib?«

»Anders kann ich das nicht nennen.«

»Das ist mein Leben«, entgegnet Clara leise. »Ich will nicht in einem Steuerbüro versauern.«

Clara nimmt ihren Teebecher und schlurft in ihr Zimmer, weg von den Vorwürfen. »Ich könnte Papa fragen«, sagt sie beim Hinausgehen. »Oder ich arbeite in einem Tierheim, vielleicht auch im Zoo in Bremerhaven. Irgendwas wird mir schon einfallen.«

»Du fragst auf keinen Fall deinen Vater!«

»Ich leg mich wieder ins Bett.« Clara schließt die Tür hinter sich und lehnt sich dagegen.

»Hier ist das letzte Wort noch nicht gesprochen«, hört sie ihre Mutter.

»Beruhig dich. Und sei bitte still«, murmelt sie.

Seit wann haben wir ein freundschaftliches Verhältnis?, denkt sie kopfschüttelnd. *Ich liebe meine Mutter, aber ich kann nicht mal mit ihr reden!*

Es tut mir als Seele weh, wenn ich meine Clara um jeden Meter Freiheit kämpfen sehe. Ja, ich weiß, ich habe diese Sehnsucht geweckt und sie hinaus in die Welt geschickt. Ganze einhundertdreißig Kilometer weiter in die Welt. Und dennoch muss ich mir klammheimlich eingestehen: Henriette hat recht. Auch mir kommt die Sache mit dem Studium wie eine Flucht vor, nicht wie eine gestillte Sehnsucht.

Mein ergrautes Kleid beginnt zu flattern, und ich vernehme so was wie »Bravo!« an meinen Ohren. Es ist dasselbe Wispern, das ich vor wenigen Tagen gehört habe. *Ich zeig's dir*, hatte es da geflötet.

»Was heißt hier bravo?«, frage ich verstimmt, weil mein Geheimnis entdeckt wurde.

»Flucht ist keine Lösung«, erklärt die Flüsterstimme. »Raus aus der Misere und rein in ein hübsches lichtvolles Kleid geht es nur mit Mut und Ehrlichkeit.«

»Ich habe mutige und ehrliche Impulse gesendet. Clara hat sie vernommen und umgesetzt. Du siehst ja, was dabei herausgekommen ist.«

Erschrocken zucke ich zusammen, als mir jemand eine Hand auf die Schulter legt. Langsam wende ich mich um und schaue in die weit aufgerissenen Augen von Harmonia. Ich atme auf. Ich dachte, der Zeitpunkt wäre gekommen und ich würde meiner dunklen Seele begegnen.

Harmonia mustert mich eindringlich. »Was ist denn mit dir passiert? Du wirst ja immer gräulicher. Machst du Urtana Konkurrenz?«

»Urtana sieht im Gegensatz zu mir hübsch kuschelig aus. Ich brauche eine Idee, wie Clara …« *Raus geht es mit Mut und Ehrlichkeit*, erinnere ich mich an die Flüsterstimme.

»… sich ihren Wunsch von einem Studium in Bremen erfüllen kann, ohne dass es wie eine Flucht aussieht«, vollendet Harmonia meinen Satz.

Ich schaue sie erstaunt an. »Flucht ist keine Lösung, weißt du? Sie muss ehrlich bleiben. Die Wahrheit ist, Clara möchte sich abnabeln.«

Harmonia schüttelt ihren Kopf, dass die kurzen Locken fliegen. »Die Wahrheit tut ihrer Mutter weh.«

Ich komme aus dem Staunen nicht mehr heraus. »Damit hast du recht«, muss ich zugeben.

Harmonia überlegt eine Weile. »Clara wird versprechen, jeden Tag anzurufen. Ich bitte Prio, das sofort in Claras Kopf zu setzen.«

»Klingt anstrengend«, sage ich.

Harmonia wartet geduldig auf meine Zustimmung, schlägt jedoch nichts Neues mehr vor.

»Clara hat eine erwachsene Entscheidung getroffen. Ihre Mutter reagiert dagegen beleidigt, um nicht zu sagen, kindlich. Außerdem hat sie ein ganz anderes Bild von der Mutter-Tochter-Beziehung als Clara. Wie wäre es, wenn Clara um etwas Abstand bittet? Es ist Zeit, dass sie sich um ihre eigenen Pläne kümmert«, schlage ich vor.

Harmonia zuckt zusammen. Ihr rundes Gesicht nimmt den gleichen rosa Farbton an wie ihr Kleid. »Bist du völlig verrückt geworden? Was glaubst du, was dann los ist? Es wäre endgültig vorbei mit dem Frieden, für den ich all die Jahre gesorgt habe. Ihre Mutter wird ausrasten, ihr Vorwürfe machen. Dieser Zustand wäre unerträglich für Clara. Ich werde auf keinen Fall zulassen, dass solche Worte über ihre Lippen kommen!«

»Schon gut, Harmonia, schon gut«, beschwichtige ich. Einen aufgebrachten Friedensstifter vor sich zu haben, ist kein Spaß. »Ich schicke deinen Ratschlag zu Mutter Herz. Clara wird sich ganz vernünftig jeden Tag bei ihrer Mutter melden.«

Harmonia schüttelt erneut ihren Kopf. »Schick es zu

Vater Verstand, er fasst es gekonnt in Worte.«

Ich nicke erschöpft. Einverstanden. Es wäre falsch, wenn die Eingebung aus Mutter Herz käme, denke ich. Hier ist Vernunft gefragt. Und Überredungskunst. Tatsächlich entpuppt sich Vater Verstand als wahre Plaudertasche:

Clara schlägt ihrer Mutter vor, wie sie mit ihr in Kontakt bleiben wird, die moderne Technik macht's möglich: via Videotelefonie, per Textnachrichten oder über das gute alte Telefon. Mutter Henriette nickt die Idee ab. Die technischen Mittelchen seien nicht das Problem, erklärt sie. Wichtig wäre, dass ihre Tochter jeden Tag ein Lebenszeichen aus der Ferne von sich gäbe, und sei es noch so spät am Abend.

Clara atmet auf.

Als sie sich bedankt, bleibt Henriettes Körper steif und unnahbar. *Schade,* findet Clara, *eine Freundin würde die Umarmung erwidern.*

Das Verhältnis zwischen Mutter und Tochter ist angespannt. Auch das Thema Finanzen spricht Clara nicht mehr an, weder bei ihrer Mutter und noch bei ihrem Vater.

Die Mischung aus Unsicherheit und Vorfreude auf ihr neues Leben überwältigt Clara. »Es wird sich alles finden«, spricht sie oft und lange vor sich hin.

Ihr Körper gesundet. Als die Erkältung ausgestanden ist, legt Clara los: Bewerbung schreiben, Wohnung suchen, An- und Ummeldungen einreichen. Sie geht auf in ihren Aktivitäten.

Vater Verstand und Prio arbeiten auf Hochtouren, denken nach, setzen Prioritäten, füllen Formulare aus. Harmonia jubelt. Sie ist der Meinung, dass ihr Ratschlag Gold wert war, getreu dem Sprichwort: Reden ist Silber, Schweigen ist Gold. Eins stimmt, meine vorwitzige Seelenstimme schweigt golden. Urtana ist mit Stricken beschäftigt. Welche Urteile es diesmal sind, verrät sie nicht. Ich hake nicht nach, denn ich habe andere Sorgen.

Zwei

Da alle beschäftigt sind, ziehe ich mich in Mutter Herz' Kammer zurück.

»Atmen«, rät sie mir, als ich mich in meiner Kuhle zusammenkauere. »Lass das Dunkle in dir frei.«

»Aha«, sage ich schlecht gelaunt. »Glaub mir, wenn ich wüsste, wie ich das Dunkle loswerden könnte, hätte ich es längst getan.«

»Meine liebe Sonnenseele, du sollst das Dunkle nicht loswerden, sondern es nutzen. Sieh hin, wieder hat dich die harmoniesüchtige Harmonia überstimmt.«

Mutter Herz regt sich auf, das spüre ich. Sonst würde sie nicht abwertend über das Verstandeskind sprechen. Urteile kenne ich nur von Urtana.

»Wenn du nicht aufpasst, übernehmen die Kopfstimmen deine Aufgaben«, warnt mich Mutter Herz. »In dir ist Claras Lebensweg gespeichert. Vater Verstand und seine Kinder versuchen, Clara zu schützen. Sie reagieren ängstlich, was die nächsten Schritte angeht. Graue Zellen wollen bewahren und harmonisch dahinplätschern. Sie sind dafür gedacht, im Moment das Richtige zu tun, blicken aber manchmal nicht über den Tellerrand hinaus. Das kannst nur du.«

»Ich weiß nicht, wie ich das Gruselgrau nutzen soll!«, schimpfe ich und hätte beinahe mit dem Fuß aufgestampft.

In diesem Moment breitet sich der Grauschleier, der mir bereits bis zum Hals steht, bis über die Nasenspitze aus. Bestimmt sehe ich aus, als hätte ich mir einen verfilzten Rollkragenpulli über die Nase gezogen. Oben schaut nur die Augen- und Stirnpartie heraus. Nun stampfe ich doch mit einem Fuß auf. Unter mir ducken sich ängstlich die Nieren weg.

»Wenn du den Verstandeskindern das Zepter überlässt, geht Clara den Weg des geringsten Widerstands«, wispert es zwischen meinen Ohren. Die dunkle Seele hat sich in unser Gespräch eingeklinkt.

»Clara passt sich an und vermeidet Konflikte«, quasselt das Dunkle weiter. »Außerdem hat sie nur die halbe Wahrheit gesagt, du weißt, sie hat ihre zwei Semester Auslandsaufenthalt unterschlagen.«

Ich verfolge die Worte, indem ich wie bei einem Tennisspiel von rechts nach links und von links nach rechts äuge. »Ich weiß, dass ich mich nicht durchgesetzt habe. Aber Harmonia wirkte so ängstlich und aufgewühlt. Fast dachte ich, ich hätte sie überfordert.«

»Hast du auch«, stellt die Stimme fest. »Du bist die Grenzen sprengende Kraft, auf dich muss Clara hören.

Ja, sie wird sich unsicher fühlen und ordentlich Herzklopfen von Mutter Herz geschenkt bekommen, aber es ist ihr nächster Schritt. Du besitzt eigene Impulse, die musst du senden!«

»Ich soll das Dunkle nutzen, hat Mutter Herz gesagt. Also raus aus meinem Kleid! Wegen dir erreiche ich Clara nicht. Wegen dir gewinnen immer die inneren Stimmen die Oberhand«, meckere ich.

»Alles Ausreden, Sonnenseelchen! Du bist auch eine innere Stimme, eine leise, sanfte. Schau in deinen Koffer, wenn du vergessen hast, was als Nächstes zu tun ist. Jede Menge Werkzeuge liegen dort. Wie wäre es mit dem Impuls der Begeisterung. Der springt glatt auf Mutter Henriette über.«

Begeisterung? Für was genau?, grübele ich, bis mir ein Licht aufgeht:

Als Clara an der Hochschule Bremen angenommen wird und sie obendrein ein freies Zimmer in einer Vierer-Wohngemeinschaft findet, schieße ich ein wahres Freudenfeuer über meine leuchtenden Stirnlappen durch ihren Körper. Und ein kleines Wunder geschieht: Ihre Mutter freut sich mit ihr. Sie selbst macht den Vorschlag, ihr finanziell unter die Arme zu greifen, sollten die Unterhaltszahlungen von ihrem Vater für das Studium nicht ausreichen.

Begeistert klatscht Clara in die Hände, umarmt ihre Mutter, bedankt sich fröhlich. Ihrem Auszug steht nichts mehr im Wege. Sie überlegt, ob sie an alles gedacht hat. Die richtigen Worte gewählt hat. Und wann sie ihrer Mutter die zwei Auslandssemester beibringen soll …

Der Koffer! Warum bin ich nicht selbst darauf gekommen? Da musste mir erst die dunkle Seele einen Wink geben. Vielleicht finde ich dort einen Tipp?

Während ich tief im Inneren von Mutter Herz' Kammer nach meinem Utensil suche, wurmt mich das Wispern meines Grauschleiers. *Sonnenseelchen!*, hat es mich genannt. Wann habe ich diese unmögliche Verniedlichung meines Namens schon mal gehört? Ich weiß es nicht. An dieser Stelle hat mein Gedächtnis eine Lücke.

Endlich bekomme ich meinen Koffer zu fassen und ziehe ihn aus der hintersten Ecke der Herzkammer hervor. Er ist etwas schmutzig. Ich puste den Staub weg und öffne ihn. Die erste Schriftrolle rollt sich vor mir auf. Laut lese ich vor:

Herausforderungen:
Gewinne Vertrauen ins Leben. Das schaffst du, indem du mutig und ehrlich vorangehst.

Mal überlegen. Mutter Henriette ist sehr auf ihre Tochter fixiert, aber gerade in den letzten Wochen hat Clara Mut aufgebracht, um sich aus der Enge zu lösen und eigene Wege zu gehen. Was ist mit Ehrlichkeit? Da könnte sie mehr aussprechen, sollte nichts zurückhalten. Sie darf ihre eigenen Wünsche äußern.

Es wird sich alles finden. Diesen Satz hat Clara in der Vergangenheit ständig vor sich hingemurmelt. Sie vertraut, dass alles so kommt, wie es am besten für sie ist. Und siehe da, es hat sich alles gefunden. Vertrauen ins Leben ist vorhanden. Ich bin ganz zufrieden und lese weiter.

<u>Dies sind deine Werkzeuge, die dir helfen werden:</u>
Du liebst Abwechslung und Vielfalt. Du entwickelst Einfühlungsvermögen durch Empathie. Du probierst gern Neues aus. Du liebst die Menschen, die Tiere, die Natur und die Jahreszeiten.

Diese Werkzeuge benutze ich intuitiv für Clara. Abwechslung und Vielfalt gab es schon früher. Ausprobieren, hinfallen, aufstehen. Einfühlend ist sie vor allen Dingen gegenüber ihrer Mutter: Sie tröstet, sie hilft, sie liebt. Oft probiert sie Neues aus. Schon als Kind hat sie sich für Natur und Tiere interessiert. Mit der Leinemasch konnte ich obendrein ihre Sehnsucht für eine Arbeit in diesem Bereich wecken. So soll das sein.

Meine sonnigen Anteile strahlen. Das sind zwar nur Augen und Stirn, aber es streichelt mein gesamtes Seelenkleid. Es ist himmlisch für mich als Seele, zu sehen, dass sich Dinge stimmig entwickeln. Gespannt schaue ich, was es zu gewinnen gibt:

<u>Dein Gewinn:</u>
Du lernst die Sorgen und Nöte deiner Mitmenschen kennen, verstehst ihre Beweggründe und entwickelst Verständnis. Das hilft dir, zu verzeihen.

Verständnis! Natürlich, der wollige Strickgeist hat das richtige Urteil gefällt. Clara hat Verständnis für ihre Eltern, auch wenn sie deren Verhalten nicht nachvollziehen kann. Verständnis ist ein Gefühl, kopfmäßig ist es nicht zu erfassen.

Ich schiele hinauf zu Vater Verstand. Zum Glück hat niemand im Oberstübchen meine Gedankengänge mitbekommen. Sie würden mir sicher widersprechen.

Verständnis hilft, zu verzeihen. Aber … Ich kratze mich am Hinterkopf. Ist schon alles verziehen? Ich lese die letzten beiden Sätze und werde auch nicht schlauer:

Das wird nicht nur deine Mitmenschen erlösen, sondern auch dich. Dieses Leben kann dich einen großen Schritt nach vorne bringen, wenn du alte Gewohnheiten aufgibst und dich neuen Erfahrungen zuwendest.

Was ist mit Erlösung gemeint? Welche Gewohnheiten soll Clara aufgeben, welchen Erfahrungen soll sie sich zuwenden? Welche Eingebungen habe ich zu senden? Hastig krame ich die nächste Schriftrolle heraus. Da steht es nachtblau auf sternenklar:

Wie du deine Ziele erreichen kannst:
Verlasse den Weg des geringsten Widerstands. Höre auf, es anderen recht machen zu wollen. Übernimm Verantwortung für dein Leben.

Ich tippe mit dem Finger auf den Sätzen herum, als ob ich sie dadurch in mir abspeichern könnte.

Der Weg des geringsten Widerstands? Was ist damit gemeint? Es anderen recht machen zu wollen, geht mir auf. Das kennt Clara gar nicht anders, meint, es wäre normal. Aber es bedeutet, dass sie keine Verantwortung für ihr Glück übernimmt.

Das Aufeinandertreffen mit Harmonia fällt mir ein. Der Harmoniegeist hat sich mir vehement widersetzt, als ich von Abnabelung und einem eigenen Leben für Clara sprach. Und ich habe kleinbeigegeben. Ich halte mir den letzten Satz vor Augen:

Sorge für dich, dann sorgst du gleichzeitig für alle um dich herum.

Wie ist das nun wieder gemeint? Manchmal nerven mich diese Sätze, die wie verschlüsselte Botschaften aus einer anderen Welt klingen. Ein paar praktische Beispiele hätten dieser Gebrauchsanweisung fürs Leben gutgetan.

Ich lege die Schriftrollen in den Koffer zurück und verstaue ihn in Mutter Herz' Kammer.

Ich muss mit den Ereignissen umgehen, die Clara begegnen werden. Gewohnheiten ändern sich, wenn sich die innere Einstellung wandelt. Dafür bin ich zuständig. Obwohl meine Clara ein herzensguter und kluger Mensch ist, steht mir eine Schwerstarbeit bevor. Denn Veränderungen sind nicht willkommen im Leben eines Menschen.

Zudem benötige ich mein lichthelles Kleid zurück, damit ich Clara auf ihrem Weg führen und die drei Geisterfräulein zum Schweigen bringen kann. Es wird Zeit, dass ich auf meine dunkle Seele treffe. Nach dem Gruselgrau zu urteilen, scheint sie groß genug zu sein, um sich mir zu zeigen.

Mit anderen Worten, ich brauche einen aufrüttelnden

Impuls für mein Mädchen, nur einen aufrüttelnden Impuls. Wäre doch gelacht, wenn mir nichts einfiele. Schließlich bin ich die Grenzen sprengende Kraft. Wurde mir gesagt.

Drei

»Beziehungen«, wispert mein Grauschleier mir zu.

»Was?«, frage ich irritiert.

»Du sagtest, du bräuchtest einen aufrüttelnden Impuls. Ich wollte dir auf die Sprünge helfen.«

»Beziehungen? Was soll Clara mit diesem Impuls anfangen? Ich finde es besser, du steigst endlich aus meinem Kleid und zeigst dich mir!«

Die Grauschleier wabern, ansonsten bleibt es still.

»Nicht mutig genug, was?«, ziehe ich sie auf.

Seit Clara im Oktober in die Bremer Wohngemeinschaft gezogen ist, telefoniert sie jeden Tag mit ihrer Mutter, wie sie es versprochen hat. Das wäre auch nichts Schlimmes, wenn nicht jedes Gespräch in den unterschwelligen Vorwurf übergehen würde, Clara habe sie allein gelassen. Kein Zweifel, Henriette vermisst ihre Tochter mehr, als sie zugeben würde. Clara war ihr Lebensmittelpunkt, ihr Ein und Alles. Erst jetzt fällt Henriette auf, wie tröstlich Claras Anwesenheit war, wie viel Zustimmung und Verständnis sie durch ihre Tochter erfahren hat.

Was Henriette ständig auf die nicht vorhandene Palme bringt, ist Johanns Reaktion. Er leiste zwar brav seine

Unterhaltsleistungen, hat sich jedoch nie nach ihr erkundigt.

»Lass ihn doch«, sagt Clara dann. »Wir fragen ja auch nicht, wie es ihm geht.«

Obwohl ich es gern wüsste, denkt sie.

Geduldig hört sie zu, wenn Henriette sich beklagt. Obwohl ihre Mutter keinen Kontakt zu Johann und seiner Familie pflegt, meint sie, Charakter und Eigenarten der neuen Ehefrau zu kennen, und wie diese ihren Ex-Mann beeinflusse.

Clara kann sie kaum beschwichtigen. Wie nutzlose Mantren wiederholt sie bei jedem Gespräch: »Lass gut sein, du kennst sie doch gar nicht.« – »Woher willst du das wissen?« – »Mama, das bringt alles nichts.« – »Du hast dein Leben, er hat seins.« – »Du bist doch glücklich in der Leinemasch und in deinem Steuerbüro, oder nicht?« – Und so weiter und so fort.

Henriette möchte Dampf ablassen. Es ist das Einzige, was sie runterbringt, seit ihre Tochter begonnen hat, auf eigenen Füßen zu stehen.

Eines Abends, als Clara sich pflichtgemäß bei ihrer Mutter meldet, wartet diese mit einer Überraschung auf.

»Wenn du in den Semesterferien nach Hause kommst, möchte ich dir jemanden vorstellen, Clara Susann.« Sie klingt aufgeregt und freudig.

Clara wird mulmig zumute. Ihr Magen zieht sich zusammen, als ob er einen Sack ungekochter Erbsen zu verdauen hätte. Um Himmels willen, meldet ihr Verstand. Ihr Herz macht die Schotten dicht, um sich diesem Ereignis nicht stellen zu müssen.

»Ich weiß nicht, ob ich kommen kann«, weicht Clara aus. »Die Vorlesungszeit geht bis zum siebten Februar, und ich habe eine Menge zu lernen. Auch in der vorlesungsfreien Zeit finden Prüfungen statt.«

»Für eine Woche wirst du dir ja wohl freinehmen können«, erwidert Henriette. »Du kannst mich ruhig mal wieder besuchen. Außerdem wirst du dich über meine Überraschung freuen.«

Clara überlegt eine Weile. In ihrem Kopf arbeiten die inneren Stimmen.

Harmonia und Prio beratschlagen eifrig, was Clara antworten sollte. Schließlich stimmen sie überein, dass es für den Familienfrieden ratsam sei, eine Woche bei ihrer Mutter zu verbringen und anschließend weiter zu lernen.

»Mama ist zufriedengestellt und Clara macht sich keine Vorwürfe«, meint Harmonia.

»Danach geht's wieder an die Arbeit«, ergänzt Prio.

Ich versuche, Clara ein Gefühl davon zu vermitteln, was ihre Antwort wäre, wenn sie ehrlich zu sich ist. In Worte gefasst klingt das ungefähr so: »Mama, alles läuft fantastisch. Ich habe nette Mitbewohner, habe unheimlich viel Stoff zu lernen und vorzubereiten. Ich genieße es, mich mit all den neuen Dingen vertraut zu machen. Vorerst möchte ich nicht nach Hause kommen.« Es darf keine Ausrede werden. Tief im Inneren soll sie wissen, dass es Zeit für ihr Leben ist.

Meine Augen- und Stirnpartie flackert wie eine kaputte Neonröhre, die grauen Nebel in meinem Kleid wabern gespenstisch. Die Organe sprudeln über vor Unwohlsein und Enge. Vor allem das Wort Überraschung sorgt für nachhaltige Bauchschmerzen. Aber mein schwaches Licht am Oberkopf bringt den Impuls nicht über Bauch und Herz hinaus. Im Kopf dominiert Vater Verstand zusammen mit Prio und Harmonia. Sie sind die treibenden Kräfte. Sie sprechen die Worte.

»Gut, Mama, eine Woche sollte passen. Ich fahre Sonntagnachmittag los. Mach dir aber nicht so viele Umstände.«

»Ach was, Umstände. Ich freue mich! Und vergiss die Schmutzwäsche nicht.«

Als beide aufgelegt haben, schaut sich Clara in ihrem wenige Quadratmeter großen Zimmer um. Vor Kurzem hat sie es mit ein paar Möbelstücken eingerichtet. Ein rotes Schlaf-Couchbett, ein Nachttischschrank am Kopfende, ein buchefarbenes Regal für Bücher und Ordner sowie ein zweitüriger Kleiderschrank füllen den Raum aus. Die warmen Holztöne lassen ihn behaglich wirken. Am Fenster steht ein passender buchefarbener Schreibtisch, auf dem sich zahlreiche Lehrbücher, Stifte, Lineale und Messutensilien rund um ihr Notebook stapeln.

Ein widerstrebendes Gefühl macht sich in ihrem Herzen breit, ein grummeliges in ihrem Bauch, während sie ihre getragene Wäsche aus dem Schrank räumt und auf einen Haufen wirft. Am liebsten hätte sie abgesagt, als sie von der Überraschung hörte. Dann wäre Mutter bitter enttäuscht gewesen und Clara hätte das schlechte Gewissen geplagt. Zum Glück kamen ihr die Worte über die Lippen, die ihre Mutter hören wollte.

Erfolglos ziehe ich mich zurück. Wo ist eigentlich Urtana?, frage ich mich. Sie urteilt gar nicht!

Ich suche und finde sie bequem auf der Leber sitzend und strickend. Als sie mich sieht, blickt sie kurz auf und ich meine, eine unterschwellige Wut in ihren Stirnfalten zu lesen.

»Ich habe tausend neue Eindrücke in den vergangenen Monaten gesammelt, seit Clara ihr Studium angetreten hat. So viel muss ich verarbeiten. Aber eins ist jedenfalls klar.« Sie macht eine bedeutungsschwangere Pause, die mich nervös werden lässt.

»Was ist klar?«

»Mit Prio und Harmonia bin ich nicht einer Meinung.«

Ich bin in Habachtstellung. »Nein?«, frage ich etwas dümmlich nach. »Welche Meinung hast du denn?«

Sie hebt ihren gestrickten Schal hoch und hält ihn vor meine Augen. *Feigheit* steht darauf.

»Wer ist feige?«, frage ich.

»Na, unsere Clara!«, antwortet Urtana, als ob das die selbstverständlichste Antwort der Welt wäre. »Denk an die Worte, die du ihr vermitteln wolltest.«

»Du hast sie mitbekommen?«

»Natürlich. Deine Impulse sind wie Querschläger. Sie landen im Magen, im Darm, gehen an die Nieren, bedrücken Mutter Herz. Nur im Kopf deines Menschen landen sie nicht.«

»Danke«, murmele ich schlecht gelaunt vor mich hin.

Ihr Urteil kann ich allerdings nicht spontan mit »Unsinn!« abtun, merke ich. »Bist du also auch der Meinung, sie sollte den Besuch absagen?«

»Keine Lust auf Gejammer, Gemecker und schon gar nicht auf eine Überraschung. Das wäre die volle Wahrheit!«

Erstaunt nicke ich. Urtana hat recht.

»Ich konnte sie nicht erreichen, Urtana«, sage ich und zeige auf mein Kleid. »Ich hätte es nicht so drastisch wie du formuliert, aber es stimmt. Der helle Rest von mir ist zu schwach, um die intuitiven Impulse in Claras Gehirnwindungen zu transportieren. Außerdem werden sie dort vermutlich von Prio und Harmonia abgefangen.«

»Zu feige für Mut«, bestätigt Urtana.

Im nächsten Moment schweben die beiden inneren Stimmen vor mir. Einträchtig schauen sie mich mit zornig funkelnden Augen an.

»Wir wollen, dass es Clara gut geht. Es ist beschlossene Sache: Sie fährt zu ihrer Mutter«, erklärt Harmonia.

»Und nun ist diese Frage abgehakt. Vor der Abfahrt steht noch eine Matheprüfung an. Jetzt wird gelernt«, verkündet Prio im Befehlston.

Harmonia nickt zustimmend. Dann wenden sich die beiden ab und beglücken Vater Verstands graue Zellen, um Clara mit ihren Eingebungen in eine andere Richtung zu lenken. Der logische Denker arbeitet zusammen mit Prio auf Hochtouren. Sie hängen mit den Augen vor dem Notebook, saugen stundenlang Wissen auf. Clara ist abgelenkt, der Besuch bei ihrer Mutter vorerst vergessen.

Es ist zum Verzweifeln. Ich fühle mich boykottiert. Mit meinen schwachen Eingebungen erreiche ich Clara nicht.

»Lass den Kopf nicht hängen, Sonnenseelchen«, tuschelt es in meinem gräulichen Kleid. »Wie ich bereits sagte: Beziehungen! Mut und Ehrlichkeit lernen wir am besten in Beziehungen.«

Vier

»Genau, Mama, 14:38 Uhr komme ich in Hannover an und fahre anschließend mit der U-Bahn weiter. – Ja, ich bringe die schmutzige Wäsche mit. – Nein, du musst wegen mir keine Flasche Wein öffnen. – Ach, wegen der Überraschung? Gut, mach eine auf. – Was ich essen möchte? Wie wär's mit Kartoffelauflauf? – Das ist nicht fein genug? Egal, mach was mit Reis oder Nudeln. – Was meinst du damit, du willst kein Mensaessen servieren?« Clara ist nahe dran, mit den Augen zu rollen. »Mama, ich muss den Koffer mit der Schmutzwäsche packen, wir sehen uns morgen, ja?« Sie drückt die Beenden-Taste ihres Telefons und atmet durch.

Der nächste Morgen ist schnell herangerückt. Zwei Koffer hinter sich herziehend, begibt sich Clara zu Gleis Eins des Bremer Hauptbahnhofs.

»Ärgerlich, dass der Waschsalon in der Innenstadt geschlossen hat«, murmelt sie vor sich hin, während sie die Gepäckstücke die Bahnsteigtreppe hinaufschleppt. »Wir brauchen dringend eine Waschmaschine in unserer WG. Jeder bringt seine Klamotten zu den Eltern, das kann doch kein Dauerzustand sein.«

Die beiden Auslandssemester! Diese Woche muss ich Mama davon erzählen.

Missmutig stellt sie ihre Koffer auf dem Bahnsteig ab. Auf dem gegenüberliegenden Gleis fährt der Zug aus Bremerhaven ein. Ruckzuck hat sich der Bahnsteig mit Fahrgästen gefüllt, die den Bremer Hauptbahnhof zum Umstieg in Richtung Leipzig nutzen. Dicht neben ihr ist ein junger Mann stehen geblieben. Er überragt Clara um fast zwei Köpfe und tippt versunken auf seinem Handy herum. Unwillkürlich tritt sie einen Schritt zurück. Ein Duft aus Gewürznoten und Zedern weht zu ihr herüber.

Was ist das?, überlegt sie. *Kardamom? Auf jeden Fall aromatisch, holzig, interessant.*

Sie wirft einen Blick zur Seite, lässt ihn an der hochgewachsenen Gestalt hinaufwandern, von den camelfarbenen Schnürboots über die Bluejeans bis zu den breiten Schultern, die von einer rostroten Lederjacke bedeckt sind. Über seiner linken Schulter hängt lässig ein Travelrucksack im gleichen Farbton. Auf seinem Kopf tummelt sich ungezähmt welliges kastanienbraunes Haar. Als er sich umdreht, um die Abfahrtstafel zu lesen, erhascht Clara einen Blick auf sein feines, kantiges Profil. Er scheint etwas älter als sie zu sein, vielleicht Mitte zwanzig. Seine ganze Haltung erinnert sie an Old Shatterhand aus den Winnetou-Filmen, die sie als Kind so gern gesehen hat.

Er wendet sich um und mustert sie. Verschmitzt zwinkert er ihr zu. Seine Augen leuchten in sagenhaftem Terence-Hill-Stahlblau. Clara hat Mühe, nicht zu erröten. Ob es ihr glückt, kann sie nicht feststellen. Sicherheitshalber blickt sie zu Boden.

Als der IC Richtung Leipzig einfährt, atmet sie auf. Ihr

Bahnsteignachbar hat sich bereits abgewandt und wartet zusammen mit anderen Fahrgästen auf das Freiwerden der Zugtür.

Clara greift sich ihre beiden Koffer und stellt sich an den zweiten Einstieg. Vorsichtig riskiert sie einen Blick zurück. Der junge Mann scheint bereits im Wagen zu sein. Auch Clara steigt ein, drängt sich an den Abteilen vorbei zum nächstbesten freien Platz gleich hinter der ersten Glastür. Ihre beiden Koffer wuchtet sie auf die Gepäckablage, dann lässt sie sich aufatmend auf den Fensterplatz fallen. Mit einem flauen Gefühl beobachtet sie, wie sich der Ranger vom Bahnsteig durch den Gang direkt auf sie zubewegt.

»Ich glaube, das ist mein Platz«, sagt er, als er vor ihr steht. Entschuldigend hebt er die Achseln und deutet auf die Reservierungsleiste unterhalb der Gepäckablage. »Ich bin versehentlich an der falschen Tür eingestiegen und musste mich erst durchkämpfen.«

»Oh, tut mir leid. Darauf habe ich gar nicht geachtet.« Hastig steht Clara auf, schaut sich nach ihren Koffern um. Gerade noch rechtzeitig, denn schon wieder ist da diese völlig unpassende Hitze in ihrem Gesicht.

Der junge Mann tippt ihr auf die Schulter. Er hat leicht den Kopf eingezogen, als ob er Gefahr läuft, oben an der Zugdecke anzustoßen. Fröhliche Lachfältchen umspielen die blauen Augen, als er sie anlächelt.

»Der Gangplatz ist bis Braunschweig frei. Wenn du nicht bis Leipzig durchfahren musst, setz dich einfach neben mich.«

»Was?«, entfährt es Clara. »Ach so. Ich will nur bis

Hannover.« Ganz baff über das plötzliche Du und seine sympathische Ansprache starrt sie ihn an.

Meine Güte, ist das peinlich, geht es ihr durch den Kopf. Sie weist zum Fenster. »Dann rutsch durch.«

»Passt«, antwortet er. »Ich steige auch in Hannover aus. Such dir aus, wo du sitzen willst.« Mit Schwung stemmt er seinen Travelrucksack in die Gepäckablage hoch.

»Ich bleibe am Gang«, sagt sie schüchtern, während er seinen Platz einnimmt. Verstohlen beobachtet sie ihn von der Seite.

»Hey, ich bin übrigens Lars. Lars Brauer«, stellt er sich vor und streckt ihr die Hand entgegen.

»Clara Wunderlich«, antwortet sie und drückt die dargebotene Hand.

»Wunderlich? Ehrlich? Ich hoffe, der Name ist nicht Programm«, sagt er lachend und dreht sich mit dem Rücken zum Fenster, um sie anzuschauen.

Nein. Ist deiner denn Programm?, denkt Clara, lächelt jedoch zurück.

»Hey, standen wir nicht eben zusammen am Bahnsteig?«, setzt Lars das Gespräch fort. »Ich hätte dich fast übersehen. Warum trägt so ein hübsches Mädchen wie du diese Tarnfarben?«, fragt er und weist mit dem Finger auf ihr Outfit.

Ja, du Riese wärst fast auf mich getreten.

Ihr Kopf fühlt sich heiß an. Sie schaut an sich herab, als ob sie an diesem Tag zum ersten Mal bemerkt, welch bemerkenswertes Ensemble sie trägt. Tatsächlich haben Parka und Hose denselben dunkelgrünen Farbton und verleihen ihr etwas Unsichtbares. Nur ihr streng zusammengebundener schwarzbrauner Zopf und die rehbraunen Augen bilden einen unübersehbaren Kontrast in ihrem blassen Gesicht.

»Danke, dass du mich nicht umgerannt hast«, sagt sie, als hätte sie die Frage überhört.

Lars fängt an zu lachen. Seine offene Art löst ihre Anspannung, das selbstbewusste Auftreten beginnt ihr zu gefallen. Sie atmet auf und stimmt mit ein.

»Ich studiere Biologie«, erklärt sie schließlich. »Zu Hause in der Leinemasch sitze ich oft stundenlang am Ufer der Teiche und beobachte die Schwäne, Wildgänse und Enten oder die Störche, die bereits zurückgekehrt sind. Ich trage solche Sachen, damit ich keinen Vogel verjage. Ich fürchte, im Laufe der Jahre habe ich mir eine ganze Menge Tarnkleidung zugelegt.«

»Du lebst in der Leinemasch? Wie cool! Ich besuche jedes Jahr um diese Zeit meine Eltern in Wilkenburg.«

»Unser Nachbarort mit der uralten Kirche«, stellt Clara lächelnd fest.

Lars' Begeisterung ist auf sie übergesprungen. Schon wenige Minuten später sind beide in ein Gespräch vertieft. Clara erfährt, dass ihr Greenhorn zur Arbeitsgemeinschaft »Ökosystemfunktionen« gehört und gerade ein Freiwilliges Ökologisches Jahr am Alfred-Wegener-Institut in Bremerhaven absolviert. Schiffsexpeditionen in der Deutschen Bucht, Klimawandel, Naturkatastrophen, Pflanzen und Tiere – Clara hängt an seinen Lippen, während er erzählt. Es sind ihre Themen. Ihre Mutter und andere Überraschungen sind vergessen.

Für Clara ist Hannover Hauptbahnhof zu rasch erreicht, ihre Fragen ungenügend beantwortet. Lars hilft ihr beim Aussteigen und zieht einen ihrer Koffer hinter sich her. Den anderen trägt sie.

»Ich werde von meinem Vater abgeholt, wir könnten dich mitnehmen«, bietet er ihr an. »Ist kein Umweg.«

Clara ist hin- und hergerissen. Es wäre die Chance, weiter mit ihm über die Artenvielfalt der Meere zu sprechen. Dennoch kommt es ihr merkwürdig vor, mit zwei fremden Männern nach Laatzen weiterzufahren.

»Ist einfacher, wenn ich die U-Bahn nehme«, lehnt sie das verlockende Angebot ab. »Aber vielen Dank.«

Lars zuckt die Schultern. »Kein Problem. Wenn du Lust hast, sehen wir uns morgen. Ab zehn Uhr bin ich in der Leinemasch unterwegs. Ich stehe mit dem alten weißen Golf meiner Mutter auf dem Parkplatz hinter der Leinebrücke.«

Clara nickt erfreut. Erneut erobert die verräterische Röte ihr Gesicht. »Ich warte am Nachtanger«, sagt sie und schaut zu Boden.

Lars beugt sich zu ihr herab und umarmt sie kurz. »Dann bis morgen am Nachtanger, Clara. Meine Nummer hatte ich dir ja gegeben. Falls du nicht widerstehen kannst, ruf an.«

Nun ist das Rot auf ihren Wangen nicht mehr zu verbergen. Clara hat das Gefühl, ihre Beine knicken ein. Sie schaut ihm hinterher, während er Richtung Ernst-August-Platz schlendert, den Travelrucksack lässig über die linke Schulter geworfen. Er dreht sich kurz um und winkt.

Bei dir ist jeglicher Widerstand zwecklos, denkt sie und grinst.

»Du siehst aus wie ein Soldat auf Urlaub, Clara Susann!«, begrüßt Henriette ihre Tochter. »So wirst du nie einen Mann kennenlernen!«

Clara lacht auf. Sie stellt ihre Koffer ab und umarmt ihre Mutter. »Ich habe Hunger, Mama. Es duftet so gut nach Zwiebelsuppe.«

»Erst um siebzehn Uhr gibt es Essen. Du weißt ja, ich habe eine Überraschung für dich.«

Clara schaut ihre Mutter enttäuscht an. »Ich muss bis fünf warten? Das dauert noch über eine Stunde! Du wusstest doch, wann ich komme.«

»Es ging eben nicht anders. Wir alle haben unsere Pflichten … Du kannst dich in aller Ruhe frisch machen und umziehen. Zieh dir bitte etwas Normales an. In diesen olivgrünen Teilen siehst du völlig verwahrlost aus.«

Was sollen die Leute von dir denken?, setzt Clara in Gedanken hinterher und lächelt. »Lass mich schnell die Wäsche in die Maschine packen, dann dusche ich. Was hast du eigentlich für eine Überraschung?«

»Dafür musst du dich etwas gedulden.« Ihre Mutter ist an der Badezimmertür stehen geblieben. »Wir haben uns ja ewig nicht gesehen, erzähl mal, wie klappt das so mit deinen Mitbewohnern? Zahlen alle pünktlich ihren Mietanteil?«

Ewig ist gnadenlos übertrieben, denkt Clara und schaut ihre Mutter an. »Ja, natürlich zahlen alle ihre Miete.«

Mama interessiert leider nie das Studium selbst. Sie sucht mal wieder das Haar in der Suppe, den neuerlichen Haken, die Begründung, warum der Umzug nach Bremen eine Fehlentscheidung war. Schade.

Aber Clara hat sich daran gewöhnt. Schulterzuckend beginnt sie zu erzählen, während ihre Gedanken bei Lars und dem morgigen Treffen sind. Mit drei, vier Handgriffen stopft sie die Wäsche in die Waschmaschine, bis nichts mehr reinpasst, kippt Waschpulver in den Dosierer und stellt die Maschine an.

»Was tust du da, Clara Susann? Siehst du nicht, dass du die Maschine völlig überfrachtest? Und sechzig Grad für Oberteile und Hosen? Weiß und bunt zusammen?«

»Oh«, sagt Clara, während sie zusieht, wie sich die Trommel der Waschmaschine in Bewegung setzt.

»Und wer ist eigentlich Lars?«

»Oh«, macht sie ein weiteres Mal, diesmal verhaltener. »Habe ich seinen Namen laut ausgesprochen?«

»Du sprichst alles laut aus, Kind. Ständig redest du vor dich hin.«

Clara nimmt einen tiefen Atemzug und wendet sich ihrer Mutter zu. Begeistert erzählt sie, wie sie den angehenden Ökologen auf der Fahrt nach Hannover kennengelernt hat. »Mama, ich hatte heute das interessanteste Gespräch meines Lebens«, endet sie. Ihre Augen strahlen, während Henriettes Mundwinkel herabfallen.

»Noch ist nicht aller Tage Abend«, sagt sie, dreht sich um und geht in die Küche.

Clara schaut ihr verdutzt hinterher. Ein Bauch-grummeln meldet sich, das ungute Gefühl, das mit der Überraschung in Zusammenhang steht.

Frisch geduscht, die Haare zum Pferdeschwanz ge-bunden, in Jeans und blauem Rollkragenpulli zieht Clara sich in ihr ehemaliges Mädchenzimmer zurück und blickt auf die Hundewiese hinaus. Träumerisch lehnt sie den Kopf gegen den Fensterrahmen und lässt die Reise Revue passieren. Sie betrachtet die segelförmige Skulptur des Künstlers Michael Zwingmann, die den Namen »strom-aufwärts« trägt, malt sich aus, welchen Weg sie morgen gehen, welche Tiere sie zu Gesicht bekommen werden. Wie Lars ihr zuzwinkert, seine strahlend blauen Augen, die Lachfältchen drumherum, der Duft aus Kardamom und Zedern.

»Läuft!«, tönt es einstimmig in Claras Kopf.

Ich schaue erstaunt in diese Region. Ja, ich bin regel-recht sprachlos. Kein Konter von Prio, kein Urteil von Urtana, stattdessen rosa Wolkenproduktion von Harmo-nia. Vater Verstand summt leise vor sich hin, Mutter Herz spielt Bongos. Mein Kleid flackert fröhlich, sodass sich sogar das Gruselgrau mit Licht vermischt.

»Das war auf jeden Fall ein guter Ansatz!«, unterbricht jemand meine Beobachtungen.

Erschrocken drehe ich mich um. Vor mir schwebt ein nahezu schwarzes Wesen, nur das Weiße der Augen leuchtet. Eine volle Haarpracht umweht es bis zu den Hüften.

Die dunkle Seele!, schießt es mir durch den Kopf. Endlich beginnt es rund – in Claras Sinne – zu laufen, und nun muss ich mich mit dieser Gestalt herumärgern.

So kurz können schöne Augenblicke sein!

Sie winkt ab, als könne sie meine Gedanken lesen. »So schlimm wird es nicht, Sonnenseelchen!«

»Du bist also die dunkle Seele.« Ich bemühe mich, souverän und selbstbewusst zu klingen, aber die Verniedlichung meines Namens lässt die Nebelschwaden in mir brodeln.

»Danke, dass du mich frei gelassen hast. Du darfst mich Frau Niefried nennen. Ich bin deine Schwester«, antwortet sie.

»Schwester?« Meine Kinnlade klappt nach unten. *Und wann, bei allen Sternen des Universums, habe ich sie freigelassen?*

Sie nickt und wedelt mit dem Finger vom Saum meines Kleides bis hoch zur Augenpartie. »Du brauchst Hilfe, deine Leuchtstirn ist zu schwach für durchschlagende Impulse. Daher habe ich mich herausgelöst«, übt sie sich weiterhin in der Kunst des Gedankenlesens.

Ich betrachte meinen schmutzig-grauen Rollkragenpulli. »Aber warum trage ich immer noch die Grauschleier in mir? Wenn du dich abgespaltet hast, müsste ich doch leuchten, oder?«

Sie wiegt den Kopf. »So einfach vergehen die nicht. Wie du siehst, bin ich eine dunkle Seele, keine matschig-graue. Hättest du frühzeitig die Reißleine gezogen, wäre weder ich entstanden, noch hätten sich die Schlieren gebildet. Wie du siehst, bist du für dein verschmutztes Kleidchen selbst verantwortlich. Es zeigt, dass Claras

Kopfstimmen regieren. Um dein Leuchten zurückzugewinnen, musst du Stille im Kopf einkehren lassen. Auf geht's Sonnenseelchen, kümmere dich darum. Schließlich trägt eine jede Sonnenseele ein lichthelles Kleid!«

Wäre meine Kinnlade nicht schon auf den Tiefststand gefallen, würden mir spätestens jetzt die Gesichtszüge entgleiten. Innerhalb kürzester Zeit hat sie meinen wundesten Punkt getroffen. Ich muss mich kurz sammeln. Eine Weile betrachte ich den wabernden Schlierensalat in mir. »Du sagtest, du hast dich herausgelöst, weil ich Hilfe bräuchte. Also, wie hilfst du mir?«

Sie strahlt mich mit weißen, rund anmutenden Zähnchen an. »Das nächste Ereignis steht bevor. Menschen lernen durch andere Menschen.«

»Verstehe ich nicht.«

Frau Niefried nimmt mich an die Hand. Widerstandslos lasse ich mich von ihr bis zu Claras Augen schleppen. Sie zeigt nach draußen. Ich spähe durch Claras Augen auf die Hundewiese. Nichts Besonderes ist zu sehen. Als ich mich umdrehe, ist Frau Niefried verschwunden. Verwirrt hänge ich in der Kopfregion, als es an der Tür klopft.

»Komm rein, Mama.«

Henriette öffnet die Tür und strahlt ihre Tochter an. »Ich möchte dir Wiland von Stitzing vorstellen, den Sohn meines Chefs.« Sie tritt einen Schritt beiseite.

Nun sind es Claras Mundwinkel, die herabfallen. Die Überraschung ihrer Mutter hat sie komplett vergessen.

So kurz können schöne Augenblicke sein!

Frau Niefrieds Entfaltung

Eins

Wiland von Stitzing umklammert mit beiden Händen einen Strauß Tulpen, während er Clara zulächelt. Er ist nur unwesentlich größer als sie und wirkt wie ein junger Holzfäller, der sich entschlossen hat, doch lieber Finanzbeamter zu werden. Schweißperlen stehen auf seiner Stirn, die bereits seinen kupferblonden Haaransatz erfasst und kleine Ringellöckchen hervorgebracht haben. Die gelben, roten und weißen Tulpenblüten bilden einen leuchtenden Kontrast zu seiner beige-braunen Weste und dem dazu passenden Hemd. Sogar die leopardenfarben gemusterte Hornbrille verschmilzt mit seinem Outfit.

Clara erwidert sein Lächeln, indem sie die Mundwinkel in die Waagerechte bringt, und versucht, sie dort zu halten.

Henriette schiebt Wiland sanft nach vorn.

Er streckt seine Arme aus: »Freut mich, Sie kennenzulernen, Clara. Die sind für Sie.«

»Danke.« Clara nimmt das leuchtende Farbbündel entgegen. »Die sind unglaublich schön. Tulpen sind meine Lieblingsblumen«, sagt sie, den Blick auf die Blumen geheftet.

Wiland hält die Hände vor dem Hosenbund gefaltet und dreht sich zu Claras Mutter um.

Gut gelaunt weist diese Richtung Wohnzimmer. »Jetzt wird gegessen. Folgen Sie einfach dem Duft.«

Während Wiland vorausgeht, mustert Henriette ihre Tochter von der Seite. Clara weiß, dass ihr blauer Rolli gerade durchs Bewertungsraster für *normal* fällt. Eilfertig biegt sie in die Küche ab und atmet auf.

Was soll das alles? Was erwartet meine Mutter von mir?

Sie nimmt eine Vase aus dem Geschirrschrank und füllt Wasser für den Tulpenstrauß ein.

»Clara Susann, kommst du bitte?«, tönt die Stimme ihrer Mutter aus dem Wohnzimmer.

»Natürlich.«

Die ganze Wohnung duftet nach Claras Lieblingssuppe.

»Eine nahrhafte Zwiebelsuppe mit extra großen Gemüsezwiebeln, Möhren, Sellerie und Porree, abgeschmeckt mit Balsamico-Essig, Gemüsebrühe, einem Lorbeerblatt und einem Zweig Thymian«, stellt Henriette freudestrahlend ihre Kochkunst vor.

»Sie haben sich viel Mühe gemacht, Frau Wunderlich«, lobt Wiland ihr Werk.

Die Hände im Schoß gefaltet, beobachtet er das Baguette mit dem geschmolzenen Gruyère-Käse, das garniert mit frisch gehackter Petersilie auf der Zwiebelsuppe schwimmt.

Henriette winkt ab. »Das ist erst die Vorspeise. Wartet nur, was es zum Hauptgang gibt. Ich muss ja ständig improvisieren, damit Clara mal was auf die Rippen bekommt.«

»Mama!« Irritiert schaut Clara ihre Mutter an.

»Was?« Henriette zuckt ahnungslos die Achseln und wendet sich Wiland zu. »Nun lasst es euch schmecken.«

Während die beiden die Suppe löffeln, das Brot mit den immer länger werdenden Käsefäden herausziehen, verrät Henriette, was es als Nächstes gibt: Kartoffelomelett mit Steinpilzen und karamellisierten Walnusskernen.

»Kein Fleisch?«, fragt Wiland und erntet einen kurzen, verwirrten Blick von Henriette.

»Ich bin Vegetarierin«, sagt Clara und klingt dabei, als ob sie sich entschuldigt. »Meine Mutter musste wegen mir ihre Kochkünste ganz neu entfalten. Sie weiß, dass ich Omelettgerichte und Pilze mag. Das Kartoffelomelett ist doch mit Steinpilzen, oder nicht?«

Ihre Mutter nickt. »Ja. Und die Walnusskerne bereite ich ganz frisch zu. Sie werden extra serviert, damit sich jeder nehmen kann, so viel er mag.«

Während sie ausführlich beschreibt, wie sie diese Köstlichkeit herstellen wird, beobachtet Clara Wiland mit gesenktem Kopf aus den Augenwinkeln. Er sitzt links von ihr und kämpft mit einem extra langen Zwiebelring, der zurück in die Suppe fällt und ein paar Spritzer auf seinem Hemdkragen hinterlässt.

»Hier bitte, nehmen Sie eine Serviette, lieber Wiland, tun Sie sich keinen Zwang an«, sagt Henriette, die das Malheur ebenfalls verfolgt hat.

Clara verkneift sich ein Grinsen.

»Wiland, erzählen Sie mal ein bisschen von sich. Sie arbeiten beim NABU? Was machen Sie da genau? Clara Susann möchte eines Tages auch beim NABU anfangen, nicht wahr?«

Clara hebt erstaunt den Kopf. Dass der Herr mit der Weste sich beim NABU engagiert, hätte sie nicht gedacht.

»Ja, entweder das oder als Tierpflegerin. Zuerst möchte ich mein Biologiestudium beenden. Was sind Ihre Aufgaben beim Naturschutzbund?«, wendet sie sich direkt an Wiland.

Henriette wedelt mit einem Finger zwischen den beiden. »Ihr seid beide in einem Alter. Ihr könnt euch ruhig duzen.«

»Wie alt sind Sie … bist du denn?«

»26«, erklärt Wiland und pustet in die Suppe.

»20«, sagt Clara ebenso kurz angebunden.

Sie wendet sich ebenfalls ihrem Essen zu, wartet jedoch vergeblich, dass Wiland etwas über seine Arbeit erzählt. Stumm löffeln sie ihre Suppe.

»So, dann hole ich jetzt das Hauptgericht. Hat es denn geschmeckt?«

»Es war vorzüglich, Frau Wunderlich.« Wiland reicht ihr die Suppentasse, in der sich die letzten Zwiebelringe kringeln.

Clara stapelt ihre eigene Tasse in die ihrer Mutter, um das Geschirr in die Küche zu tragen.

»Bleibt nur hier Kinder und unterhaltet euch weiter.« Mit einem Lächeln nimmt Henriette ihrer Tochter die Tassen ab und verschwindet Richtung Küche.

»Gut. Sie … Du wolltest von deiner Arbeit beim NABU erzählen«, nimmt Clara den Gesprächsfaden wieder auf.

»Da gibt's eigentlich nicht viel zu erzählen«, erwidert

Wiland und schiebt sich die Brille etwas höher auf die Nase. »Ich mache dort die Buchführung.«

Eine Pause entsteht. Clara überlegt angestrengt, was sie darauf erwidern soll. »Das ist ja auch sehr wichtig«, sagt sie schließlich.

Was Blöderes hätte mir nicht einfallen können. Sie schüttelt den Kopf über sich.

»Was ist los?«, fragt Wiland, der das Kopfschütteln bemerkt hat.

»Ach nichts. Ich interessiere mich eher für Tiere, möchte mich für den Naturschutz engagieren. Die Leinemasch ist ein ganz besonderer Lebensraum für die heimische Tierwelt und die vielen Zugvögel. Sogar Biber wurden schon gesichtet. Die Alte Leine war damals ein Seitenarm der heutigen Leine, auf dem sogar Kähne fuhren. Heute ist sie umgekippt und mit Entengrütze bedeckt, das Frühstücksbüffet für unsere Schwäne …«

»Oh Mann, wir sind doch noch beim Essen.« Wiland wendet seinen Blick zur Tür in froher Erwartung, dass es gleich den Hauptgang gibt.

Clara, rüde unterbrochen in ihrer Begeisterung, betrachtet seinen kupferblonden Hinterkopf, auf dem sich Walnussschalen große Locken ringeln. »Walnüsse haben Ähnlichkeit mit Gehirnen. Sind sehr gesund, davon sollte man immer viel essen«, erklärt sie lapidar.

Als er sie verwirrt anschaut, hebt sie die Schultern. »Meine Mutter serviert gleich das Kartoffelomelett mit den energiereichen Fitmachern.«

Wiland schweigt.

Claras Gedanken wandern zu Lars, dem fesselnden Gespräch, der Begeisterung in seinen stahlblauen Augen, die sofort auf sie übergesprungen war.

Der heutige Abend geht auch vorüber. Ich mache einfach das Beste draus.

Lächelnd steht sie auf. »Ich öffne eine Flasche Wein für uns«, teilt sie Wiland mit und folgt ihrer Mutter in die Küche.

Ein überwältigender Duft schlägt ihr entgegen. »Lecker, Mama. Aber wen hast du denn da angeschleppt? Ich hoffe, das wird nicht dein neuer Lebenspartner.«

Sie schnappt sich eine Weißweinflasche und einen Korkenzieher. Geschickt dreht sie das Gewinde in den Korken, drückt die Arme des Gerätes nach unten und zieht schwungvoll den Verschluss heraus. »Ich hoffe, er mag Wein oder hast du vorsichtshalber noch Milch eingekauft?«

»Wie meinst du das? Er ist ein netter Mann in deinem Alter, nicht in meinem …«

»Er ist sechs Jahre älter als ich und benimmt sich irgendwie kindisch.«

»Unfug!« Ärgerlich schaut Henriette ihre Tochter an.

»Wir haben nicht ansatzweise die gleichen Interessen. Bist du dir sicher, dass er die Buchführung beim NABU macht und nicht in deinem Steuerbüro?«

»Er macht doch keine Buchführung«, protestiert Henriette und rührt die in der Pfanne geschmolzene Zuckerraffinade routiniert mit einem Holzlöffel durch. Zügig, damit der Karamell nicht verbrennt, zieht sie die Pfanne von der Kochstelle und verteilt mit einem Löffel die heiße Süßigkeit über die Walnusskerne. Ohne weiter auf ihre Tochter zu achten, ordnet sie die duftigen Nusshälften auf einer Servierplatte an.

»Ach«, sagt Clara. »Vermutlich ist er auch nicht beim NABU?«

Kopfschüttelnd stapelt Henriette die drei Teller mit dem Omelett auf ihrem Unterarm. »Nimm die Platte mit und schließ die Tür«, weist sie ihre Tochter an. Rasch geht sie voraus, einen köstlichen Duft hinter sich herziehend, der jedes kritische Wort Lügen straft. Nacheinander setzt sie die Teller vor Wilands, Claras und ihrem eigenen Platz ab.

Clara folgt ihr, bepackt mit Servierplatte und Weinflasche in den Händen, und beobachtet amüsiert, wie Herr von Stitzing den Kopf über sein Essen hält, als ob er jeden Steinpilz einzeln begutachten will.

»Sind aus der Dose«, sagt sie. »Ist noch keine Steinpilzsaison. Ein Glas Wein gefällig?«

»Was ist das für einer?« Wiland nimmt ihr die Flasche aus der Hand und liest das Etikett. »Gutedel, ja gerne.«

Glück gehabt, denkt Clara mit einem Anflug von Ironie, während sie die Gläser füllt. Sie beschließt, das weitere Gespräch ihrer Mutter zu überlassen.

Henriette ist eine grandiose Köchin und spricht liebend gern über ihre Kreationen. Clara lobt sie ausgiebig, fragt nach Details und trinkt ihren Wein.

Und siehe da, Wiland taut auf. Er erzählt, dass sein Lieblingsessen Rumpsteak mit grünen Bohnen ist. Henriette verspricht sofort, dass sie beim nächsten Mal Rumpsteak mit grünen Bohnen zubereiten wird.

Ach herrje! Bitte kein nächstes Mal!

Als Nachtisch serviert Henriette Sahneeis mit Tannenhonig und Thymian. Um die Köstlichkeit hat sie eine Garnitur aus Beerenfrüchten drapiert. »Das habe ich bereits gestern vorbereitet, weil die Eisherstellung am längsten dauert. Alles selbst gemacht, ich hoffe, es schmeckt«, erklärt sich nicht ohne Stolz.

Wiland haut rein. »Das ist das Beste am ganzen Menü«, sagt er.

Clara beobachtet die Reaktion ihrer Mutter, die sich jedoch nichts anmerken lässt.

»Das freut mich«, sagt sie nur, und »Fang an, Clara Susann.«

Kurz nach zwanzig Uhr verabschiedet sich Wiland leicht angetrunken mit einem Händeschütteln bei Clara und einem Handkuss bei Henriette. »War lirklich wecker«, sagt er galant. »Äh … ich meine, wirklich lecker.«

»Ihr Taxi wartet vor dem Gartentor, lieber Wiland. Tschüss, bis nächste Woche«, geht Henriette großzügig darüber hinweg.

Wiland schluckt und wendet sich der Haustür zu.

Als die Tür ins Schloss fällt, lacht Clara los. »Noch eine Glasche Flutedel?«, gackert sie. »Äh … ich meine, noch eine Flasche Gutedel?«

Henriette schüttelt den Kopf. »Du bist unhöflich, Clara Susann.«

»Bei ihm fandest du's doch auch lustig, aber ich bin unhöflich?«, protestiert Clara halbherzig. Ihr ist eher zum Lachen zumute.

»Es hatte einen bestimmten Grund, warum ich ihn dir vorgestellt habe«, sagt Henriette ernst.

»Du willst mich verkuppeln.«

»Nein. Ja … Nein! Setz dich, bitte.« Unwirsch weist Henriette auf den Stuhl gegenüber.

Jetzt kommt der ernste Teil, denkt Clara, setzt sich jedoch brav auf ihren Platz.

»Wie du weißt, führt Klaus von Stitzing, also mein Chef, eine sehr gut gehende Steuerkanzlei. Wiland hat gerade sein BWL-Studium abgeschlossen und sammelt jetzt seit zwei Jahren Berufspraxis bei uns. Nach der Steuerberaterprüfung wird er als Partner in der Sozietät seines Vaters mitarbeiten. Alles schon beschlossen und arrangiert. Das ist ein sicherer Job, besser kann er es gar nicht treffen. Zudem ist er zuverlässig, korrekt und …«

»Also war das mit dem NABU gelogen.«

»Ansonsten hättest du ihm überhaupt keine Chance gegeben!« Ärgerlich faltet Henriette eine liegengebliebene Serviette zusammen.

Ich hatte doch sowieso keine Wahl, möchte Clara am liebsten sagen, schweigt jedoch.

»Wo war ich stehen geblieben? Er ist zuverlässig, korrekt und …« Henriette überlegt.

»Langweilig«, ergänzt Clara.

»Ehrlich«, beendet Henriette ihren Satz.

Clara legt eine Hand auf die ihrer Mutter. »Wir haben überhaupt nichts gemeinsam, Mama. Nicht dieselben Interessen, nicht dieselbe Wellenlänge. Das ist nicht schlimm. Er passt zu jemanden anderen besser, vielleicht zu jemanden in seiner Altersklasse.«

»Er hatte noch keine Freundin«, erwidert Henriette brüsk.

Ach du lieber Himmel! Und ich muss das ausbaden?

»Noch nicht mal ein Date«, fügt Henriette etwas milder hinzu. »Ich dachte, du könntest ihm helfen und ihm eine gute Freundin sein. Er ist wirklich zuverlässig …«

»Und korrekt. Ja, ich weiß. Aber Mama, er ist weder in mich verliebt noch ich in ihn. Das wird nicht gutgehen.«

»Man könnte es probieren.«

»Mama, wir leben nicht mehr im Mittelalter. Ich möchte nicht von meiner Mutter verkuppelt werden.«

Ihre Mutter betrachtet ihre gefaltete Serviette. »Was ich dir eben sagen wollte, Clara Susann. Wiland von Stitzing hat ein gutes Einkommen. Du erinnerst dich daran, welche Sorgen dein Vater und ich hatten? Wir kamen nie auf einen grünen Zweig. Wir haben uns entfremdet und uns schließlich scheiden lassen. Finanzielle Nöte entzweien Menschen. Ich möchte, dass du das niemals erleben musst. Bitte, gib Wiland eine Chance. Er gibt dir Sicherheit.« Henriette verlässt das Wohnzimmer, die gefaltete Serviette bleibt liegen.

Clara schaut ihr hinterher. *Vielleicht ist er bei der Arbeit ehrlich,* denkt sie, während sie die Serviette auseinanderfaltet. *Aber eine Beziehung mit einer Lüge zu beginnen, klingt nicht nach Sicherheit.*

Zwei

Im Bungalow an der Leinemasch ist Ruhe eingekehrt. Während sich Henriette um das Geschirr und die Küche kümmert, hat Clara die Waschmaschine ausgeräumt und ihre Wäsche im Badezimmer aufgehängt. Einige Unterhemden und Höschen haben die Camouflage ihrer Pullover und Jeans angenommen. Dafür sind diverse Pullis dermaßen eingelaufen, dass sie nur noch als Kindergrößen durchgehen. Temperatur und Stoffe, Weißes und Farbiges waren sich leider nicht grün. Mit einem Seufzen betrachtet sie die einzelnen Stücke.

Clara ist dankbar, dass ihre Mutter vorerst kein weiteres Wort über das heutige Abendessen verliert. Eigentlich ist die Sache klar: Wiland kommt als Freund oder Partner nicht infrage. Außerdem bezweifelt Clara stark, dass er irgendetwas für sie übrighaben könnte.

»Warum macht sich Mutter solche Sorgen um mich?«, murmelt sie, während sie die Badezimmertür hinter sich schließt und ihr Zimmer aufsucht. »Denkt sie, ich lande eines Tages in der Gosse, ohne Job, ohne Geld und obendrein ohne Mann! Ich möchte nach dem Studium beim NABU arbeiten. Sollte das nicht klappen, könnte es auch ein Job beim AWI in Bremerhaven sein.«

Sie lächelt bei der Vorstellung, Seite an Seite mit Lars zu arbeiten, sich abends mit ihm in romantischer Lagerfeuermanier über gemeinsame Ziele auszutauschen, Zukunftspläne schmiedend, dabei liebevoll umschlungen.

Mutter vertraut meinen Plänen nicht. Also sorgt sie sich.

Clara weiß, dass das nicht böse gemeint ist. Schließlich haben ihre Eltern finanzielle Nöte erlebt, die sie ihrer Tochter um jeden Preis ersparen möchten. Allerdings ist sie es nun, die den Sorgenrucksack aufgeschnallt bekommt, um für die Sorgen, die sich ihre Mutter macht, eine Lösung zu finden. Nur, damit diese sich keine Sorgen macht!

In ihrem Mädchenzimmer lässt sie sich aufs Bett fallen. Ein weiterer Satz ihrer Mutter hält Clara im Klammergriff:

Gib Wiland eine Chance. – Warum? Ich kann für mich selber sorgen. – Wie löst man so ein Dilemma auf?

»Du hast alles richtig gemacht«, atme ich nach oben, damit mich Clara wahrnimmt. »Ihr passt nicht zusammen. Du bist nicht für ihn verantwortlich. Auch nicht, wenn deine Mutter das wünscht«, sende ich vorsichtshalber hinterher.

»Aber Mutter Henriette wäre außerordentlich glücklich, wenn die beiden ein Paar würden«, höre ich hinter mir Harmonia flüstern.

Ich schaue mich um. »Warum?«, wiederhole ich Claras Frage.

»Ihre Tochter wäre versorgt, kann sich ihrem Hobby, der Natur, widmen und sich engagieren, wo immer sie will.«

»Du weißt schon, dass wir im Deutschland des Einundzwanzigsten Jahrhunderts leben?«, frage ich sie. »Clara sucht keinen Versorger. Außerdem, wie kommst du darauf, dass ihr Biologiestudium ein Hobby ist?«

»Vater Verstand möchte, dass wir alle gemeinsam an einem Strang ziehen und Claras Wohlbefinden aufrechterhalten«, lenkt Harmonia vom Thema ab.

»Und das habt ihr mit eurer Freude gezeigt, als Clara Lars kennengelernt hat«, unterbreche ich sie.

So schnell bringe ich Harmonia nicht aus dem Konzept. »Jede innere Stimme trägt auf ihre Weise dazu bei«, fährt sie fort. »Prio ist pflichtbewusst und setzt die richtigen Prioritäten. Urtana schärft ihren Blick und urteilt besser. Ich sorge für einen harmonischen Umgang mit den Mitmenschen. Dann kommt Clara bei allen gut an, ist beliebt, macht sich Freunde …«

»Du hast meine Frage nicht beantwortet. Wieso sollte ihr Studium ein Hobby sein?« Ich verschränke die Arme und blicke sie herausfordernd an.

»Du kennst Mutter Henriettes Meinung: Ein Biologiestudium ist Zeitverschwendung. Clara hat das nur verdrängt.«

»Für Clara ist es das nicht. Überleg mal, warum hat ihre Mutter das gesagt?«

»Weil ihre Tochter mit ihrer Zeit was Besseres anfangen sollte.«

»Zum Beispiel? Und jetzt sag nicht, Steuerunterlagen sortieren.«

Harmonia klappt ihren Mund auf und wieder zu.

»Henriette wollte nicht, dass ihr Kind auszieht«, antworte ich stattdessen. »So einfach. Es ging nicht darum, was sie tut, sondern ob sie es tut.«

»Die Harmonie im Hause Wunderlich ist in dieser Zeit

auf der Strecke geblieben. Es gab tagelange Diskussionen. Und wer hat das ertragen müssen?«Ärgerlich verschränkt das rosa Wattebällchen die Arme ineinander.

In gewisser Weise kann ich Harmonia verstehen. Sie hat seinerzeit ihre Aufgabe zu beschwichtigen, ernst genommen – und war gescheitert. Sie hat die Worte durch Claras Kopf schwirren lassen, wollte kleinbeigeben, aber Clara hat Harmonias Eingebungen nie ausgesprochen. Einige Tage Unverständnis und Kopfschütteln vonseiten ihrer Mutter waren das Ergebnis. Clara dagegen war voller Zweifel, ob ihre Entscheidung richtig war. Oft stand sie kurz davor, alles rückgängig zu machen. Das war Harmonias Werk. Sie redete ihr ein, dass sie einen Fehler machen würde. Ich habe damals alles gegeben, damit Clara an ihrem Weg festhält. Das Durchsetzen hat viel Kraft gekostet, aber es ist geglückt.

»Es ist meine Aufgabe, einen Menschen auf seinem Lebensweg zu führen«, versuche ich, fair gegenüber Harmonia zu bleiben. »Für Clara gehört das Biologiestudium dazu. In ihrem Lebensplan steht, was sie liebt und tun möchte, und ich sende die passenden Impulse.«

»Entschuldige, ich wollte dich nicht verdrängen, Sonnenseele. Aber …«

Ich spüre Harmonias Blicke auf meinem angegrauten Kleid.

»Was ist denn? Sag schon!«

Harmonia hebt die Schultern. »Ich … wir alle glauben, es bedeutet, dass du die Führung verloren hast, Sonnenseele. Daher wollen wir inneren Stimmen dich unterstützen.«

»Ich schaffe das allein.« Mir wird plötzlich flau, als ich daran denke, dass ich eine dunkle Schwester habe, die irgendwo in unserem Menschen herumschwebt.

»Was hast du?«, fragt Harmonia besorgt, die meinen zerknirschten Gesichtsausdruck verfolgt hat.

»Mir ist da etwas passiert«, beginne ich kleinlaut. »Ich … ich habe eine dunkle Seele gebildet.«

»Was ist eine dunkle Seele?«

»Lichte Seelenanteile aus meinem Kleid haben sich abgespaltet und sie entstehen lassen«, rufe ich mir die Erklärung von Mutter Herz ins Gedächtnis.

»Warum?«

»Weil ich mich zu sehr den Umständen angepasst habe, statt mich durchzusetzen.«

»Du konntest dich nicht gegen die dunkle Seele durchsetzen?«

»Nein.« Ich stocke. Wie hat Mutter Herz das gemeint? Was hat Frau Niefried behauptet?

»Das gräuliche Wesen hat sich gebildet, weil ich mich nicht gegen euch durchsetzen konnte! Ständig funkt ihr dazwischen und beeinflusst Clara mit euren pflichtbewussten, harmoniesüchtigen und urteilenden Kopfstimmen!«

Das rosa Geisterfräulein schüttelt beleidigt den Kopf, dass die dunklen Locken nur so fliegen. »Vater Verstand hat gesagt, dass wir nützlich sind. Wir sorgen für die richtigen Reaktionen und das passende Verhalten …«

»Das angepasste Verhalten!«

Harmonias Gesicht nimmt den Farbton ihres Kleides an. »Mit unseren Ratschlägen ist sie immer gut gefahren.«

»Ich bin Claras Seelenführerin, ich schicke die wegweisenden Impulse.«

Nase an Nase hängen wir uns in Claras Körper gegenüber.

Mutter Herz schlägt laut vor Aufruhr. In Clara herrschen derzeit weder Harmonie noch Klarheit.

Prio, die unseren Disput mitbekommen hat, leitet die aus ihrer Sicht einzig richtige Eingebung weiter: »Ich will keinen Ärger mit meiner Mutter! Sie hat es gut gemeint, als sie mir Wiland vorstellte. Ich sollte sie nicht enttäuschen und ihn wenigstens anrufen.«

Harmonia lächelt mich an. Kein Wunder, das war ganz in ihrem Sinne. Mit einem treuherzigen Blick wendet sie sich ab und schwebt hinauf in Vater Verstands Refugium.

Erschöpft und von mir selbst frustriert, schaue ich ihr hinterher, während sich vor mir etwas Dunkles aus dem pulsierenden Rot des Körpers schält.

»Nicht so schlimm, Sonnenseelchen. Zuallererst trifft sich Clara morgen mit Lars. Damit bringen wir ihr Blut in Wallung – und lassen die Kopfstimmen verblassen!« Frau Niefried. Sie lächelt genau wie bei unserer ersten Begegnung.

Verwirrt schaue ich auf ihre weißen ebenmäßigen Zahnreihen. Was will sie von mir? Taucht sie ab jetzt ständig aus den Tiefen des Körpers auf?

»Seelenkellern«, stellt meine gedankenlesende Schwester richtig. »Ich lebe in den Seelenkellern von Claras Körper.«

»Was ist das?«, frage ich ängstlich.

»Das sind, kurz gesagt, alle Organe, die kränkeln.

Manchmal der Magen, manchmal die Lunge, die Bronchien, die asthmatisch röcheln, der schmerzende Kopf und so weiter. Wenn sie krank sind, entstehen Seelenkeller, in die ich mich zurückziehen kann. Von dort aus triggere ich an, was du zu bearbeiten hast, damit Clara nicht vom Weg abkommt.«

Ich muss schlucken. »Wie bitte? Meinst du nicht, dass in Clara schon genug Verwirrung herrscht? Jede Stimme glaubt, sich einbringen zu müssen. Guck dir diesen verschmutzten Fusselteppich von einem Kleid an. Ich bin die Seelenführerin, aber ich kann Clara bald nicht mehr erreichen.«

Frau Niefried nickt. »Stimmt, du siehst aus wie ein garstiger Staubwedel«, meint sie verständnisvoll.

»Sehr witzig«, murre ich.

»Was?« Verständnislos hebt sie die Schultern. »Ich bin genauso kreativ in der Namensgebung für dein Kleid wie du.« Als sie meine herabfallenden Mundwinkel sieht, streicht sie mir versöhnlich über den flackernden Oberkopf. »Ich helfe dir, dein lichthelles Kleid zurückzubekommen. Dafür bearbeitest du Claras Schwachstellen.«

»Und welche sollen das sein?«, frage ich schlecht gelaunt.

Frau Niefried schaut in die oberen Regionen. Dort arbeitet es. Prio setzt Prioritäten, damit Clara es ihrer Mutter recht macht. Harmonia lobt Einsicht und Verständnis. Urtana hat zwei weitere Schals gestrickt, die sie herumschwenkt. *Überanpassung* hat sie auf einen, *Flucht* auf den anderen gestickt.

Prio und Harmonia argumentieren, dass Clara gehorchen solle, ihrer Mutter keinen Stress bereiten darf, die Mutter habe es schwer genug und so weiter und so fort. Urtana hält hartnäckig ihre neu gestrickten Schals hoch.

Nun muss ich doch schmunzeln. Ob Harmonia immer noch der Meinung ist, dass Urtana ihren Blick schärft und besser urteilt?

»Sie ist eine gute Beobachterin«, meint Frau Niefried. »Diese zwei Schwachstellen müsstest du bitte beenden, damit Urtana ihre Schals wieder aufdröseln kann. Alles klar?«

»Na klar. Klarer geht's gar nicht!«, schimpfe ich.

Von Frau Niefried bekomme ich ein Grinsen mit auf den Weg, dann ist sie – husch – entschwebt. Dieses Mal kann ich mir gut vorstellen, in welchem Seelenkeller sie sich aufhält. In Claras Kopf, denn dort herrscht das blanke Chaos.

Drei

Das Frühstück im Hause Wunderlich steht am Montagmorgen unter einem schweigsamen Stern. Clara ist es recht. Sie ist gedanklich bereits hinter der Leinebrücke, direkt am Parkplatz. Er fahre den alten weißen Golf seiner Mutter, hat Lars erzählt, um circa zehn Uhr warte er am Nachtanger …

»Hast du über meine Bitte nachgedacht, Clara Susann?«, mischt sich Henriette in die Tagträume ihrer Tochter.

»Was meinst du?«

»Ich hatte dich gebeten, Wiland eine Chance zu geben. Triff dich mit ihm. Ich muss ja nicht dabei sein, wenn du es nicht willst.« Sie wartet eine Weile auf Antwort.

»Ich treffe mich gleich mit Lars«, erwidert Clara und steht auf.

»Dann hast du sogar eine Vergleichsmöglichkeit.«

Ich brauche nichts zu vergleichen. Ich weiß es längst.

Nach Worte suchend stapelt sie das gebrauchte Geschirr in die Spüle. »Warum ist dir so viel daran gelegen, dass ich Wiland kennenlerne? Weil er der Sohn deines Chefs ist? Weil er ein gutes Einkommen hat? Mama, das kann nicht dein Ernst sein!«

»Und ob das mein Ernst ist«, entgegnet Henriette ärgerlich. »Solche Chancen liegen nicht auf der Straße herum. Oder sitzen in Zügen!«

Langsam dreht sich Clara zu ihrer Mutter um. »Wie meinst du das?«

»Kümmere dich um deine Zukunft, Clara Susann.« Henriette räumt ebenfalls ihren Platz auf und verlässt die Küche.

»Ja, Mama«, schimpft Clara leise vor sich hin.

Während ich sanfte, ausgewogene Atemzüge zu Clara schicke, spüre ich eine Bewegung im Rücken. Hinter mir schwebt Frau Niefried, frisch ausgeschlafen und tatendurstig. »Wie ich dir gestern versprochen habe, Sonnenseelchen, bringen wir heute Claras Blut in Wallung, nur wir zwei!«

»Das hat gerade Mutter Henriette getan«, erwidere ich.

»Und könntest du bitte aufhören, mich Sonnenseelchen zu nennen?« Ich drehe mich zu ihr um. Ihre wallende Mähne berührt mein Gesicht. Unwillkürlich ziehe ich den Kopf ein.

»Du bist ein Sonnenseelchen, mein Herz«, sagt sie lächelnd.

Als Leben in Claras Kopf kommt, schauen wir beide nach oben.

Clara wägt ab, ob sie das Haus, ohne sich zu verabschieden, verlassen sollte. Prio und Harmonia stimmen für Nein, Urtana flötet: »Versuch es doch mal.«

Kopfstimmen.

»Tschüss!«, ruft Clara schließlich, und schon fliegt die Tür hinter ihr ins Schloss.

Das war ein Kompromiss, scheint mir. Neben dem Ärger, den Clara in sich trägt, spüre ich eine weitere Emotion. Aufregung! Sie freut sich auf das Wiedersehen mit Lars, die gemeinsame Unterhaltung, sein verschmitztes Augenzwinkern.

Der Februarwind ist frisch. Clara schlingt die Arme um den Körper und rubbelt sich warm. An der segelförmigen Stahlskulptur bleibt sie stehen und blickt über die hügelige Hundewiese.

Als Vierzehnjährige war sie hinunter ans Flussufer gelaufen. Wenn der Leinepegel hoch genug stand, konnte sie mühelos ihre selbst gebastelten Papierschiffchen, die sie mit Herzen, Booten und Teddybären bemalt hat in den quirlig fließenden Fluss setzen und ihnen hinterherschauen, bis sie aus ihrem Blickfeld verschwanden.

Heute tollen die Besitzer mit ihren Hunden auf der Wiese herum. Oder die Hunde mit ihren Besitzern. Clara schaut ihrem Spiel zu.

»Was für ein Bild«, sagt jemand neben ihr, sodass sie herumfährt.

»Entschuldigung, ich wollte dich nicht erschrecken.« Leise ist Lars neben ihr aufgetaucht und schenkt ihr sein charmantes Augenzwinkern.

Clara wird warm ums Herz. Genauso hat sie sich das vorgestellt. Sie erwidert sein Lächeln. »Hey, waren wir nicht am Nachtanger verabredet? Ich habe dich hier oben gar nicht erwartet ... und fast nicht gesehen.« Sie deutet auf sein Outfit: Lars ist ganz in Olivgrün gekleidet, so wie Clara gestern.

Er blickt an sich herab. »Du hast mir den entscheidenden Tipp gegeben.«

Er zeigt hinüber zum Wald, in dem sich die vielen zum Teil verlandeten Teiche mit ihren Schilfzonen und Weidenbüschen befinden. »Ich war den ganzen Morgen auf den Beinen und konnte fantastische Aufnahmen von Schwänen und Graugänsen schießen. Dann habe ich dem Biber aufgelauert, aber der wollte nicht vor meine Linse. Stattdessen habe ich jemanden an diesem Stahldreieck entdeckt. Dunkler Zopf, große Augen, blasses Gesicht. Das kann nur meine gestrige Zugschönheit sein, dachte ich mir!« Lars lacht, und Clara schaut verlegen zu Boden. Sie ist sich nicht sicher, ob das ein Kompliment war oder er sie auf den Arm nehmen wollte.

Mit hochrotem Kopf betrachtet Clara die Wiese. »Der Biber ist eben ein scheues, nachtaktives Tier«, antwortet sie ausweichend. »Lass uns spazieren gehen. Hinter dem Wiesendachhaus leben jede Menge bunte Vögel. Truthähne, Rebhühner, Fasane, Hühner und Tauben. Sogar der erste Storch ist bereits zurückgekehrt.«

»Super Idee! Ich war ewig nicht mehr im Biergarten. Vielleicht können wir anschließend was trinken? Die Bänke stehen doch ganzjährig draußen?«

»Es gibt sogar eine Überdachung«, antwortet Clara.

Das wirre Kompliment ist verdrängt. Während sie nebeneinander hergehen, Lars von Bibern und Wasservögeln erzählt, pustet der Wind die Wolken auseinander, bis die ersten Sonnenstrahlen die Maschwiesen erleuchten.

»Das Blut ist in Wallung«, stellt Frau Niefried zufrieden fest.

Ich wundere mich nicht mehr, dass sie wie von Zauberhand neben mir aufgetaucht ist. Stattdessen packe ich die Gelegenheit beim Schopf. »Was schlägst du konkret vor, um die Themen Überanpassung und Flucht aus Claras Leben zu verbannen?« Aus meinem Mund klingt das drohend, aber Frau Niefried lässt sich nicht beeindrucken.

Wie gehabt grinst sie und zeigt ihre weißen Zähnchen. »Ich hatte dir einen Hinweis gegeben. Ich sagte dir, dass das nächste Ereignis vor der Tür steht. Menschen brauchen andere Menschen, um zu wachsen«, wiederholt sie sinngemäß ihre gestrigen Worte. »Heute trifft Clara Lars. Sie unterhalten sich, lernen sich kennen …«

»… und lieben«, ergänze ich.

Frau Niefried verdreht die Augen. »Nicht so hastig, Sonnenseelchen. Welches Ereignis stand gestern Abend vor der Tür?«

Ich muss eine Weile überlegen. Was meint sie? »Wiland?«

Frau Niefried nickt, als hätte sie ihrer Schülerin gerade ein Eins mit Sternchen ins Klassenbuch geschrieben.

»Aber Wiland und Clara …« Ich ziehe die Hände vor der Brust auseinander und hoffe, dass das als Erklärung ausreicht.

»Der Wiland gibt ein schönes Spiegelbild für unsere Clara ab.«

»Was? Sie hat doch Lars!«

»Clara lehnt Wiland ab, sie mag ihn nicht. Von Lars ist sie beeindruckt, man könnte sagen, sie ist ganz verschossen in ihn. Spiegelbilder helfen, sich selbst besser zu erkennen. Clara hat zwei: Lars und Wiland. Als Spiegelbild präsentiert sich nicht etwa dasselbe, wie alle immer denken. Das geht nicht, sonst würde niemand über den anderen nachdenken. Man bekommt einen Kontrast. Einen Gegensatz. Etwas Krasseres.«

Ich schaue sie ratlos an. »Spiegelbilder? Sind wir nicht vom Thema abgekommen? Wie soll ein Treffen zwischen Clara und Wiland helfen, dass ich Claras Themen bearbeite, um mein lichthelles Kleid zurückzubekommen? Das sind drei verschiedene Sachen auf einmal!«

»Und sie gehören alle zusammen. Fädel ein Treffen mit dem lieben Wiland ein, damit Clara auf ein weiteres Spiegelbild trifft und sich selbst durchschaut.«

Da ich keinen blassen Schimmer habe, wovon Frau

Niefried spricht, lässt sie sich zu einer Erklärung herab. »Zuerst einmal geht es um das Erkennen, bevor du Claras Themen bearbeiten kannst. Dazu dienen sich Menschen gegenseitig als Spiegelbild. Das ist so: Der Mensch ist von Natur aus blind ... im übertragenen Sinne natürlich. Stellst du ihm jemanden gegenüber, merkt der Mensch, wen er mag und wen er ablehnt. Bekommt er jemanden vorgesetzt, der Eigenschaften hat, die er bewundert und die er selbst gern hätte, strebt er das an. Man erkennt im anderen seine nicht gelebten Eigenschaften. In diesem Fall ist es Aufgabe des Menschen, sich selbst zu finden und nicht, jemanden nachzuahmen. Oder man spiegelt sich in seinen eigenen ungeliebten Eigenschaften und lehnt sie ab. Im Falle der Ablehnung muss der Mensch nachforschen, warum er sie ablehnt. Für den Fall der Bewunderung hätten wir Lars, für den Fall der Ablehnung Wiland. Alles klar, Sonnenseelchen? Du siehst so blass aus in deinem Rollkragenpulli.«

Vier

Am Ende ihrer Erkundungstour um den Grünen Ring waren sie in den Biergarten des Wiesendachhauses eingekehrt. Der überdachte Außenbereich, der mit einer durchsichtigen Wetterplane verkleidet war, bot einigermaßen Schutz vor Wind und Kälte. Während Lars sein alkoholfreies Bier und Clara ihren Kaffee trank, tauschten sie sich aus. Clara hing an seinen Lippen, lauschte seinen Erzählungen und versank nahezu in seinen blauen, vor Begeisterung leuchtenden Augen. Gegen Mittag bestellten beide ihr Lieblingsessen: Bratkartoffeln mit Spiegelei, Lars mit Speck, Clara ohne.

Die Februarsonne steht bereits tief, als sie gemeinsam zum Parkplatz zurückschlendern, auf dem Lars den weißen Golf seiner Mutter geparkt hat. Er läuft neben Clara her, die Hände tief in der Wärme seiner Jackentaschen vergraben. Sie schaut von der Seite zu ihm auf, schmunzelt unentwegt. Am liebsten hätte sie ihre Hand ebenfalls in seine Jackentasche gesteckt, um seine langen, schlanken Finger zu berühren. Er redet, die Schultern hochgezogen, der Kälte trotzend. Clara friert nicht.

»Treffen wir uns morgen wieder?«, fragt er und drückt sie zärtlich an sich.

»Unbedingt!«

Eine Weile winkt sie ihm nach, als er den Parkplatz verlässt und hinter der Leinebrücke verschwindet. Mit ein wenig Bedauern nimmt sie wahr, dass er keinen Blick zurückwirft.

Claras Stimmung ist durch nichts zu trüben.

Den hat mir der Himmel geschickt, lacht sie in sich hinein. Wohlig schlägt sie die Arme um ihren Körper.

Nun schwebt sie im heimischen Bungalow auf irgendeiner Wolke mit der Nummer Sieben. So etwas gibt's in Wirklichkeit gar nicht. Wolken können nicht nummeriert werden, dafür lösen sie sich zu schnell auf. Das ist zumindest meine Beobachtung. Ich halte mich derzeit zurück, sende keine Impulse. Frau Niefrieds Weisheiten wallen faserig durch mein Kleid, das keinen Deut besser aussieht als in den letzten Monaten und Jahren. Ihre Erklärung habe ich nicht verstanden. Daher habe ich mich entschlossen, das Geschehen vorerst nur im Auge zu behalten. Auf Clara wirkt derzeit so viel von außen ein, dass sie meine Intuition überhören würde.

Ich muss mich sammeln. Ja, auch eine Seele ist manchmal überfordert von all den Gefühlskapriolen, die ihr Mensch so durchmacht.

Als Clara ihr Zimmer betritt, fällt ihr Blick auf den Teddy mit der orangefarbenen, weißgestreiften Rettungsweste. Eine Visitenkarte lugt aus seiner Westentasche. Clara zieht sie heraus, dreht sie eine Weile hin und her und beschließt, anzurufen.

»Das kann nur Mama gewesen sein«, grummelt sie halblaut vor sich hin.

Bringen wir's hinter uns, denkt sie, während sie die Nummer in ihr Handy tippt. *Vielleicht geht er nicht ran, weil er meine Handynummer nicht kennt. Vielleicht ist er zu beschäftigt und schlägt vor, zurückzurufen – und vergisst es. Dann hätten wir alle unsere Schuldigkeit getan.*

Ein Gespräch zu führen, das man eigentlich vermeiden will, ist wie einen Cocktail anzurühren, den man gleich in den Ausguss kippen will, geht ihr auf, als das Freizeichen ertönt.

Damit der Cocktail genießbar bleibt, kommt es auf die Zutaten an, weiß Clara und überlegt sich ein paar vernünftig klingende Worte. Sie möchte von ihrer Mutter grüßen, darauf hinweisen, dass diese das Gespräch angestoßen habe, aber dass es keinen gemeinsamen Weg zwischen ihnen geben werde. – Käme für dich ein weiteres Treffen infrage? – Nein? Ich denke darüber genauso. – Ja, ich fand es auch nett. – Alles Gute wünsche ich dir. – Ja, bis irgendwann mal. – So könnte das Gespräch aussehen.

Nach dem dritten Freizeichen meldet er sich: »Von Stitzing.« Ernst und sachlich klingt sein Name, korrekt und zuverlässig.

»Ja hallo, hier ist Clara Wunderlich. Erinnern Sie sich … erinnerst du dich?«

»Natürlich, es war richtig schön bei euch gestern Abend. Ich wollte mich noch bedanken für das tolle Essen. Deine Mutter ist eine wahre Zauberkünstlerin in der Küche«, sprudelt er hervor.

Ach herrje, denkt Clara. *So viele Sätze an einem Stück. Das klang gestern ganz anders.*

»Jaaa«, antwortet sie gedehnt. »Mamas Leidenschaft ist Kochen. Bei meinen vegetarischen Wünschen musste sie kreativ werden. Viele Grüße übrigens.«

»Grüß sie bitte auch von mir. Ich sehe sie ja erst morgen, heute hat sie frei.«

»Sie hat sich um den Garten gekümmert.«

Eine Pause entsteht. Ihre Mutter hat den freien Tag genutzt, um liegengebliebenes Laub zusammenzuharken und die ersten Frühblüher einzupflanzen.

Clara überlegt, wie sie den informativen Small Talk gewitzt in ihre sorgfältig durchdachte Gesprächsstrategie einflechten könnte.

»Hast du übermorgen Zeit? Ich habe gegen halb vier Feierabend. Vielleicht könnten wir bei eurem Griechen essen gehen? Auf der Hildesheimer Straße habe ich direkt an der Kreuzung ein Restaurant gesehen«, unterbricht Wiland die Pause.

Claras Lippen bewegen sich auf und ab, allerdings kommt kein Ton heraus.

»Du könntest statt Fleisch einen Salat bestellen.«

»Das könnte ich«, antwortet Clara monoton.

»Dann hole ich dich gegen fünf ab?«

»Ja, gut bis dann.«

»Ich freu mich! Bis Mittwoch, Clara!«

Na, das hat ja großartig funktioniert, geht es ihr durch den Kopf, als sie ihr Handy auf die Matratze des Bettes fallen lässt.

»Mutter Henriette ist bestimmt glücklich!«, jubelt Harmonia.

»War womöglich nicht die passende Wortwahl …«, sinniert Prio.

»Katastrophal«, urteilt Urtana.

»So haben wir uns das vorgestellt, nicht wahr, Sonnenseelchen?« Frau Niefried ist neben mir aufgetaucht und stupst mich lachend in die Seite.

Als ich ihre Stimme höre, stieben die Grauschleier in mir auf. Hastig drehe ich mich um. Ich muss mich zusammenreißen, damit ich nicht vorschlage, dass wir uns alle in Claras Bauchraum begeben, um dem Mädel einen blubbernden Gefühlscocktail zu bescheren.

Prio scheint mein Unwohlsein bemerkt zu haben und zieht mich beiseite.

»Wer ist das?«, fragt sie mit einem Seitenblick auf Frau

Niefried, die unter ihrer Wallemähne verborgen ist. »Etwa eine weitere innere Stimme? Sie wurde mir gar nicht vorgestellt.«

»Das muss die dunkle Seele sein, von der Sonnenseele gesprochen hat«, bringt sich Harmonia ein.

»Auf welcher Seite steht sie?«, möchte Urtana wissen.

»Das ist Frau Niefried, meine Schwester, die dunkle Seele, die sich aus meinem Kleid gebildet hat … Die ich gebildet habe.«

»Deine Schwester?« Urtana mustert das schwarzgraue Geschöpf. »Hallo Frau Niefried, willkommen in Claras Körper. Dir steht das Dunkle viel besser als Sonnenseele.«

»Ja, es wirkt so mysteriös«, bestätigt Harmonia.

»Ist das mit Vater Verstand und Mutter Herz abgestimmt?«, wendet sich Prio skeptisch an mich.

»Vielleicht auch noch mit euch drei Quälgeistern?«, antwortet Frau Niefried für mich.

Tatsächlich nickt Prio.

»Nein. Sie tauchte wie aus dem Nichts auf«, greife ich in das Gespräch ein.

»Tauchte aus deinem Kleid auf«, verbessert mich Frau Niefried.

»Was bedeutet das?«, fragt Prio.

»Ärger«, grummele ich. »Schließlich heißt sie Niefried.« Ich bin sauer, weil Urtana und Harmonia das penetrante Wesen mit Komplimenten überschütten. Diese Geister gehen mir so was von auf den Geist!

Trotzdem habe ich das Gefühl, mich rechtfertigen zu müssen. »Es ist so. Mutter Herz hat mir erklärt, dass ich das Dunkle in mir freilassen muss, um mein schönes, lichthelles Kleid zurückzugewinnen. Die Grauschleier verschwinden allerdings erst, wenn …«

Ich stocke, denn derzeit schweben die drei Kopfstimmen um mich herum.

Frau Niefried nickt mir zu.

Also wiederhole ich, was ich vor Kurzem zu Harmonia sagte. »… ich mich gegen euch durchsetze. Ihr müsst leiser werden in Claras Kopf, damit ich die Oberhand behalte. Ich bin Claras wegweisende Seele.«

Die drei Kinder von Vater Verstand schauen sich gegenseitig an, schweigen jedoch. In allen dreien arbeitet es, das sehe ich. Sie ringen die Hände, zappeln und wackeln. Es mag sein, dass sie nach vernünftigen Erklärungen für die Entstehung einer dunklen Seele suchen. Ich fürchte nur, das begreift nicht einmal Vater Verstand. Daher halte ich mich schlicht und ergreifend an meine eigene Wahrheit.

»Wenn ich euch weiterhin die Führung überlasse, vernachlässige ich meine Aufgaben.«

Obwohl es in meinem Seelenkleid brodelt und es mich wahnsinnig in den Fingern juckt, will ich dieses Mal vermeiden, die Schuld den Kopfstimmen zuzuschieben. Ich erinnere mich, dass das letzte Gespräch mit Harmonia in einem Streit endete.

»Du übertreibst es immer so mit der Ehrlichkeit«, wendet Harmonia ein. Unsicher blickt sie zu Prio.

»Zusammen mit Vater Verstand wählen wir Worte, die beschwichtigen und klug rüberkommen«, ergänzt diese.

»Ihr schließt Kompromisse«, beschwert sich Urtana.

Frau Niefried hat den Kopf schräg gelegt und lauscht interessiert der Unterhaltung.

»Wir könnten alle an einem Strang ziehen«, schlägt sie vor. »Schließlich leben wir gemeinsam in Claras Körper. Die junge Frau hat alles, was sie braucht, um erfolgreich durchs Leben zu gehen: Mitgefühl, Zielstrebigkeit und Urteilsvermögen.« Dabei schaut sie jedes Geisterfräulein einzeln an.

»Aber, Sonnenseele, du beseelst Clara. Du versorgst sie mit deiner klaren, wegweisenden Intuition. Und du bist aufgefordert, die angelernten Muster wie Flucht und Überanpassung aufzulösen. Erst dann bekommst du dein Strahlekleidchen zurück.«

»Auflösen?«, fragt Prio. »Steht nicht auf meiner Prioritätenliste.«

»Das sind Schutzmaßnahmen!«, betont Harmonia.

»Na, das kann ja heiter werden«, nörgelt Urtana. »Das war eine engmaschige Arbeit. Bis ich alles wieder aufgedröselt habe, das kann dauern.«

Frau Niefried klopft ihr aufmunternd auf die Schulter. »Das ist doch deine Lieblingsbeschäftigung, liebe Urtana. Die Wolle verwendest du für neue Urteile.«

Ein Schauer lässt die Grauschleier in meinem Kleid tanzen. »Was ist, wenn Clara meine Impulse nicht wahrnimmt? Wenn ich es vermassele?«, frage ich kleinlaut.

Frau Niefried betrachtet mich. »Ich schätze, dann wirst du so kohlrabenschwarz wie ich. Allerdings, dir steht diese Farbe überhaupt nicht.«

Fünf

Der nächste Morgen beginnt mit einem undeutlichen Gewisper, das aus den Regionen von Vater Verstand kommt. Schlaftrunken schwebe ich aus Mutter Herz' Kammer nach oben und verstecke mich hinter einer der grauen Zellen.

»Vater Verstand«, flüstert Prio aufgeregt durch ihre Kopfheimat. »Ein weiteres Wesen hat sich in Claras Körper eingeschlichen. Eine Frau Niefried, sie ist Sonnenseeles Schwester!«

»Zwei Seelen in einer Brust?«, fragt Vater Verstand. »So etwas gibt es nicht!«

»Zwei Seelen wohnen, ach, in meiner Brust, die eine pflichtbewusst, die andere verbreitet Frust«, dichtet Urtana frei nach Goethe und erntet einen ärgerlichen Blick von Prio.

»Der Reihe nach!«, bittet Vater Verstand das blaue Geisterfräulein. »Was genau ist passiert?«

»Frau Niefried hat sich angeblich aus den dunklen Teilen von Sonnenseeles Kleid gebildet. Sie ist pechschwarz, nur das Weiß ihrer Augen und Zähne leuchtet. Sie hat das Kommando übernommen. Sie schmeichelt sich bei uns ein. Sie sagt Sonnenseele, wie sie sich zu verhalten hat, damit sie ihr lichthelles Kleid zurückbekommt«, fasst Prio die Geschehnisse zusammen.

»Trotzdem sieht Sonnenseele aus wie der Nebelschwaden des Grauens«, unterbricht Urtana den Vortrag.

»Ich konnte die ganze Nacht nicht schlafen«, fährt Prio

fort. »Ich bin zu dem Schluss gekommen, dass wir, deine Verstandeskinder, verdrängt werden sollen. Sonnenseele ordnet sich Frau Niefried unter. Bald übernimmt die Dunkle das Ruder. Aber Clara ist mit unseren Eingebungen immer gut durchs Leben gekommen. Wir haben alles im Griff!«

Vater Verstand überlegt. »Das stimmt, ihr seid rege genug. Es bedarf keiner weiteren inneren Stimmen, Seelen oder Schwestern in Claras Körper. Schon gar keine pechschwarzen. Ihr drei, Prio, Urtana … Wo ist eigentlich Harmonia?«

Die beiden Kinder von Vater Verstand schauen sich suchend um.

»Harmonia?«, fragt Prio. »Wo steckst du?«

Ein leiser Seufzer ist zu vernehmen, dann schwebt das rosa Geisterfräulein dicht neben meiner grauen Zelle empor. Rasch ducke ich mich, sie soll mich auf keinen Fall entdecken.

»Ich bin derzeit so verwirrt«, beginnt Harmonia. »Auch ich habe die ganze Nacht nachgedacht und fühle mich überhaupt nicht harmonisch. In Clara herrscht Gefühlschaos. Du, Vater Verstand, wirst ausgeschaltet. Zum einen freue ich mich, dass sich Clara in Lars verliebt hat. Zum anderen muss ich ihr die Wünsche ihrer Mutter vor Augen halten, damit das Verhältnis zu ihr nicht getrübt wird. Ich versuche, einen Ausgleich zu schaffen. Kaum ist Henriette besänftigt, wirkt Clara bedrückt und von der nächsten Pflicht erschlagen.«

»Von der nächsten Pflicht erschlagen?« Prio runzelt die Stirn.

»Sag ich doch!«, meldet sich Urtana und stimmt erneut ihr Gedicht an: »Zwei Seelen …«

»Wirst du wohl still sein!« Prio atmet tief durch und wendet sich Harmonia zu: »Ich verstehe, dass du verwirrt bist. Und jetzt taucht diese Frau Niefried auf und bringt alles durcheinander.«

Harmonia nickt. »Mir wird ganz schummerig, wenn ich daran denke. Überall wirbeln Gefühle herum. Ich will Harmonie für Clara!«

»Wir müssen versuchen, die dunkle Seele loszuwerden.« Prio fasst Harmonias Hände. »Ich lasse mir eine clevere Strategie einfallen, dann wird alles wie früher. Wir inneren Stimmen lassen uns nicht vertreiben.«

»Ihr werdet euch auf keinen Fall einmischen!«

Die drei Geisterfräulein blicken Richtung Brustraum. Die Stimme von Mutter Herz ist in den Verstandesregionen selten zu hören. Hier regiert Vater Verstand. Aber er liebt seine Frau und lässt sie zu Wort kommen.

»Nehmt Frau Niefried auf«, spricht Mutter Herz. »Sie konnte sich nur bilden, weil ihr Sonnenseeles Intuition ständig übertönt habt. Laut und vehement habt ihr Claras Seelenleben beeinflusst. Ihr habt die Führung übernommen. Dafür seid ihr nicht zuständig! Ihr dürft klug und pflichtbewusst, beobachtend und wertend, liebevoll und ausgleichend eure Beiträge liefern, aber ihr steht nicht an erster Stelle. Sonnenseele ist der Kompass, sie weist Clara den Weg. Ihr seid Helferinnen.«

Prio schmollt. Jahrelang war sie die treibende Kraft, die Pflichtbewusste, die Zielstrebige, die Gehorsame. Und nun soll das nicht mehr an erster Stelle stehen?

»Wie wird Clara merken, was richtig oder falsch ist?«, fragt sie Mutter Herz.

»Clara muss lernen, ihren Weg intuitiv über ihre Seele wahrzunehmen. Frau Niefried hält Sonnenseele auf Kurs. Sie transportiert ihre Eingebungen zu mir. Über meine Herzführung löse ich in Clara Gefühle aus, damit sie entscheiden kann. Dann bist du entlastet, meine liebe Harmonia. Du kannst entspannen, meine kluge Prio und du strickst automatisch die richtigen Urteile, meine kritische Urtana.«

Mutter Herz streicht jedem Verstandeskind mit ihrem warmen Herzstrahl über den Kopf. »Ich habe so begabte Kinder«, sagt sie weich, sodass es Vater Verstand ganz gemütlich in seinen grauen Zellen wird.

Nachdem sich Mutter Herz aus dem Gespräch ausgeklinkt hat, hakt sich Prio bei den beiden Geisterfräulein unter.

»Frau Niefried integrieren!«, mault sie. »Seit Jahr und Tag unterstützen wir Sonnenseele. Ich bin mir nicht sicher, ob sie das mithilfe dieser dunklen Gestalt hinkriegt.«

»Jetzt trau ihr mal was zu!«, meckert Urtana. »Du hast Mutter Herz gehört. Frau Niefried wird Sonnenseele schon am Kleidchen packen, schließlich will die nicht, dass es kohlrabenschwarz wird. Außerdem ...« Sie entzieht sich Prios Griff und holt einen angefangenen Schal aus ihrer Stricktasche. »... muss dieses Teil fertig werden!«

Prio greift sich den grauen Wollfetzen, den Urtana Schal nennt. »Was soll das werden?«

»Ich stricke am Vertrauen.«

»Wozu? Clara hat uns!«

»Steht so im Seelenplan, Blaumeise!« Ärgerlich rupft Urtana Prio ihr Strickwerk aus den Händen und entschwebt in die tieferen Sphären von Vater Verstand.

»Wir sollten uns bereithalten«, wendet sich Prio an Harmonia, die bisher geschwiegen hat.

»Seelenplan?«, fragt das ängstlich dreinblickende Geisterfräulein.

Prios Stirnlappen arbeiten. »Wir schauen uns diesen Plan an. Ohne uns geht es nicht«, teilt sie ihre Einschätzung Harmonia mit.

Während die beiden sich zurückziehen, strecke ich meinen Kopf hinter der grauen Zelle hervor. Das blaurosa Geschwisterduo wird sich nicht so leicht geschlagen geben, das weiß ich. Fast zwei Jahrzehnte lang waren sie die Denkerinnen und Macherinnen im Kopf, die mit Vater Verstand Claras Leben steuerten. Irgendetwas werden sie aushecken.

Was hat Urtana so ironisch gedichtet? Genau. Ich bin die pflichtbewusste Seele und ordne mich unter. Frau Niefried verbreitet Frust unter den Kopfstimmen. Pflichtbewusstsein ist jedoch kein Gefühl, sondern eine Charaktereigenschaft. Wenn Pflichtbewusstsein siegt, stellt sich jedes Gefühl hinten an und wird verdrängt. Aber ich werde Clara erlauben, ihre Gefühle zu fühlen, die sie über Mutter Herz empfängt. Erst dann kann Clara vernünftige Entscheidungen treffen. Und erst dann bin ich die wegweisende Seele, über die hier alle sprechen.

Tief atme ich durch. Ich werde wachsam sein. Werde

versuchen, mit meiner leisen Stimme gegen die vorlauten Kopfstimmen anzuschreien. Wie zur Bestätigung wirbeln die grauen Staubfetzen in mir auf.

Claras Nacht ist unruhig. Ständig stören wirre Gedanken ihren Schlaf, versuchen, sich einzunisten und sie wachzuhalten. Sie wälzt sich im Bett, spürt das Kribbeln für Lars im Bauch, verdrängt das Treffen mit Wiland, beschwichtigt ihre Mutter. Erst in den frühen Morgenstunden fällt sie in einen kurzen Tiefschlaf.

Als sie aufwacht, ist sie allein im Haus. Ihre Mutter arbeitet bereits im Steuerbüro, Seite an Seite mit Wiland. Die Vorstellung entlockt Clara ein Lächeln.

»Warum sich nicht mit ihm treffen?«, murmelt sie halblaut ihren Plan vor sich hin, während sie durch den Bungalow läuft. »Vielleicht vereinfacht es die Sache sogar. Wir geben zu, wer und was für uns wichtig ist, finden heraus, dass wir nicht zusammenpassen und kommen überein, dass aus uns kein Paar wird. Ich erzähle von Lars, meinem Umweltschützer beim AWI, flechte wie nebenbei sein feines, kantiges Profil ein, erwähne seine langen, schlanken Finger, seinen betörenden Duft aus Kardamom und Zedern. Von meiner Seite wäre alles gesagt, Schicksal eben. Sogar jemand wie Wiland wird das verstehen.«

Der Plan fühlt sich stimmig an, Unwohlsein Fehlanzeige. Als Clara im Garten angekommen ist, schaut sie Wolke Sieben hinterher, die über den Himmel zieht.

Kurz vor elf Uhr macht sie sich auf den Weg zum Wiesendachhaus. Dort wartet Lars.

Schon von Weitem erkennt sie ihn. Er trägt einen dunkelblauen Parka, die kastanienbraunen Haare sind unter einer Mütze verborgen. Er läuft am Teich entlang, die Kamera im Anschlag, um das Schwanenpaar zu fotografieren, das auf das Ufer zuhält.

Das Bild erscheint ihr so vertraut, als würde sie es jeden Tag sehen. Clara bleibt hinter Lars stehen, um die Schwäne nicht zu vertreiben. Bis zum Ufer schwimmen sie nicht, sie machen kehrt und gleiten zurück zur Mitte des Teiches.

Lars dreht sich um. »Ich hab dich gar nicht kommen hören. Hey Clara!«

Er nimmt sie in den Arm, streicht ihr über den Rücken. Clara legt ihren Kopf an seine Schulter und atmet seinen Duft ein. Sie reckt sich ein wenig höher, bis sie mit ihrer Wange seine vom Bart angeraute Haut berührt. Es kribbelt in ihrem Bauch, ihre Finger wollen unbedingt das Profil seines Gesichts erkunden. Sie zögert, wartet auf ein Zeichen. Als dieses ausbleibt, hebt sie den Kopf und schaut ihm direkt ins Gesicht. Lars schenkt ihr sein Augenzwinkern. Erneut erfasst sie die prickelige Mischung aus Befangenheit und Euphorie und lässt ihre Knie weich werden.

»Willst du meine heutige Ausbeute sehen?«, fragt er.

Clara nickt.

Gemeinsam setzen sie sich auf die Bank am Teich.

»Guck dir an, was mir heute Morgen über den Weg gelaufen ist.« Auf dem Display seiner Kamera ist ein Pfau zu sehen, daneben stolzieren fünf graue Hennen.

»Wow«, staunt Clara.

Das nächste Bild zeigt den Blauen Pfau sein prächtiges Rad schlagend mit seinen schillernden gelb-grün-blauen Pfauenaugen.

»Fantastisch. Seit wann bist du unterwegs?«

Lars winkt ab. »Ich laufe seit sieben Uhr morgens durch die Masch. Eigentlich hatte ich gehofft, dass sich der Biber zeigt, aber Herrn Pfau mit seinen Damen anzutreffen, war auch ein Erlebnis.«

Der Biber! Der scheint ihn nicht loszulassen. Clara muss grinsen.

»Du hast wirklich Talent, Tiere einzufangen«, sagt sie.

»Ist mein Hobby. Das FÖJ hat Vorrang. Was willst du nach dem Studium machen?«, fragt er.

Na, dich heiraten und Kinder kriegen, denkt Clara und lächelt.

»Ich will im Naturschutz mitarbeiten«, antwortet sie jedoch. »Vielleicht hänge ich an das Studium noch eine Ausbildung zur Tierpflegerin dran. Der Zoo am Meer in Bremerhaven gefällt mir, auch der Erlebnis-Zoo in Hannover. Die Tiere werden artgerecht gehalten, haben viel Auslauf. Ich will mich demnächst umhören. Und was machst du, wenn du fertig bist?«

Du pflegst die Giraffen, ich die Schimpansen.

Lars schaut sie an. »Ich habe tatsächlich Pläne. Kennst du das Forschungsschiff Polarstern? Es ist das Flaggschiff des Alfred-Wegener-Instituts. Seit über dreißig Jahren bricht es in die Polarregionen auf. Ich habe bereits Rücksprache mit meinem Vorgesetzten gehalten, weil ich Teil des Teams werden will. Man beantragt eine Schiffszeit und fährt entweder als Haupt- oder Nebennutzer mit, je nach Forschungsauftrag. Er hat versprochen, mir behilflich zu sein. Das wird der Wahnsinn, unglaublich cool! Mein absoluter Traum. Kannst du dir das vorstellen? Mit dem Eisbrecher durch die Eiswüsten dieser Erde. Antarktis und Arktis entdecken. Forschen und leben auf der Polarstern. Drück mir mal die Daumen, dass es klappt!« Seine Augen sprühen Funken vor Begeisterung, blicken leuchtend in die Ferne.

Clara nickt steif und wendet sich ab.

»Was ist?«, hakt er nach.

»Nichts, ich drücke dir die Daumen. Wann soll es denn losgehen?«

»Ich hoffe, ich kann bereits bei der nächsten Fahrt anheuern, nachdem die Polarstern aus den Eismeeren zurückgekehrt ist. Aber die Schiffszeiten sind schnell vergeben. Wenn ich zurück im Institut bin, werde ich nachfassen.«

»Mach das.«

»Habe ich was Falsches gesagt? Du bist plötzlich so einsilbig. Ich finde die Leinemasch zwar wunderschön, aber irgendwann ist diese Landschaft abgegrast.«

»Abgegrast?«, entfährt es Clara. »Hier kannst du dem Leben zusehen, wie es entsteht, sich verändert und vergeht. Der Wald ist eine grüne Lunge, die Atem spendet. Hier kann man nichts abgrasen, es wächst immer wieder nach!«

Eine längere Pause entsteht. Die beiden blicken dem Schwanenpaar hinterher, das mittlerweile auf der anderen Teichseite angekommen ist und im Schilfdickicht verschwindet.

»Es geht nicht um die Leinemasch«, unterbricht Lars die Stille.

Nein, denkt Clara.

»Das mit dem Forschungsschiff ist mein absoluter Traum«, wiederholt er seine eben gesagten Worte.

Hab ich schon beim ersten Mal verstanden.

»Träume sollte man leben, wenn sich die Chancen bieten«, sagt sie und hofft, dass ihre Worte ermutigend und großherzig klingen. Und trotzdem blubbern sie kleinkariert und engstirnig aus ihr heraus.

»Lass uns den Grünen Ring zurücklaufen«, schlägt sie vor und steht auf. »Ich bin in einer Stunde mit meiner Mutter zum Mittagessen verabredet.«

»Hattest du nicht gesagt, dass sie heute arbeiten muss?«, fragt Lars irritiert.

»Sie hat sich extra wegen mir freigenommen«, flunkert Clara.

Das hättest du für mich auch tun können. Stattdessen musst du mit deinem Forschungsschiff ins Eismeer aufbrechen.

Stumm laufen sie den Weg zurück.

»Du bist sauer wegen meiner Pläne«, bricht Lars das Schweigen, als sie an der Leinebrücke angelangt sind.

Ich komme in deinen Plänen nicht vor, will Clara sagen, aber sie spricht es nicht aus.

»Nein, alles in Ordnung«, lügt sie stattdessen. »Ich muss jetzt los, mach's gut.«

Lars will sie umarmen, aber Clara hat sich bereits umgedreht. Er soll die Tränen nicht sehen, die ihr in die Augen gestiegen sind.

»Du wirst den Krokodilen zum Fraß vorgeworfen. Ich

den Piranhas«, flüstert sie, als sie sicher ist, dass Lars außer Hörweite ist.

Zu Hause angekommen, hallt ein hoher spitzer Schrei durch meinen Körper. Es ist mein eigener! Der Grauschleier hat sich überall breitgemacht, nunmehr auch in der gesamten Kopfregion. Ja, ich werde von dieser grauenhaften Flusenfalle verschluckt. Alles, absolut alles von mir ist mit Schlieren übersäht. Ich bin dunkel. Schwarz. Erloschen. Voller Panik fliehe ich in Mutter Herz' Kammer. Tröstend streicht sie mir über Kopf und Gewand. Sie kritisiert nicht, tadelt nicht. Ich kuschele mich tief in sie hinein, hoffe, dass mich keine der inneren Stimmen belästigt.

Clara hat eine Dose Erbsensuppe geöffnet und lässt den grün blubbernden Inhalt in einem Topf auf dem Herd köcheln. Lustlos rührt sie mit dem Löffel durch die Suppe.

Auch wenn wir nicht heiraten und Kinder kriegen, wir hätten uns kennenlernen können. Warum nimmt er mich in den Arm, streicht mir über den Rücken, wenn ihm nichts an mir liegt?, grübelt sie.

»Clara, möchtest du mit mir gemeinsam die Welt auf einem Forschungsschiff bereisen?«, deklamiert sie laut in der Küche.

Das wäre der richtige Satz zum richtigen Zeitpunkt gewesen! Sie winkt ab. *Nein, das ist seine Vorstellung vom Leben, nicht meine. Am Ende bin ich für ihn nichts weiter als eine abgegraste Landschaft!*

138

Mit einem Mal steht sie kerzengerade.

Wie komme ich überhaupt auf diese Vorstellung? Ich kenne den Mann ganze drei Tage! Nicht drei Jahre, drei Monate oder drei Wochen. Tage! Warum mache ich so ein Drama daraus? Er ist mir keine Rechenschaft schuldig, was er mit seinem Leben anfängt. Meine Güte, ist das peinlich! Trotzdem hätte er fragen können, ob ich mich für eine Forschungsreise interessiere. Hätte mich einplanen und einen Platz für mich freihalten können. Einen Platz in seinem Herzen.

Nervös tritt sie ans Fenster, blickt hinaus auf die Hundewiese.

Sie sieht den Mann im dunkelblauen Parka vor ihrem geistigen Auge, der sich zu ihr beugt, sie umarmt und liebevoll über den Rücken streicht. »Clärchen, ich kann dich nicht mitnehmen. Und jetzt verschwinde, hau ab, bevor ich …« Und Clara rennt über die hügelige Wiese, tränenblind, stolpert, rappelt sich auf, bis sie am Bungalow angekommen ist.

Verdammt, denkt sie. *Das hatte nichts mit Lars zu tun.*

Sechs

»Sagte ich nicht, dass du kein Typ fürs Schwarze bist?«, fragt jemand neben mir.

Auf Frau Niefried habe ich derzeit überhaupt keine Lust. »Kohlenstaub hat so was Bodenständiges«, behaupte ich und streiche über mein Kleid.

»Lass dich nicht hängen, du bist doch keine Marionette. Komm hoch, du wirst gebraucht«, drängelt sie.

»Mein Selbstwertgefühl sitzt gerade im Keller und schnitzt sich ein Fußbänkchen. Wenn es fertig ist, stelle ich mich drauf und komme«, gebe ich patzig zur Antwort.

»Das passiert eben, wenn man sich die Wahrheit verkneift«, antwortet sie, ohne auf die Ironie einzugehen.

»Ich bin nicht zu Clara durchgedrungen.«

»Wirklich nicht?« Frau Niefried schüttelt den Kopf. Ihre Haarpracht weht, die weißen Zähnchen lässt sie heute nicht aufblitzen. »Prio und Harmonia haben sich bereitgehalten und gelauscht. Du überlässt immer noch den beiden den Taktstock. Sie leiten Clara Nettigkeiten weiter, die ihr nicht helfen. Prio kommandiert: Sprich es nicht aus! Harmonia bestimmt: Zieh dich zurück! Tja, und nun herrscht Traurigkeit in unserer Clara. Zudem ist Lars verwirrt über ihre Reaktion. Er jedoch war ehrlich.«

Ich brauche Frau Niefrieds Vortrag nicht, ich fühle mich auch so wie ein vom Trecker plattgewalzter Grashalm.

»Was steht in Claras Seelenplan?«, hakt sie nach.

»Entwickle Mut.«

»Ist wohl auf der Strecke geblieben.«

»Bleibe ehrlich.«

»Dickes fettes Autsch«, kommentiert Frau Niefried. »Vertrauen entwickelst du, indem du mutig und ehrlich vorangehst«, repetiert sie die Herausforderung. »Ich habe Claras Blick bereits zu dem Mann im dunkelblauen Parka gelenkt. Jetzt bist du dran, Sonnenseelchen. Sende mutige Impulse. Mutter Herz erreichst du immer bei Tag und Nacht. Clara hört sie über ihre Gefühle. Und nun raus mit dir aus ihrer Kammer. Das ist mein Seelenkeller.«

Nachdem Frau Niefried Claras Kindheitserinnerung geweckt hat, tun sich viele behagliche Aufenthaltsorte auf, die sie in unbequeme Seelenkeller verwandeln kann. In Herz, Magen, Kopf, Haut, Nerven schmerzt, grummelt, bohrt, juckt oder spannt es, sodass Clara leidet. Schlimmstenfalls wird sie krank. Nur deshalb kann sich Frau Niefried an diesen Orten einnisten. Ich jedoch, schwarz wie ein Brikett, soll die Keller wieder dichtmachen. Als Sonnenseele – Haha! kann ich nur sagen – halte ich Trübsal und Melancholie von meinem Menschen fern. Ergo puste ich schweren Kohlenstaub statt heller Lichtfunken zu Mutter Herz, um Clara anzutreiben, mutig und ehrlich zu werden.

Nachdem sie sich von ihrem Schrecken erholt hat, sucht Clara Lars' Handynummer heraus, atmet kräftig durch und ruft ohne Umschweife an.

Er nimmt nicht ab.

Er könnte noch unterwegs sein. Wir haben uns ja erst vor einer halben Stunde getrennt.

Missmutig streift sie durchs Haus, tigert durch den Garten, der ihr heute Morgen sonnig und paradiesisch vorkam. Beim Klingeln ihres Handys zuckt sie zusammen.

»Du hattest angerufen?«, hört sie Lars' Stimme.

Ein tiefer Atemzug: »Ich wollte mich entschuldigen.«

»Wofür?«

»Für mein albernes Benehmen. Es hatte nichts mit dir zu tun. Ich habe irgendwie überreagiert.«

»Fand ich auch. Mit wem hatte es denn was zu tun?«

Clara schweigt. Dass er ihr Eingeständnis bestätigt, fühlt sich seltsam an, unhöflich und unangebracht.

Er spricht aus, was er denkt. Ich nicht, ich halte den Mund, so war es immer. Ich spreche nur laut vor mich hin, wenn mich keiner hört.

Etwas Schweres, Lähmendes scheint zwischen ihnen zu stehen. Als ob ein Baumstamm auf dem Waldweg liegt, den man im Grunde genommen nur übersteigen müsste, und es trotzdem nicht tut.

Ich lege all meine Kraft in mein schmutzig-graues Kleid und schicke einen wichtigen Impuls zu Mutter Herz. Clara darf jetzt keinen Rückzieher machen, sie muss antworten. Und diesmal nichts Höfliches oder Einschmeichelndes, sondern das, was sie tatsächlich fühlt! Auch wenn es nicht das ist, was erwartet wird. Mutter Herz klopft laut in Claras Brust, als wollte sie vorne durchbrechen, spannt den Hals mit ein, damit er das Richtige zum Sprachzentrum weiterleitet.

»Das möchte ich dir nicht sagen«, beantwortet sie seine Frage etwas hölzern.

Ruhe am anderen Ende.

»Das war alles. Tut mir leid, dass unser Gespräch heute so schräg verlaufen ist.«

Ich vertraue dir nicht. Es ist mehr ein Gefühl als ein Gedanke. Sie will auflegen.

Aber Lars reagiert. »Ist nicht schlimm. Ich habe mir auf dem Heimweg was überlegt. Eine Überraschung, die dir gefallen wird. Allerdings brauche ich ein bis zwei Tage, um etwas abzustimmen.«

Bei dem Wort Überraschung muss Clara unwillkürlich an ihre Mutter denken. Wie sie ihr Wiland, den Sohn ihres Chefs, schmackhaft machen wollte. Überraschungen gefallen meist nur einer Seite.

»Wollen wir morgen einen weiteren Spaziergang wagen? Ganz unkompliziert? Nur wir beide, du und ich und vielleicht lässt sich ein Biber blicken?«, fragt Lars, als Clara nicht antwortet.

Sie glaubt, sein stahlblaues Augenzwinkern zu sehen, hört seinen Unterton, der von einem verschmitzten Lächeln begleitet wird.

»Einverstanden«, sagt sie schließlich. »Selbe Zeit, selbe Stelle?«

»Ich erwarte morgen Vormittag den Rückruf wegen deiner Überraschung. Mittags, so gegen eins, wäre besser. Bis morgen, Clara«, antwortet er.

»Gut, wir sehen uns dann.« Clara legt auf. Das bekannte kribbelige Gefühl durchströmt sie.

Es ist nicht vorbei! Es war nur eine Kleinigkeit, ein Ausrutscher. Das ist völlig normal. Es wird auch in Zukunft nicht alles rosarot bleiben. Wir werden das schon gemeinsam packen.

Das freudige Gefühl ist spürbar, ihre Überlegungen klingen logisch.

Da war noch was. Vertraue ich ihm? Gehören Liebe und Vertrauen nicht immer zusammen? Stellt sich Vertrauen automatisch ein, wenn ich ihn liebe?

Sie blickt auf ihr Handy, scrollt durch das Telefonbuch, bleibt bei einer Nummer stehen. *P.* ist dort als Abkürzung

hinterlegt. Sie streicht ein paar Mal mit dem Finger darüber, unschlüssig, was sie als Nächstes tun soll.

»Morgen Mittag treffe ich Lars, am Abend Wiland«,
sortiert Clara halblaut ihre Gedanken. »Wiland muss
wissen, dass ich mich für Lars entschieden habe. Dann
folgt der nächste Schritt. Wenn ich schon ständig an Papa
denke, sollte ich mit ihm sprechen. Nur, wie bringe ich
das Mama bei, ohne dass sie sauer wird?«

Die Gefühlskapriolen wollen nicht enden. Einmal losge-
lassen, überschwemmen sie die Seelenkeller. Überall
herrscht Unruhe und Nervosität im Wechsel mit Freude
und Aufregung. Mal verweigert der Magen Nahrung, mal
kann er nicht genug bekommen. Mutter Herz klopft entweder schnell oder duldsam.

Ich schaue in meine kuschelige Herzkammer. Dort
rekelt sich Frau Niefried. *Raus da!*, will ich sagen, aber
Frau Niefried macht eine ausladende Handbewegung.

»Hübsche Eingebungen, mein kleines Kohlenstäub-
chen! Raus geht es mit Mut und Ehrlichkeit!«, ruft sie.

»Wo raus?«, frage ich irritiert.

»Raus aus den Seelenkellern und rein ins Vertrauen!«

Sieben

»Wiland erzählte mir, dass ihr heute Abend verabredet
seid«, sagt Henriette, während sie sich ein Tuch passend
zu ihrer Bluse aussucht und es sorgfältig im Ausschnitt
platziert. »Er freut sich schon unheimlich. Und mich

machst du auch glücklich, meine Clara Susann.« Sie drückt ihrer Tochter einen Kuss auf die Stirn.

»Was ist mit dem jungen Mann aus dem Zug?«, fragt sie wie nebenbei.

»Lars? Den sehe ich heute Mittag.«

Mit gerunzelter Stirn schaut Henriette ihre Tochter an. Noch bevor ihre Mutter neuerliche Einwände erheben kann, flitzt Clara an ihr vorbei aus dem Zimmer.

»Ich muss was Schickes zum Anziehen finden, Mama. Du weißt ja, meiner Wäsche ist es in deiner Waschmaschine nicht gut ergangen«, versucht sie zu scherzen.

»Pass auf dich auf. Bis später«, ruft ihr Henriette kopfschüttelnd hinterher.

Als die Tür ins Schloss fällt, atmet Clara auf. Ihre saubere Wäsche liegt ungebügelt im Wäschekorb. Sie zupft einen olivgrünen Pullover aus dem Klamottenberg, der die Waschattacke einigermaßen unversehrt überstanden hat, und streift ihn über. Mit den Gedanken ist sie bereits in der Leinemasch.

»Am besten erkläre ich Lars, warum ich überreagiert habe. Gestern konnte ich es nicht. Aber ich vertraue ihm doch …«, spricht sie halblaut vor sich hin. Sie zögert. Das Bild ihres Vaters taucht vor ihr auf. Es muss an dem dunkelblauen Parka gelegen haben, den beide trugen.

Ob ich Lars von der damaligen Geschichte erzähle? Dass ich bei ihm dieselbe Ablehnung gefühlt habe wie damals bei meinem Vater? Würde er diesen Zusammenhang verstehen?

Gegen Mittag macht sich Clara auf den Weg zum vereinbarten Treffpunkt. Punkt ein Uhr wartet sie an der Bank am Teich. Noch ist von Lars weit und breit nichts zu sehen.

Vielleicht lauert er dem Biber auf?, überlegt sie, während sie am Teichufer entlang spaziert. *Keine Chance, der entscheidet selbst, wem er sich zeigt.*

Sie beobachtet das Schwanenpaar von gestern, das gelassen über den Teich zieht. Frau Schwan steckt ihren Kopf tief ins Wasser, um nach Nahrung zu suchen. Herr Schwan gleitet neben ihr her, wartet, bis seine Gemahlin den Mittagstisch beendet hat, dann ziehen beide weiter.

»So muss das sein«, sagt Clara und lächelt.

Fast zwanzig Minuten später taucht Lars endlich hinter dem Wiesendachhaus auf. Er wirkt atemlos, strahlt sie jedoch in seiner gewohnt charmanten Art an. Die Umarmung dauert länger als gestern. Wieder lacht er, löst sich von ihr und zieht sie zum Biergarten.

»Es klappt, ich habe die Zusage!«, sagt er feierlich und drückt Clara auf eine Bank in der Außenrestauration.

»Für deine Fahrt auf dem Forschungsschiff?«, fragt sie.

Lars schüttelt den Kopf. »Nein, ich meinte die Überraschung für dich! Du wirst begeistert sein. Schau mal.«

Er holt sein Handy hervor und zeigt ihr ein Foto. »Weißt du, was das ist?«

Clara nimmt ihm das Gerät aus der Hand. »Sieht aus, als ob da Löwen in der Sonne liegen.«

»Das hat mir Bertram Küster geschickt, der Tierpfleger vom Zoo Hannover. Das Bild stammt aus dem letzten Sommer. Weißt du, was das bedeutet?«

Dass er fotografieren kann? Clara schüttelt den Kopf.

»Bertram ist ein langjähriger Freund von mir. Er ist für

das Löwengehege zuständig und für die Fütterungen.« Erwartungsvoll schaut Lars ihr in die Augen.

»Du willst mich den Raubtieren als Mahlzeit vorsetzen?«

»Quatsch! An diesem Freitag bekommen wir die einmalige Chance, eine Löwenfütterung hautnah mitzuerleben! Was sagst du nun?«

»Wow«, entfährt es ihr.

»Ist nur für uns beide, nicht für die Öffentlichkeit. Ich habe denen gesagt, dass du Biologie studierst und eine Ausbildung als Tierpflegerin anhängen willst.«

»Wow«, macht Clara erneut. »Ich bin sprachlos, das ist unglaublich! So etwas wollte ich mir schon immer aus der Nähe ansehen. Danke dir!«

»Überraschung gelungen?«

»Auf jeden Fall!« Clara ist perplex. »Das hast du für mich getan?«

Lars nickt. Der Stolz steht ihm ins Gesicht geschrieben. »Ich hol dir was zu trinken. Möchtest du eine Cola?«

»Rhabarbersaftschorle«, antwortet sie, noch völlig überwältigt. Ihre Gedanken kreisen um die Raubkatzen.

Als Lars mit Rhabarbersaftschorle und Cola in den Händen zurückkommt, ist es mit Claras Zurückhaltung vorbei. Stück für Stück quetscht sie ihn nach Details aus. Sie fragt, er antwortet, glücklich und stolz, dass er ihre Begeisterung wecken konnte. Im Handumdrehen ist der Nachmittag herangerückt.

»Ach du Schreck, in einer Stunde werde ich abgeholt!«, stellt sie mit einem Blick auf die Uhr fest. »Ich muss mich umziehen.«

»Von wem?«

Clara schaut ihn erstaunt an. Eine Mischung aus Skepsis und – Was könnte das sein? – Eifersucht? steht ihm ins Gesicht geschrieben. Eine klammheimliche Freude überwältigt sie.

»Von einem Bekannten meiner Mutter.«

Lars nickt.

»Lars, ich wollte dir noch etwas wegen gestern sagen«, setzt sie an.

»Alles gut, Clara, du bist mir keine Erklärung schuldig.«

»Ich würde es dir trotzdem gern sagen.« Als Lars sie nicht weiter unterbricht, fährt sie fort: »Bei deinen Planungen hatte ich gehofft, dass du mehr gemeinsame Zeit für uns berücksichtigst, weitere Unternehmungen, vielleicht sogar ein Urlaub zu zweit …«

»Wir unternehmen ja auch was«, unterbricht er sie nun doch. »Wie gesagt, du bist mir keine Erklärung schuldig.«

Die beiden gehen langsam den Weg zurück vom Biergarten zum Parkplatz. Clara hat das eigenartige Gefühl, dass irgendetwas in der Luft hängt. Die Stimmung hat eine trübe Färbung bekommen.

»Wieso triffst du dich mit einem Bekannten deiner Mutter?«, fragt er und löst damit das Rätsel auf.

Weil meine Mutter es vorgeschlagen hat, will sie antworten, aber es kommt ihr dumm und kindisch vor, als könne sie nicht selbst entscheiden, mit wem sie sich treffen will.

»Er hat mich gefragt, und ich habe zugesagt«, antwortet sie ausweichend. »Außerdem ist es ein guter Zeitpunkt, ihm zu sagen, dass es bei diesem einzigen Treffen bleiben wird.« Sie schaut zu ihm auf, lächelt.

Er presst kurz die Lippen aufeinander, dann erwidert er ihr Lächeln. Nachdem sie eine Weile schweigend nebeneinander hergegangen sind, lacht er plötzlich auf und legt einen Arm um ihre Schulter. »Hey, auf der Brücke steht jemand mit 'nem Blumenstrauß in der Hand, so ein kleiner Knubbeliger. Jetzt sag nicht, dass das dein Bekannter ist. Der sieht eher aus wie einer vom Finanzamt.«

Tatsächlich erkennt Clara Wiland von Stitzing in einem anthrazitfarbenen Mantel. Er hält einen Strauß frischer Tulpen vor sich. Schüchtern blickt er den beiden entgegen.

Er hat sich an meine Lieblingsblumen erinnert, staunt sie.

»Hallo Wiland«, begrüßt sie ihn.

Lars' Arm auf ihrer Schulter wiegt auf einmal zentnerschwer.

Verrückt, denkt sie. *Bis vor Kurzem hätte ich mir diese Geste gewünscht.*

»Ich bin zu früh.« Wiland hebt entschuldigend die Schultern.

»Stimmt«, antwortet Lars.

Clara schaut ihren Begleiter von der Seite an. *Wie kommt er dazu, statt meiner zu antworten?*

»Wir sind noch beschäftigt«, fährt Lars fort, ohne Claras Blick Beachtung zu schenken. Er zieht sie an sich und drückt ihr einen langen Kuss auf die Lippen. Clara hat die Augen weit aufgerissen und spürt Wilands unsicheren Blick aus den Augenwinkeln.

»Ich ruf dich an, wenn ich dich zur Raubtierfütterung abhole«, raunt Lars, während er über ihre Wange streicht.

»Na, dann macht's euch hübsch«, wendet er sich an Wiland und lacht. »Und immer schön artig bleiben, sonst gibt's noch Ärger mit Mutti!«

Schließlich kehrt er das kurze Stück zum Parkplatz zurück. Clara schaut ihm hinterher, als wäre sie gerade aus dem Tiefschlaf gerissen worden.

»Entschuldige, Wiland«, sagt sie.

Er winkt ab. Ein zaghaftes Lächeln huscht über sein Gesicht. »Die sind für dich. Ich glaube, mit etwas Wasser erholen sie sich schnell.«

»Das werden sie. Komm mit ins Haus. Ich will mir was Schickeres anziehen.«

Die beiden gehen schweigend die Wiese hinunter, nehmen den Weg hügelaufwärts zum Bungalow, während hinter ihnen Lars mit aufheulendem Motor davonfährt.

»Tut mir leid, dass ich eure Pläne durcheinandergebracht habe«, sagt Wiland, während Clara die Haustür aufschließt. »Ich bin sofort nach Feierabend losgefahren. Ich hatte mich so gefreut, dass du angerufen hast …« Er errötet, als Clara ihn ansieht.

»Du hast nichts durcheinandergebracht. Geh schon mal in die Küche. Möchtest du einen Kaffee?«, fragt sie.

»Sehr gerne. Darf ich mich darum kümmern?« Wiland deutet auf den Tulpenstrauß.

Während Wiland eine Vase aus dem Geschirrschrank holt, füllt Clara den Wasserbehälter auf, legt einen Filter ein und zählt die Kaffeelöffel ab. Von der Seite beobachtet sie, wie Wiland die Tulpen mit Wasser versorgt und auf dem Küchentisch abstellt.

»Ich wollte mich entschuldigen für mein Benehmen am Sonntagabend«, beginnt er.

»Warum?«, fragt Clara irritiert.

»Ich habe behauptet, dass ich beim NABU arbeiten würde. Als Buchhalter. Das war so was von bescheuert.«

Clara dreht sich zu ihm um und schaufelt weitere Kaffeelöffel in den Behälter.

»Deine Mutter meinte, es wäre eine gute Idee, wenn wir über die gleichen Interessen sprechen würden. Dann wären wir uns auf Anhieb sympathisch.«

»Aha.«

»Überhaupt, es war mir unglaublich peinlich, mich verkuppeln zu lassen.«

»Mir auch. Mach dir nichts draus, so ist meine Mutter. Sie bestimmt, wie es zu laufen hat, ohne Rücksicht auf Verluste.« Aufmunternd lächelt sie ihm zu.

»Aber dann wurde der Abend richtig schön«, spricht Wiland weiter. »Okay, ich hatte ein oder zwei Gläser Wein zu viel, aber ich fand es klasse. Und als du angerufen hast, war ich völlig aus dem Häuschen. Ich hab mich echt auf unsere Verabredung gefreut.«

»Auch die Idee mit dem Anruf stammt von meiner Mutter.«

»Das ist echt bitter.«

»Was?«

Wiland zeigt auf die Kaffeemaschine. »Der Filter müsste aus meiner Sicht randvoll sein, oder?«

»Oh!« Hektisch legt Clara den Löffel beiseite. »Ich glaube, den möchtest du nicht mehr trinken.«

»Nee!« Die beiden lachen, und Clara stellt die Kaffeedose weg. »Weißt du was? Bevor ich das Pulver mühsam wieder aus dem Filter löffle, trinken wir beim Griechen einen Kaffee. Ich ziehe mir schnell was anderes an.« Als sie im Flur steht, dreht sie sich noch einmal um. »Ich freu mich auch auf heute Abend«, fügt sie hinzu.

Nachdem sie sich im Badezimmer vom Staub der Leinemasch befreit, frisches Make-up aufgelegt und die Haare gekämmt hat, steht sie vor Henriettes monumentalem Kleiderschrank.

Hoffentlich hängen im Schrank meiner Mutter nicht nur spießige Sachen. Aber in verwaschenen Klamotten kann ich wirklich nicht ausgehen!

Energisch zieht sie Bluse für Bluse heraus, schüttelt den Kopf, hängt sie zurück, durchforstet anschließend die Stapel an Shirts und Pullovern. Ein einfarbiger Pullover in Ecru mit goldenen Fäden kommt zum Vorschein. Schlicht wirkt er und doch edel. Clara probiert ihn an, wiegt den Kopf, na bitte, passt.

Wie würde Lars reagieren, wenn er mich so sieht? Würde er mich in den Arm nehmen oder die Nase rümpfen?

Zehn Minuten später schlendern sie über die Leinerandstraße die stetig ansteigende Talstraße hinauf. Es dämmert bereits, und Wilands Blick wandert in den Himmel. »Heute Nacht wird es sternenklar. Wenn du willst, kann ich dir nachher ein paar Sternbilder erklären.«

»Das finde ich spannend. Als Kind habe ich im Sommer auf dem Balkon gesessen und nachts hoch zu den Sternen geschaut. Ich wollte immer wissen, wo man den Horizont berühren kann …«

»… deswegen bin ich auch tagelang durch die Straßen gepilgert, aber nirgendwo fand ich eine Stelle, die ich hätte anfassen können«, vollendet Wiland lachend ihren Satz.

Clara schließt sich dem Lachen an, beobachtet, wie er verlegen seine Brille auf der Nase hochschiebt.

»Eines habe ich nicht verstanden«, hakt Wiland nach. »Warum will deine Mutter dich verkuppeln? Ganz offensichtlich lernst du selbst Leute kennen. War der Mann an der Leinebrücke dein Freund?«

»Wer? Ach, Lars. Ich kenne ihn erst seit wenigen Tagen. Im Grunde genommen seid ihr zeitgleich in mein Leben gestürzt.« Sie stutzt, verschränkt die Arme vor der Brust, spricht jedoch nicht weiter.

Schweigend gehen sie nebeneinanderher, bis sie vor dem Restaurant stehen.

»Meine Mutter sucht jemanden, der mich versorgt. Jemand, der seriös und vertrauenswürdig ist und für immer so bleibt. Weil sie das selbst nicht erlebt hat. Sie glaubt, dass es mir gut gehen wird, wenn sie sich persönlich um mein Wohl kümmert. Ich fürchte, sie würde zur Raubkatze werden, wenn du ihre Erwartungen enttäuschst. Willst du dich darauf wirklich einlassen, Wiland?«

Wiland schaut unbehaglich aus seinem dunklen Mantel. Erst jetzt bemerkt sie seine sanften graugrünen Augen. Im Lampenlicht schimmern sogar seine kurzen Locken kupfergolden.

»Meinte das dein Freund, als er von der Raubtierfütterung sprach? Dass deine Mutter mich in Stücke reißt, wenn ich ihre Erwartungen nicht erfülle?«, fragt er gespielt seriös.

Clara prustet los und schüttelt den Kopf. Als sie sich beruhigt hat, trifft sie auf seinen warmen Blick. »Ich bin jedenfalls hungrig wie ein Raubtier. Lass uns reingehen, ich erzähl dir alles im Lokal«, sagt sie.

»Gute Idee, ich habe den ganzen Tag nichts Nahrhaftes zu beißen gekriegt«, antwortet Wiland.

Am späteren Abend stehen sie zusammen auf der Leinebrücke, die Köpfe im Nacken. Claras Blick folgt Wilands Finger, der zum Sternbild Orion zeigt.

»Wenn der Riesenstern Betelgeuse Eisen in seinem Inneren ausbildet, hat sein letztes Stündlein geschlagen. Eisen lässt keine Energie durch. Ihm steht dann eine Supernova bevor, bei der er sein Innerstes nach außen kehrt. Er stülpt sich geradezu um. Das gibt eine unvorstellbare Explosion, die wird einfach irre aussehen! Wir werden das allerdings nicht mehr miterleben. Dauert noch ein paar Jahrtausende.« Er blickt Clara an, die beeindruckt den Nachthimmel betrachtet.

»Wer weiß«, sagt sie gedankenverloren. »Wer weiß.«

»Darf ich dich demnächst mal ins Planetarium einladen?«, fragt er, als sie zum Bungalow zurückgehen.

»Unbedingt. Das wäre genial!«

Wiland reicht ihr die Hand zum Abschied, aber Clara schubst sie beiseite. Sie umarmt ihn, eilig, aber bestimmt, dann verschwindet sie im Haus.

Selbstvergessen hängt sie ihre Jacke an die Garderobe und öffnet die Tür zu ihrem Zimmer.

»Wie war's, meine Clara Susann?«, hört sie die Stimme ihrer Mutter.

»Du hast gewartet?«

»Erzähl schon, über was habt ihr gesprochen? Was gab es zu essen? Wann trefft ihr euch wieder?«

»Raubtiere, gehäckseltes Gyros, glitschige Oliven. Und wann wir uns wiedersehen, das steht in den Sternen. Gute Nacht, Mama.« Gut gelaunt verschwindet Clara in ihrem Zimmer.

Acht

Mein Kopf liegt auf den Knien, die Arme um die Beine geschlungen, wie immer, wenn ich müde bin. Der Tag war unheimlich lang und gefüllt mit Eindrücken. Jemand rüttelt an meinen Schultern. Als ich den Kopf hebe, sehe ich zwei rundliche rosa Hände.

»Huch!«, entfährt es Harmonia. »Du bist ja komplett ergraut. Hast du wieder was falsch gemacht?«

»Ach das.« Ich mache eine wegwerfende Handbewegung. »Übermüdung.«

»Hoffentlich kommt es nicht davon, dass Clara frech zu ihrer Mutter war. Ich sorge mich ein wenig, weißt du? Clara geht es endlich wieder gut, sie fühlt sich happy, ruht in sich selbst. Ich hoffe, wir stecken nicht in einem Dilemma. Du weißt ja, ich versuche, alles harmonisch zu halten, das Befinden unserer Clara und gleichzeitig den Umgang mit ihrer Mutter.«

»Mach dir keine Sorgen, Harmonia. Es ist alles so gelaufen, wie Henriette es sich für ihre Tochter gewünscht
hat. Ich schicke klare Impulse. Jede innere Stimme darf
sich zurzeit ausruhen.«

Ich muss meine gesamte Willenskraft aufbringen, um
nicht zuzugeben, dass ich mein Licht eingebüßt habe, als
Clara Lars angelogen hat. Beeinflusst von Harmonias Zurückhaltung und Prios Schweigen.

»Ich nicht!«, ruft jemand.

Harmonia und ich fahren herum.

Urtana schaut uns verkniffen an. »Ich habe keine Zeit,
mich auszuruhen. Ich stricke nicht nur am Vertrauen. Im
Moment bin ich ziemlich konfus, wie ich all die Erlebnisse bewerten soll, die über Clara hereinbrechen. Wie
beurteile ich die Beziehung zu Lars? Findet Clara ihn
sympathisch, ja, ist sie nicht blind vor Verliebtheit? Oder
doch nicht? Und was ist mit Wiland? Plötzlich rennt sie
fröhlich mit ihm durch die Gegend! Was ist hier los,
Sonnenseele? Bist du für dieses Chaos verantwortlich?
Deinem Kleid nach zu urteilen, bist du eine völlig verwirrte Seelenführerin.«

Urtana kann echt biestig sein, vor allen Dingen in ihrer
Wortwahl. Ich muss mich zurückhalten und rufe mir
Frau Niefrieds Worte in Erinnerung: *Raus geht es mit Mut
und Ehrlichkeit!* Mutig und ehrlich wollte Clara über ihre
Gefühle sprechen, nur ihr Herzbube wollte nicht zuhören. Ich muss am Ball bleiben, hineinspüren, sanft
lenken. Das kann nur ich allein.

»Warte mit deinen Urteilen«, bitte ich Urtana. »Ab sofort gehe ich kleine Schritte, die ich gut überblicken kann. So bleibt Clara bei sich.« Das hoffe ich wenigstens.

»Soll ich Prio informieren? Sie kennt sich aus mit Schritten«, meldet sich Harmonia.

»Auf keinen Fall«, sage ich so ruhig wie möglich. »Ihr habt jetzt alle Sendepause.« Sonst rangeln sich die Verstandeskinder ums Steuerrad, das weiß ich.

Allerdings frage ich mich, in welchem Seelenkeller sich Frau Niefried derzeit aufhält. Bei Mutter Herz steckt sie nämlich nicht, dort habe ich nachgesehen. Wäre also eine gute Gelegenheit, mich in meiner Kammer wieder häuslich einzurichten. Aber zuerst suche ich nach meiner dunklen Schwester.

Am nächsten Morgen bleibt Clara länger im Bett als sonst. Sie hört ihre Mutter in der Küche hantieren, lautstark, damit Clara sich dazugesellt und vielleicht doch noch das ein oder andere vom gestrigen Abend erzählt.

Armer Wiland, denkt sie mit einem Anflug von Lachen. *Wahrscheinlich wird er heute von Mama ausgequetscht.*

Als sie merkt, dass die Tür zu ihrem Zimmer leise geöffnet wird, zieht sie die Bettdecke bis zu den Ohren hoch. Die Tür wird wieder geschlossen und nach einiger Zeit fällt draußen die Haustür ins Schloss. Mit einem Sprung ist Clara aus dem Bett und hüpft unter die Dusche. Glücklicherweise hat Henriette den vollen Filter aus der Kaffeemaschine entsorgt. Clara füllt neuen Kaffee ein, schaltet die Maschine an und lässt sie vor sich hin summen.

Ihr Blick schweift über die Hundewiese. Lars' Worte kommen ihr in den Sinn, sein Lachen hallt in ihren Ohren. Sie hatte ihn bewundert für seine Eigenständigkeit, seine klaren Entscheidungen, sein Selbstvertrauen. Das vermisste sie an sich selbst. Sie war immer bemüht, ihre Hände aus dem Griff ihrer Mutter zu ziehen, während um ihre Füße Schlingen gelegt wurden. Sinnbildlich gesprochen.

Clara schüttelt den Kopf. *Warum hat er es nötig, sich über vermeintlich Schwächere lustig zu machen? Mit seiner charismatischen Ausstrahlung könnten ihm die Menschen zu Füßen liegen. Stattdessen tritt er sie mit Selbigen.*

Während sie ihren Kaffee trinkt, blinkt eine Nachricht auf ihrem Handy auf. Sie stammt von Wiland. Er bedankt sich für den gestrigen Abend und würde sie gern in den Luisenhof einladen, das Fünf-Sterne-Hotel direkt gegenüber dem hannöverschen Hauptbahnhof. Ob zwanzig Uhr okay wäre, fragt er, am Nachmittag wäre leider ein längeres Meeting angesetzt.

»Sehr gerne«, schreibt Clara zurück. »Ich warte am Eingang.«

»Nein!«, kommt umgehend die Antwort. »Ich hole dich ab.«

Clara grinst bei so viel »alter Schule«. *Umso besser,* denkt sie sich, *dann kann ich mir im Leine-Center noch was Feines zum Anziehen kaufen.*

»Das Kleid steht dir ausgezeichnet«, sagt Wiland, als Clara die Haustür hinter sich abschließt. Sie hat ihren Mantel locker über den Arm geworfen und trippelt flink auf etwas zu hohen Absätzen zu seinem dunkelroten Toyota Yaris.

»Danke!«, antwortet sie, erfreut, dass er ihr schwarzes knielanges Scuba-Kleid bemerkt hat.

»Das war heute vielleicht ein Tag!« Wiland schüttelt den Kopf. »Ich wollte einfach ein bisschen reden mit dir. Danke, dass du dir Zeit genommen hast.«

»Ich habe mich drauf gefreut nach unserem Abend beim Griechen. Außerdem habe ich vorlesungsfreie Zeit. Hier in der Leinemasch bedeutet das: Urlaub!«

»Du hast es gut, es sei dir gegönnt!« Wiland schaut sie an und zwinkert.

Sofort muss sie an Lars denken. Sein Augenzwinkern, begleitet von seinem Lächeln, hatte ihr jedes Mal einen prickelnden Schauer über den Rücken gejagt. Dagegen war Wilands Zwinkern fast ernst zu nennen, warm und beruhigend.

Während der Autofahrt erzählt er von seinem Arbeitstag, wie Henriette versucht hat, ihm auf den Zahn zu fühlen, Tipps zu geben und ihm ständig versicherte, er könne auf ihre Hilfe zählen. Clara hört zu, lacht, gibt hin und wieder einen Kommentar ab.

»Warum bist du überhaupt Steuerberater geworden?«, fragt sie, als sie quer über den Bahnhofsplatz auf das Hotel »Luisenhof« zulaufen.

Wiland hält ihr die Tür des Restaurants auf. »Um ehrlich zu sein, ich habe es als Zuflucht empfunden.«

Er nimmt ihr den Mantel ab und hängt ihn an der Garderobe auf.

Ein Kellner führt die beiden zu ihrem reservierten Tisch, zieht Claras Stuhl ein Stück zurück und lässt sie Platz nehmen. Er verteilt die Speisekarten und zieht sich höflich zurück, um weitere Gäste zu bedienen.

»Es passierte alles wie vorgesehen«, erzählt Wiland. »Für meinen Vater war es selbstverständlich, dass ich in seine Fußstapfen trete und später seinen Platz einnehme. Keine Abenteuer, keine Überraschungen. Pflichtschuldig habe ich ihm diesen Gefallen getan und es gefällt mir bisher besser als anfangs gedacht.«

»Du meinst das sichere Einkommen, was meiner Mutter so viel bedeutet?«

»Nein«, antwortet Wiland zögerlich. »Im Büro werde ich akzeptiert, natürlich für mein Wissen, aber auch ...« Er überlegt, schaut dabei aus dem Fenster.

»Dort lacht keiner über dich«, vollendet Clara.

»Du bringst es auf den Punkt«, antwortet er. »In der Schule war ich der Außenseiter, der Spinner vom anderen Stern mit der dicken Hornbrille. Mit der habe ich nachts die Sterne beobachtet, fand, dass dort mein Platz wäre. Und zu allem Überfluss habe ich den Namen meines Urgroßvaters geerbt! Ich habe die Hänseleien meiner Mitschüler geduldig ertragen. War kein schöner Umgang. Ich hatte Angst, das bisschen Zugehörigkeit zu verlieren, wenn ich zugebe, dass mein Traumberuf eigentlich Astronom ist. Denn in der Schule hatte ich dafür zu schlechte Noten, weil mein Kopf ständig woanders war. Mein Körper saß herum und absolvierte Pflichtstunden. Aber irgendetwas musste aus mir werden. Also hat mein Vater für mich entschieden. Und ich habe gemacht, was er wollte. Was hast du Clara, hab ich was Falsches gesagt?«

Clara blickt zum Fenster, spiegelt sich im Dunkel der Scheibe, sie in diesem edlen schwarzen Kleid, eine hauchdünne Goldkette um den Hals, das schokobraune Haar ordentlich gewellt auf den Schultern.

»Du wirst lachen, mir geht es genauso«, sagt sie, die Augen dem Spiegel zugewandt. »Nur, dass nicht mein Vater entschieden hat, sondern meine Mutter. Nicht über meinen Beruf, da bin ich vor ihrem Einfluss geflohen. Nein, sie hat entschieden, dass wir den Kontakt zu meinem Vater abbrechen, weil er sie verletzt hat.«

»Das ist traurig.«

Clara wendet sich ihm zu. »Ich habe versucht, zu vergessen und damit klarzukommen.«

»Das hat nicht funktioniert«, stellt Wiland fest.

»Merkwürdigerweise war es meine Mutter selbst, die das verhindert hat. Sie hat angefangen, sich über Vaters Eigenarten lustig zu machen oder seine neue Familie zu verspotten. Das Lachen half ihr über die Trennung hinweg. Aber ich hasse es noch heute, wenn man über andere lacht.«

»Haben die Herrschaften gewählt?«, fragt der Kellner, der unbemerkt an ihren Tisch getreten ist.

»Noch nicht«, antwortet Clara, den Blick auf Wiland geheftet.

»Wir sind dabei«, bestätigt er.

Erst spät am Abend bringt Wiland Clara nach Hause. »Danke, dass ich dir das alles erzählen durfte«, sagt er, während sie vor dem Bungalow in der Leinemasch parken. »Das habe ich noch nie getan. Ich bin so oft ausgelacht worden, dass ich meine Wünsche irgendwann vergessen habe, statt sie zu verfolgen.«

»Es war mutig von dir, darüber zu sprechen.«

»Ja, das hat viel Mut erfordert. Und das jetzt auch«, sagt er und haucht ihr einen zarten Kuss auf die Wange.

Nachdem sich Wiland verabschiedet hat, schaut sie seinem Toyota hinterher, dessen Rücklichter in der Dunkelheit verschwinden.

Lachen ist schlimmer als weinen, denkt sie. *Was für eine Woche, Mama sei Dank! Die Frage ist nur, ob sie sich das so vorgestellt hat.*

Sie wirft einen letzten Blick in den Abendhimmel. Er ist wolkenverhangen, aber sie weiß, dass dahinter die Sterne in voller Strahlkraft leuchten.

Sie nimmt einen tiefen Atemzug und geht ins Haus.

Morgen werden die Löwen gefüttert.

Neun

»Wann warst du gestern im Bett?«, fragt Henriette, als sie sich über ihre Tochter beugt, die erst in den frühen Morgenstunden in einen komatösen Schlaf gefallen ist.

»Mama, ich will schlafen«, nuschelt Clara unter der Bettdecke und dreht sich zur Seite.

»Na, dann frage ich Wiland«, erwidert Henriette schnippisch und wendet sich zum Gehen. »Ach übrigens

Clara Susann, gestern Abend hat ein Lars Brauer angerufen. Er hätte einen Termin mit dir, erzählte irgendwas vom Zoo und von Löwen. Du sollst ihn bitte zurückrufen.«

»Wo hat er angerufen?«, fragt Clara verschlafen.

»Auf deinem Handy, du hast es zu Hause vergessen. Es klingelte, und ich bin rangegangen.«

»Wieso gehst du an mein Handy?«

»Ruf ihn an und sag ihm, er soll dich in Ruhe lassen. Ich bin spät dran, ich muss los.«

Clara hört die Haustür ins Schloss fallen. Mit einem Schlag ist sie hellwach. »Das kann jetzt nicht wahr sein!«, ruft sie durch die leere Wohnung. »Ich bin keine vierzehn mehr!«

Sie nimmt ihr Handy, scrollt durch das Telefonbuch und wählt die Nummer, die mit »Lars <3« gespeichert ist.

Es dauert eine Weile, bis er rangeht. »Hey, Clara Susann«, hört sie seine muntere Stimme. »Du hast dich gestern nicht mehr gemeldet. Ich hab dich vermisst!«

»Wieso nennst du mich Clara Susann?«, fragt sie.

»Deine Mutter hat dich so genannt. Sie meinte, du wärst mit Wiland ausgegangen. Wieder mit dem kleinen Knubbeligen, Clara Susann?« Er gluckst erheitert am anderen Ende, wird dann jedoch ernst. »Heute ist der Augenblick der Löwenfütterung. Mach dich auf was gefasst. Ich bin kurz nach fünf bei dir und hole dich ab«, erklärt er mit heiserer Stimme und legt auf.

Clara sieht zu, wie das Display erlischt. »Na, dann bis nachher«, antwortet sie lakonisch.

»Ich fühle mich überrannt«, jammert Harmonia in meinen Ohren.

»Clara auch«, tröste ich sie.

»Wenn sie sich wie ein Schnitzel durchklopfen lässt, landet sie bald als solches im Rachen der Großkatzen«, gibt Urtana ihren Senf dazu.

»Wie soll das weitergehen? Clara ist schrecklich aufgewühlt. Ich krieg keine harmonische Kurve hin!« Nervös knetet Harmonia ihre Händchen.

»Ich hatte euch angewiesen, Pause zu machen. Einzig und allein Prio scheint sich daran zu halten. Wo ist das Pflichtbewusstsein?«, frage ich.

»Prio pennt«, winkt Harmonia ab. »Jetzt geht es darum, dass Clara ihre Mitte findet. Sie ist aufgeregt, sie ist enttäuscht, sie ist wütend, sie ist glücklich«, zählt Harmonia an vier ihrer fünf rosa Finger ab. »Wie soll ich das in Einklang bringen?«

»Schon gut, schon gut. Ihr beide macht jetzt dasselbe wie Prio, ihr ruht euch in Vater Verstands grauen Zellen aus. Hier kommen wir nicht mit den üblichen Methoden weiter, schon gar nicht mit Verstand«, ordne ich erschöpft an.

Vater Verstand hat den Seitenhieb verstanden und reagiert mit Kopfschmerzen. Harmonia und Urtana lassen mich schwebend zurück und eilen in die Kopfregion, um ihn zu trösten.

»Ich brauche dich, Frau Niefried«, erkläre ich leicht überfordert. »In welchem Seelenkeller steckst du?«

»Na, im Bauchraum.« Das rabenschwarze Wesen lässt sich nicht lange bitten und gesellt sich an meine Seite.

»Ich habe ein paar Gefühle durcheinandergewirbelt. Hast du es bemerkt?«

»Wir alle, außer Prio, haben es bemerkt«, antworte ich schwach. »Wieso hast du das gemacht?«

»Ich habe Prio in den Urlaub geschickt. Zum Glück ergeben sich gerade so viele Schritte von selbst, da brauchen wir keine Pflicht, keine Planung, kein Vorwärtspreschen. Nur abwarten, fühlen, handeln. Das ist ungewohnt für Clara. Normalerweise versucht sie, mit Prios Hilfe alles vorauszuberechnen, um anschließend mit Harmonias Hilfe die Vorhaben mundgerecht für alle Beteiligten umzusetzen. Daher sind Claras Gefühle in Aufruhr. Es läuft nicht so glatt, wie sie sich das anfangs vorgestellt hat. Hoffentlich muss ich nicht tiefer in den Bauchraum vordringen, um … na du weißt schon.«

»Nein, da bleibst du bitte fern, das braucht derzeit kein Mensch. Sag mir lieber, wie wir wieder Ordnung schaffen können.«

»Wir sind mittendrin! Hast du diese herrlichen Spiegelbilder erkannt? Clara sieht, was sie schätzt. Sie erkennt, was sie ablehnt. Dafür sind Beziehungen gut, sie öffnen einem wahrhaft die Augen! Jede noch so kurze – und auch längere – Beziehung ist dafür geeignet!« Frau Niefried ist stolz auf ihre Tipps. »Und jetzt schau dich an, Sonnenseelchen, schau, was es mit dir macht.«

Ich blicke an mir herab. Die hässlichen schwarzgrauen Schlieren ziehen sich langsam bis zu den Achseln zurück. Kopf und Hals werden frei, meine Schultern beginnen, hell wie die Sterne am Nachthimmel zu leuchten. Ich taste über meine lichten Stellen. »Das heißt, ich habe bisher alles richtig gemacht?«

»Bisher alles richtig gemacht!«, wiederholt Frau Niefried wie ein Roboter und lächelt mich vielsagend an.

»Als Nächstes ist die Raubtierfütterung mit Lars dran, dann ihre Mutter und zuletzt Wiland«, benenne ich – genau wie Harmonia die Gefühle aufgezählt hat – die einzelnen Schritte.

»Ein Gefühl hast du vergessen!«, mahnt Frau Niefried. »Clara sitzt gerade im Schneidersitz auf ihrem Bett. Lass mal sehen, ob wir gemeinsam zu ihr vordringen.«

Still hängen wir in Claras Körper. Frau Niefried hat die Augen geschlossen und ist fast unsichtbar. Nur ihre Wallemähne verrät, dass mir jemand gegenüber schwebt. Auch ich schließe die Augen. Dann spüre ich es. Es liegt am Boden eines jeden Seelenkellers, ist schwer und zäh und obendrein aufgeplatzt wie der Straßenbelag im Hochsommer.

»Das nennt sich Angst«, wispert Frau Niefried.

»Vor den Raubtieren?«, frage ich frech.

Frau Niefried schüttelt ihre Mähne. »Angst vor Enttäuschung. Angst, dass sich selbst geschaffene Illusionen auflösen. Das sind Ängste, die der Mensch schwer in Worte fassen kann. Daher nimmt er sie nicht wahr, sondern verdrängt sie lieber.«

»Aber sie sind vorhanden«, stelle ich fest.

Frau Niefried nickt. »Sie blubbern immer dann hoch, sobald sich eine Situation zeigt, die für einen Menschen ungewohnt ist. Der er sich nicht stellen möchte.«

»Seine Angst, dabei zu versagen?«

»Bravo, mein goldiges Seelchen!«

»Was machen wir also?«

»Du schickst Clara mitten durch ihre Angst hindurch. Wenn sie das gut hinbekommt, sammelt sie Mut.«

»Und wenn nicht?«

»Niste ich mich im Bauchraum ein. Diesmal etwas tiefer.«

Leider haben sich Claras Kopfschmerzen bis zum Nachmittag nicht gebessert, sodass sie notgedrungen eine Kopfschmerztablette eingenommen hat. Kurz nach fünf wartet sie, abholbereit mit schmerzfreiem Kopf, am Gartentor. Sie freut sich auf die Löwen. Die Fütterung ist die einmalige Gelegenheit, die Tiere hautnah zu erleben. Die Vorstellung, ihre geschmeidigen, lasziven Bewegungen zu verfolgen, den Blick in ihre gierigen, goldenen Augen zu erhaschen, wenn ihnen die Beute vor der Nase präsentiert wird, löst Gänsehaut auf ihren Unterarmen aus. Aber da schwingt auch Neugier und Ungewissheit mit, wie dieser Nachmittag verlaufen wird.

Clara schaut die Leinerandstraße entlang. Noch vor zwei Tagen hat sie Lars herbeigesehnt. Nun klebt die Erinnerung an seinen fordernden Kuss angetrocknet auf ihren Lippen.

Was genau bin ich für ihn? Eine Freundin? Eine Eroberung? Ein Schaf, das die Leinemasch abgrast? Hätte ich dieses Treffen absagen müssen?, schießt es ihr durch den Kopf. *Wiland zuliebe? Nein*, verwirft sie den Gedanken schnell. *Wiland ist neugierig und aufgeschlossen. Im Gegenteil, er wollte alles über die Raubtierfütterung wissen.*

Sein hauchzarter Kuss auf ihrer Wange kommt ihr in den Sinn, federleicht und prickelnd zugleich.

»Hey Clara! Du reagierst gar nicht, ich rufe dich bereits seit einer ganzen Weile! Führst du etwa Selbstgespräche?«

Verdammt, habe ich wieder vor mich hingemurmelt?

»Was? Nein, Unsinn. Ich war in Gedanken, entschuldige. Hallo Lars!« Er hat sich bereits zu ihr gebeugt, um sie zu umarmen. Eine Spur zu heftig drückt sie ihn beiseite. Er stutzt, hält sie sodann im armlangen Abstand von sich.

»Du siehst gut aus. Freust du dich schon?«

»Ich bin total aufgeregt«, gibt Clara zu. »Ich habe solche Fütterungen bisher nur auf Video gesehen. Das mal live zu erleben, ist toll.«

Lars strahlt zufrieden. »Dann kann die Safari ja losgehen!«

»Wir sind schon mittendrin«, antwortet Clara und nimmt neben ihm im Auto Platz.

Sie ignoriert seinen fragenden Blick, schaut aus dem Fenster. Lars erzählt, dass es gar nicht so leicht gewesen wäre, den heutigen Termin festzumachen, und wie er dennoch überzeugt hätte. Nicht mit einem Wort fragt er nach ihrem Tag, ob aus Angst, über Wiland sprechen zu müssen oder wegen seines Verhaltens – Clara weiß es nicht. Es ist ihr auch egal. Sie hört mit halbem Ohr zu, gibt hin und wieder ein »Ja – Echt? – Super!« – von sich und genießt die Fahrt.

Bertram Küster empfängt die beiden. Clara hat sich Lars' langjährigen Freund eher wie seinen Zwilling vorgestellt, ebenso groß gewachsen, breite Schultern, viel Muskelkraft. Der Tierpfleger ist aber gute zwanzig Jahre älter, kräftig und geht leicht gebeugt. Freundlich begrüßt er die beiden. Clara erzählt von ihrem Biologiestudium und ihrem Wunsch, eventuell eine Ausbildung als Tierpflegerin zu absolvieren.

Aufmerksam hört Bertram zu. »Biologie ist eine gute Grundlage. Als Tierpflegerin übernehmen Sie einen verantwortungsvollen Beruf. Raubkatzen sehen wunderschön und elegant aus, aber sie sind gefährlich.«

Er zeigt ins Außengehege. Der König der Löwen, unschwer zu erkennen an der dichten dunkelbraunen Mähne, liegt erhaben inmitten seiner drei Löwendamen unter einem Felsvorsprung. Als die Tiere Bertram bemerken, erheben sie sich langsam und gleiten nacheinander leichtfüßig über die Gesteinsbrocken hinunter zum Innenbereich.

Clara beobachtet, wie die vier sandfarbenen Raubkatzen näher rücken, lautlos und mit aufmerksamen Blicken. Sie wissen, dass Fütterungszeit ist.

»Nur Löwenbabys können angefasst werden, um sie beispielsweise zu wiegen oder zu impfen«, erklärt Bertram. »Später kann man sich Raubkatzen nur nähern, wenn sie narkotisiert sind. Bleibt hinter dem Absperrgeländer stehen, wenn wir füttern. Wir konzentrieren uns auf die Tiere, diese Arbeit erfordert alle Sinne. Ich hole jetzt meinen Kollegen Toni Wede, um mit ihm die Fleischstücke zu verteilen.«

Genau wie Lars lehnt sich Clara mit dem Rücken an die Wand und beobachtet, wie die Raubkatzen lauernd und permanent knurrend auf und ab gehen.

»Na, habe ich dir zu viel versprochen?«, fragt er leise, den Blick auf die Löwen gerichtet.

»Ich bin absolut beeindruckt«, antwortet sie ebenso leise.

Toni folgt Bertram mit einem Schubkarren, vollgeladen mit kiloschweren Fleischbrocken, die mit einem Fleischerhaken durchbohrt sind. Die Löwen brüllen erwartungsvoll. Ihre goldgelben Augen leuchten, bereit, sich auf die Beute zu stürzen.

Bertram dreht sich zu seinen Besuchern um, um sie im angeordneten Sicherheitsabstand zu wissen. »Für sie ist alles Futter«, erklärt er knapp.

Aufmerksam beobachtet Clara, wie Bertram die Sicherheitsschlösser öffnet, eins nach dem anderen, um anschließend mit ruhigen, geübten Händen die schweren Fallklappen der Boxen hochzuziehen, die Tiere hindurchlaufen und die Klappen sofort wieder hinabgleiten zu lassen. Auf diese Weise trennt er die vier Löwen voneinander.

Mit einer einzigen Handbewegung zieht der Tierpfleger die Futterklappe bis zum Anschlag auf und greift mit der anderen Hand den Haken, an dem die Fleischration hängt. Als Erstes wird das männliche Tier gefüttert. Laut knurrend streift es durch die schmale Gitterbox. Geschickt zieht Bertram den Haken aus dem Fleisch und bringt die Klappe in die Senkrechte, sodass der Brocken ins Innere des Löwenkäfigs fällt. Augenblicklich stürzt sich der Löwe auf seine Mahlzeit. Toni versorgt in gleicher Weise nacheinander die Löwendamen.

Clara presst sich an die Wand und betrachtet die Stahlgitter, hinter denen die Raubtiere ihre Fleischportionen reißen. Die letzte hungrige Löwendame hastet erwartungsfroh durch ihr Gefängnis. Toni macht ihre Portion bereit.

»Kann ich das machen?«, ruft Lars dicht neben Clara, sodass ihr vor Schreck die Beine einknicken.

Die Löwendame, die sich ihrer Fleischration beraubt sieht, wirft sich gegen die Gitterstäbe. Der Käfig erbebt. Sofort überträgt sich ihre Angriffslust auf die übrigen Löwen. Nervös durchlaufen sie ihre viel zu schmalen Einzelzellen, streifen die Gitter und stimmen ein ohrenbetäubendes Fauchen und Brüllen an. Die Ausdünstungen der Raubtiere, vermischt mit frischem rohem Fleisch und aufgewirbelten Staub, schwängern die Luft.

Clara lässt sich in die Hocke fallen, hält sich die Ohren zu. »Beruhigt euch. Seid endlich still«, murmelt sie.

Bertram hält Toni auf Abstand. Bewegungslos und schwer atmend lehnen sie an der Innenseite des Absperrgeländers, das gerade mal einen guten Meter Platz zwischen den Gitterboxen und dem Geländer lässt. Bertram hat die Hand erhoben. Er und Toni warten, bis die Tiere besänftigt sind. Schließlich nickt Bertram seinem Kollegen zu, der die letzte Fleischportion vom Haken befreit und in die offene Futterklappe legt. Kaum landet sie in der Box, stürzt sich die Löwin darauf und reißt sie in Stücke.

Allmählich kehrt Ruhe ein. Langsam dreht sich Bertram zu Lars um. Clara schiebt sich vorsichtig an der Wand hoch, ihr Gesicht ist schneeweiß. Auf Lars' Stirn perlen Schweißtropfen, er hält die Lippen zusammengepresst und atmet stoßweise.

»Was hatte ich gesagt?«, fragt Bertram kaum hörbar.

Er wirkt gelassen, doch Clara sieht seine zornigen Augen. Auch Toni hat sich umgedreht und fixiert Lars. Keiner antwortet. Clara möchte sich am liebsten seitwärts an der Wand entlang drücken und fliehen.

»Entschuldigung«, presst Lars hervor.

Bertram nickt, wenn auch verärgert. »Ich dachte, du wüsstest, mit welcher Tierart wir es zu tun haben, Lars. Das sind keine niedlichen Miezekätzchen. Das sind im Ernstfall reißende Bestien.«

»Wir müssen ihre Grenzen achten und uns respektvoll nähern«, wendet er sich sachlich an Clara.

»Es bedarf nur einer Unterbrechung in der Routine«, antwortet diese.

Scheu betrachtet sie die fressenden Löwen, die sich nicht mehr für die Beute interessieren, die an der Wand lehnt. Ihr Blick folgt den verbogenen Gitterstäben.

»Richtig, nur eine Unterbrechung, und es ist nicht mehr geradezubiegen.« Bertram deutet mit dem Kopf zum Käfig. »Ich hoffe, ich habe Ihren Berufswunsch nicht zerstört?«

Clara schüttelt den Kopf. »Nein, das war eine wertvolle Erfahrung, auf was ich mich einlasse – oder eben nicht.«

»Ich hätte es wissen müssen. Fremde Menschen, unbekannte Stimmen, das reizt die Tiere, vor allen Dingen, wenn sie hungrig sind«, grummelt Lars vor sich hin, als sie zum Parkplatz gehen.

»Warum hast du's dann gemacht?«, fragt Clara.

Als Lars nicht antwortet, hakt sie nach: »Warum musstest du dich in den Vordergrund spielen? Wolltest du mir imponieren?«

»Quatsch!«, entfährt es ihm.

Die beiden steigen in den weißen Golf. Nervös trommelt Lars aufs Lenkrad, während er vom Parkplatz auf die Hauptstraße abbiegt. Anspannung hängt in der Luft. Er bemüht sich, den alten Plauderton auszugraben.

»Zum Glück habe ich ja die geborene Löwenflüsterin bei mir. Deine Untertanen haben deine eindringlichen Worte gehört und befolgt. War eben 'ne blöde Idee.« Er unterbricht sich, und Clara ist sich nicht sicher, ob er mit der blöden Idee die Raubtierfütterung als solche oder sein Intermezzo vor den Käfigen meint.

»Fand ich nicht«, sagt sie achselzuckend. »Ich bin dir dankbar für diesen Ausflug. Es war beängstigend zuzusehen, wie schnell und aggressiv die Tiere reagieren, wenn sie ihre Beute vor der Nase haben. Und wie geschmeidig und würdevoll sie sonst durch die Savanne streifen.«

Stumm starrt Lars auf die Fahrbahn, Clara ins spiegelnde Beifahrerfenster. Eine ernst dreinblickende Frau schaut zurück.

Ausbruch aus den Seelenkellern

Eins

»Clara, du besuchst mich, aber ich sehe dich kaum!«
Henriettes anklagender Tonfall ist nicht zu überhören.

Sie schenkt sich und ihrer Tochter Kaffee ein und stellt
einen Brötchenkorb auf den Frühstückstisch. »Ich bin
extra beim Bäcker gewesen, den Aufwand betreibe ich für
mich selbst nie. Können wir wenigstens am Wochenende
Zeit zusammen verbringen?«

»Zum einen hast du gearbeitet und zum anderen wolltest du, dass ich Wiland treffe«, verteidigt sich Clara und
nimmt ein Croissant aus dem Körbchen.

»Natürlich, das freut mich ja auch. Wiland strahlt. Und
was ist mit dir, wie gefällt er dir?«

»Gut«, antwortet Clara, bestreicht ihr Croissant mit
Erdbeermarmelade und beißt hinein.

Henriette wartet geduldig, bis ihre Tochter den Bissen
hinuntergeschluckt hat. »Und?«, hakt sie nach.

Clara hebt die Schultern. »Er gefällt mir gut, er ist nett.«

»Nett? Mehr nicht? Muss man dir denn jedes Wort aus
der Nase ziehen?«

Clara überlegt eine Weile. »Ja«, antwortet sie grinsend
und isst weiter.

»Also gut. Wie war es gestern bei der Löwenfütterung?«

»Spannend«, antwortet Clara kauend. Sie schluckt den

Bissen hinunter und berichtet ihrer Mutter, wie gierig sich die Löwen auf ihre Fleischportionen gestürzt hatten und von der Löwendame, die mit voller Wucht gegen das Gitter geprallt war. »Lars und ich haben sie durch unsere bloße Anwesenheit gestört. Mann gut, dass wir nicht als Futter geendet sind«, fügt sie lachend hinzu.

»Was ist jetzt mit diesem Lars? Triffst du ihn noch?«, fragt Henriette, während sie ihr Brötchen belegt.

Clara weiß, dass ihre Mutter maximal der Hälfte ihrer Erzählung gelauscht hat. Tiere interessieren sie nicht besonders, das war schon immer so.

»Ich weiß nicht«, antwortet sie ausweichend.

Ich weiß es wirklich nicht, geht ihr auf, als sie darüber nachdenkt.

»Mama, ich habe heute etwas anderes vor«, sagt sie und schaut ihre Mutter an.

Henriette erwidert ihren Blick. Sie ist wachsam. Genau wie Clara ihre Mutter kennt, weiß Henriette, was hinter dem ernsten, aufmerksamen Blick ihrer Tochter steckt. »Was?«, fragt sie misstrauisch.

»Ich würde heute gern Papa besuchen.«

Henriette legt ihr Brötchen aus der Hand. »Papa?«

»Am liebsten mir dir gemeinsam.«

»Wie bitte? Kommt nicht infrage!« Empört schlägt ihre Mutter mit der flachen Hand auf den Tisch. »Ich hatte dir verboten …«

»Mama, da war ich vierzehn, heute bin ich erwachsen. Du kannst mir nichts mehr verbieten.«

»Er hat uns sitzenlassen, Clara Susann, hast du das

vergessen? Er hat sich mit dieser Thusnelda zusammengetan. An dir hat er kein Interesse mehr gezeigt. Wie du richtig sagtest, warst du damals vierzehn. Also weißt du das sicherlich noch!« Wütend räumt sie das Geschirr in den Geschirrspüler. Der Appetit auf Frühstück ist ihr vergangen.

Ein schaler Geschmack liegt Clara auf der Zunge. Erneut drängt sich das Bild auf: Ihr Vater in gebeugter Haltung auf der Wiese. Seine Worte »Verschwinde, hau ab, bevor ich …« sitzen ihr im Nacken, als sie davonrennt, um den Hohn: »… dir Beine mache«, nicht hören zu müssen.

Das Gespräch ist fällig. Wenn nicht jetzt, wann dann?

Henriette hat sich umgedreht und beobachtet die Mimik in Claras Gesicht. »Wir hatten damals beschlossen, den Kontakt abzubrechen, erinnerst du dich?«

»Du hast das beschlossen, Mama«, antwortet Clara ruhig.

»Hat dir dieser Lars die Flausen in den Kopf gesetzt?«

»Warum sollte er das tun?« Irritiert blickt Clara ihre Mutter an. Plötzlich fällt es ihr auf. »Dazu hat mich Wiland inspiriert.«

»Was ist das für ein Unsinn! Wiland ist höflich und zurückhaltend, er würde sich nicht in die Angelegenheiten fremder Leute mischen.«

»Ich bin für ihn keine Fremde«, erwidert Clara. »Ich dachte, du wolltest, dass wir uns näher kennenlernen?«

»Wie nah?«

»Mama, ich bin zwanzig und nein, ich werde dir nichts erzählen.« Sie steht ebenfalls auf und stellt ihren leeren

Kaffeebecher in die Spülmaschine. »Du kennst Lars überhaupt nicht, hast ihn nicht einmal persönlich gesehen. Aber du traust ihm zu, dass er mich beeinflusst? Warum?«

»Weil …« Henriette macht eine fahrige Handbewegung, winkt schließlich ab. »Ich hatte nur gedacht, dass du das Wochenende für uns reserviert hast. Stattdessen willst du zu Johann fahren. Viel Spaß, kann ich nur sagen. Ich glaube nicht, dass er begeistert davon ist, sonst hätte er um seine Familie gekämpft!« Abrupt dreht sie sich um und verlässt die Küche.

Na prima, eine Ladung schlechtes Gewissen durfte ja nicht fehlen. Mit einem Seufzen folgt sie ihrer Mutter ins Wohnzimmer.

»Entschuldige Mama, aber dein Hass gegen Papa ist nicht meiner. Ich kann dich verstehen. Du musstest damals ganz von vorn anfangen mit einem Kind im Teenageralter. Aber ich möchte meinen Vater nicht länger ignorieren. Ich will wissen, was er in den letzten Jahren getrieben hat. Das ist wichtig für mich. Er kann mir selbst sagen, ob er mich sehen will oder nicht. Ich glaube, die Zeit ist reif für eine Aussprache.«

»Fahr zu ihm, du wirst ja sehen, was du davon hast. Mein Auto bekommst du dafür aber nicht, das ist sicher klar!« Sie lässt sich in einen Sessel fallen und faltet energisch die Tageszeitung vor sich auf. »Verschwinde, Clara Susann!«

»Tut mir leid, dass du sauer bist, Mama. Aber es ist einfach überfällig …«

»Du bist mir keine Erklärung schuldig!«

Clara stutzt und betrachtet die überschlagenen Beine ihrer Mutter. Der Rest von ihr ist hinter der Zeitung versteckt.

»Ach übrigens, Mama. Mit Lars ist es aus.«

Sie hört das willkürliche Rascheln der Zeitung, als sie die Tür hinter sich schließt. Mit weichen Knien geht sie zurück in ihr Zimmer, setzt sich auf ihr Bett und wählt Wilands Nummer.

»Ich hatte gerade einen heftigen Streit mit meiner Mutter. Ich fürchte, ich habe längst vergrabene Erinnerungen zutage gefördert. Holst du mich mit dem Auto ab? Bei dieser Gelegenheit kann ich dir von der Raubtierfütterung erzählen. Im Moment bin ich unsicher, was ich schlimmer fand.«

»Möchtest du nur reden, oder was hast du vor?«, fragt Wiland.

»Ich möchte meinen Vater in Steinhude besuchen.«

»Ohne Vorankündigung?«

»Ja, ich denke, um die Wahrheit zu erfahren, eignet sich ein spontaner Besuch am besten.«

»Gut, ich bin in einer halben Stunde bei dir.«

»Ob das alles gut geht?« Harmonia würde sich am liebsten die Fingernägel abkauen, wenn sie denn welche hätte. »Ich spüre Unfrieden und Spannung, die in der Luft liegen! Sonnenseele, wo bist du?«

»Schon gut, mein kleiner Friedensstifter«, versuche ich, sie zu besänftigen. »Alles ist genau richtig, so wie es ist.

179

Clara hatte immer Angst vor diesem etwas speziellen Gespräch mit ihrer Mutter. Ganze sechs Jahre lang! Aber jetzt hat sie genügend Mut gesammelt und es gewagt. Es gibt nie einen guten Zeitpunkt für solch ein Gespräch. Daher ist es egal, ob sie es heute, morgen oder später sagt. Es war überfällig.«

»Hat dir das Frau Niefried eingeflüstert?«, schimpft Harmonia. »Die hat einen sehr schlechten Einfluss auf dich!«

»Unsinn. Schau nur, Sonnenseeles Kleid ist vom Kopf bis zu den Achseln hell geworden«, mischt sich Urtana ein.

Dankend nicke ich ihr zu.

»Ich wurde nicht eingebunden!«, meldet sich Prio. »Dabei ist das Gehen von Schritten mein Fachgebiet. Welcher Schritt ist als Nächstes dran, Harmonia?«, wendet sie sich an den rosa Wattebausch.

Harmonia kaut weiter auf ihren Fingern herum.

»Das fragst du bitte künftig Sonnenseele.« Lautlos ist Frau Niefried aufgetaucht. »Ihr müsst besser zusammenarbeiten. Dieses leuchtende Wesen«, sie deutet auf mich, »ist der Kompass in Claras Körper. Bitte stimmt euch mit ihr ab. Sie schickt intuitive Impulse zu Mutter Herz, damit Clara ein Gefühl bekommt und handelt. Vater Verstand fasst alles in Worte. Ihr sorgt für Zuverlässigkeit, Gelassenheit und Wertschätzung.« Dabei zeigt sie nacheinander auf das blaue, rosa und graue Geisterfräulein.

Zu meiner Freude nicken die drei. Wenn ich Frau Niefried nicht hätte! Sie schafft es, jeder Kopfstimme Respekt einzuflößen.

»Aber wie geht es jetzt weiter?« Harmonia bleibt sichtlich nervös.

»Raus geht es mit Vertrauen. Vertrauen, dass sich alles so fügt, wie es soll«, antwortet Frau Niefried.

Zwei

Mit blassem Gesicht steigt Clara in Wilands Auto.

»Geht's dir gut?«, fragt er besorgt.

Sie nickt, aber ihre Anspannung ist nicht zu übersehen. »Die Wahrheit ist, ich weiß nicht, auf was ich mich heute einlasse. Ich habe meinen Vater sechs Jahre lang nicht gesehen. Vielleicht handle ich heute zu überstürzt?« Zweifelnd schaut sie zu ihm hinüber.

Wiland startet seinen Toyota und biegt auf die Hauptstraße ein. »In einer Stunde weißt du mehr. Du hast den Drang gehabt, ihn zu besuchen und einen Entschluss gefasst. Erzähl mir doch in der Zwischenzeit von den Raubtieren. Das lenkt dich ab!« Er schaut zu ihr, wie sie tiefer in den Beifahrersitz rutscht.

Seine Gelassenheit überträgt sich auf Clara, und sie beginnt zu erzählen. Nahezu verwundert berichtet sie von der Löwenfütterung, als wäre das Erlebnis gar nicht real gewesen. Die eleganten, lautlosen Bewegungen der Großkatzen, Lars' Einmischung, das permanente Fauchen und Brüllen der Tiere, ihre gefährlich funkelnden Augen, die verbogenen Gitterstäbe. Und wie ihre Mutter den Kontakt zu ihrem Vater am liebsten unterbinden würde.

»Lars hat mich an meine letzte Begegnung mit ihm er-innert«, sagt sie und merkt, wie Wiland ihr einen kurzen Blick zuwirft. »Aber seit ich mit dir gesprochen habe, möchte ich wieder Kontakt zu ihm aufnehmen. Der Wunsch verfolgt mich seit Langem und macht mich un-ruhig. Ich muss mir Klarheit verschaffen.«

Sie hebt die Hände, schüttelt über sich selbst den Kopf. »Warum es gerade heute aus mir herausbricht, weiß ich nicht. Ich schätze, es war eine Eingebung.«

»Dann folgen wir deiner Eingebung.« Wiland lächelt sie an und biegt auf die Autobahn Richtung Dortmund ab.

Clara hängt nachdenklich in ihrem Beifahrersitz. Nach-dem sie an der Ausfahrt Wunstorf-Luthe abgefahren sind, unterbricht Wiland ihre Gedankengänge. »Wir nehmen Kurs auf Steinhude, Käpt'n. Ab jetzt musst du mir sagen, wo es langgeht.«

Clara wedelt mit dem Finger geradeaus. Sie kennt die Gegend genau wie früher, wenig hat sich verändert. Ziel-sicher dirigiert sie ihn bis vor das Haus ihrer Eltern. Hier wohnt ihr Vater mit seiner neuen Frau.

Wiland parkt das Auto an der Straßenseite und stellt den Motor ab. Clara scheint noch tiefer in ihren Sitz ge-rutscht zu sein.

Sie zieht sich in eine aufrechte Position und sieht auf-merksam aus dem Fenster. »Komisch. Als andere Kinder in die Pubertät kamen und den ersten Liebeskummer wegzustecken hatten, musste ich die Trennung meiner Eltern verarbeiten. Es kommt mir gerade so vor, als ob ich sechs Jahre später dagegen rebelliere.« Sie schaut

Wiland an, ein unsicheres Lächeln umspielt ihre Mundwinkel.

»Dann lass uns rausgehen«, sagt er. »Rebellieren.«

Mit einer raschen Bewegung öffnet er die Autotür, als ob er Clara vormachen möchte, wie man richtig rebelliert. Etwas langsamer folgt sie seinem Beispiel.

In ihrem ehemaligen Elternhaus scheint es ruhig zu sein. *Ob der Bootsverleih immer noch Papa gehört? Wie wird seine neue Ehefrau sein? Wir werden es gleich wissen,* denkt sie, tief Atem holend und klingelt an der Tür mit dem Namensschild »Wunderlich«.

Von drinnen sind flinke Schritte zu hören, ein Hüpfer direkt vor der Tür, dann öffnet sie sich. Clara blickt in die rehbraunen Augen eines etwa fünfjährigen Mädchens mit ebenso schokobraunen Haaren wie sie selbst. Hinter ihr taucht eine Frau auf. Sie lächelt. Unverkennbar ist es ihre Tochter, die die Tür geöffnet hat. Dasselbe ovale Gesicht, dieselben Grübchen. Nur Haar- und Augenfarbe stammen von Johann. Die Frau selbst trägt einen flotten blonden Kurzhaarschnitt.

Sie nimmt das Kind etwas beiseite und schaut ihre Besucher an. Ihr Lächeln erstirbt, als ihr Blick auf Clara verweilt.

»Das gibt es ja nicht«, sagt sie leise. »Was für eine Überraschung!«

»Hallo Tante Ronda«, begrüßt Clara die Frau und deutet auf Wiland. »Darf ich dir meinen Freund Wiland vorstellen?«

Ronda zögert, tritt jedoch beiseite. »Kommt herein«,

sagt sie mit einer einladenden Geste.

Zaghaft betritt Clara den elterlichen Hausflur, Wiland folgt ihr.

»Eure Jacken könnt ihr an der Garderobe aufhängen«, weist Ronda auf die Garderobenleiste.

Gedankenverloren übergibt Clara Wiland ihre Jacke. Sie bleibt im Flur stehen, schaut sich um. Alles scheint unverändert zu sein. In dem schlauchförmigen Flur stehen zwei Schuhschränke, daneben kleinere und größere Paar Gummistiefel, auf den Schränken liegen Regenmäntel. Die Tür des Badezimmers gleich neben dem Eingang ist angelehnt. Aus der angrenzenden Küche strömt der Duft von Frühstückswaffeln. Schräg gegenüber befindet sich das Wohnzimmer, geradeaus das Schlafzimmer, rechts um die Ecke das Kinderzimmer.

Das kleine Mädchen hat sich an seine Mutter gedrückt und beobachtet neugierig Claras Kopfbewegungen, mit denen sie scheinbar durch alle Zimmer wandert.

»Lasst uns ins Wohnzimmer gehen«, schlägt Ronda vor. »Möchtet ihr etwas trinken?«

»Vielleicht eine Apfelsaftschorle?«, fragt Wiland, da Clara nicht antwortet.

»Bringe ich euch«, sagt Ronda und verschwindet in der Küche. Das kleine Mädchen folgt ihr und beginnt, mit seiner Mutter zu flüstern.

Clara und Wiland setzen sich auf die Couch im Wohnzimmer. Es ist dieselbe wie damals. Offensichtlich haben sich die beiden keine neue gegönnt.

»Die Frau deines Vaters ist deine Tante?«, fragt Wiland erstaunt.

Clara schüttelt den Kopf.

Aufmerksam schaut sie sich im Wohnzimmer um. Hier hat sich, bis auf die Couch, den Couchtisch und die Anrichte, alles verändert. Wenige Dekorationsstücke stehen herum, dafür hängen Bilder an den Wänden, alle in helle Holzrahmen gefasst. Überhaupt ist die Grundfarbe des Zimmers taubenblau mit weiß, und taucht den Raum in eine unaufdringliche Helligkeit.

»Ronda ist nicht meine richtige Tante«, antwortet Clara endlich. »Aus irgendwelchen Gründen habe ich sie als Kind immer Tante Ronda genannt. Sie ist … sie war die beste Freundin meiner Mutter. Die beiden haben sich auf einer Fortbildung kennengelernt und auf Anhieb verstanden. Dann kamen die Geldsorgen meiner Eltern. Jetzt weiß ich, warum Mama wütend ist. Ich wusste nicht, dass sie mit der Thusnelda immer Ronda gemeint hat.«

»Dein Vater ist mit ihr verheiratet. Wie ist das für dich?«

»Schwer zu sagen. Ronda ging früher bei uns ein und aus. Ich mochte sie. Auch jetzt hasse ich sie nicht. Es ist einfach merkwürdig. Ich denke, ich werde ihr ein paar Fragen stellen.«

Ronda trägt zwei Apfelsaftschorlen ins Wohnzimmer, im Schlepptau ihre kleine Tochter. »Bitte, ihr beiden«, sagt sie, während sie die Gläser auf zwei Untersetzer platziert. »Das ist übrigens Betty. Betty, komm mal her, sag deiner … Schwester hallo.«

Das Mädchen nähert sich Clara und gibt schüchtern ein »Hallo« preis.

»Hallo Betty«, begrüßt diese ihre Halbschwester. Sie streckt ihre Hand aus und streicht ihr sanft über das dunkle Haar. »Ich heiße Clara.«

»Clara«, wiederholt Betty.

»Du hast ein hübsches Kleid an.«

»Ja.« Betty nickt, dann läuft sie zu ihrer Mutter zurück und kuschelt sich in ihre Arme.

»Ich freue mich, dass du uns besuchen kommst«, beginnt Ronda etwas verlegen. »Johann ist unten am Bootsverleih. In einem Monat beginnt die Saison. Dein Vater führt zusammen mit Mike und seinem Sohn Reparaturen durch. Er wird sich freuen, dass du hier bist.« Sie scheint immer leiser zu werden beim Erzählen.

»Clärchen«, sagt Betty plötzlich, und Clara schaut sie verblüfft an.

Ronda lächelt und wischt sich über die Augen. »Ja, das ist Clärchen. So nennt dich Johann noch immer«, wendet sie sich an Clara.

»Er spricht von mir?«

»Er hat nie aufgehört, von dir zu sprechen. Clärchen hat das so gemacht, Clärchen hat dies und jenes getan. Betty ist genauso ein Wildfang wie du, Clara. Johann vergleicht euch ständig, er ist stolz auf euch beide. Schau dich um, überall hängen Bilder von dir.«

Clara betrachtet die Fotos. Auf vielen ist sie als Kind oder Teenager zu sehen, allein oder zusammen mit ihrem Vater. Tränen steigen ihr in die Augen, sie weiß nicht, was sie erwidern soll.

»Können wir was spielen?«, quengelt die Kleine. »Kann ich dir mein Zimmer zeigen?«

»Später, Betty«, bittet Ronda.

Aber Wiland ergreift die Gelegenheit. »Auf geht's

Betty, zeig mir dein Zimmer, wir spielen was zusammen!«

»Au ja!« Die Kleine legt ihre Hand in Wilands und zieht ihn hinüber ins Kinderzimmer.

Wiland dreht sich kurz um, bevor er die Tür hinter sich schließt und zwinkert seiner Freundin zu. Ronda und Clara schauen den beiden hinterher. Als Ruhe im Wohnzimmer eingekehrt ist, treffen sich ihre Blicke.

»Ich wusste nicht, dass du die Frau bist, mit der mein Vater zusammen ist. Meine Mutter hat mir das nie erzählt.«

»Dein Vater hat dir viele Briefe geschrieben und versucht, dir seine Gründe mitzuteilen. Er hat Fotos beigelegt, besonders viele von deiner Halbschwester Betty. Aber offensichtlich hat Henriette die Briefe niemals weitergeleitet. Was ärgerlich ist, aber einiges erklärt«, fügt sie missmutig hinzu. »Weiß sie überhaupt, dass du hier bist?«

»Ja, ich habe es ihr heute Morgen gesagt. Sie war dagegen.«

»Das glaube ich.«

»Zumindest verstehe ich jetzt, warum sie wütend ist.« Clara nimmt einen Schluck Apfelsaftschorle.

»Wirklich?«, fragt Ronda.

Clara hält kurz inne, dann setzt sie das Glas ab. »Wenn mein Vater ihre beste Freundin heiratet, kann ich durchaus verstehen, dass sie sauer ist.«

Ronda wiegt den Kopf. »In der Tat. So oberflächlich betrachtet hast du recht.«

Eine Pause entsteht und Clara wartet auf eine Fortführung der Geschichte. »Tante Ronda ...«, beginnt sie genau wie früher als Kind, unterbricht sich jedoch. »Ronda, meine Mutter hat die Trennung von meinem Vater nie verwunden und ihm nie verziehen. Aber ich kenne dich von früher. Ich glaube nicht, dass du die Ehe meiner Eltern zerstört hast.«

Erstaunt schaut Ronda Clara an. »Danke, Clara …«

»Aber ich bin hergekommen, weil ich eine Erklärung suche, verstehst du? Ich möchte Kontakt zu meinem Vater und meiner Schwester. Aber ich möchte auch wissen, was du meiner Mutter angetan hast. Immerhin war sie deine beste Freundin.«

»Oh«, macht Ronda und setzt sich aufrecht hin. »Nun, was ich ihr angetan habe? … Ich habe den beiden einen Kredit angeboten, als es ihnen schlecht ging. Sie überlegten, ihren Traum aufzugeben, also den Bootsverleih zu verkaufen und wegzuziehen aus Steinhude. Ich hatte damals eine Erbschaft gemacht und ihnen ein zinsloses Darlehen angeboten, welches sie mir erst hätten zurückzahlen müssen, wenn es ihnen wirtschaftlich besser gegangen wäre. Aber Henriette fand es unter ihrer Würde, Geld von mir anzunehmen. Im Gegenteil, sie war tödlich beleidigt. Ob ich sie kaufen wolle, hat sie mich allen Ernstes gefragt. Johann jedoch fand die Idee gut. Er schlug vor, das Ganze vertraglich festzuhalten und von einem Notar beurkunden zu lassen. So wären alle auf der sicheren Seite, und ich hätte das Geld nach einer bestimmten Zeit in Raten zurückerhalten. Johann und ich versuchten, Henriette von dieser Idee zu überzeugen. Aber sie interpretierte das Ganze so, dass Johann und ich gemeinsame Sachen machen würden. Sie behauptete, wir hätten seit Langem ein Verhältnis und wollten sie nun obendrein um den Bootsverleih prellen. Wir waren beide sprachlos bei diesen Unterstellungen. Ich weiß nicht, ob es blinde Verzweiflung wegen ihrer Finanznöte war, dass sie uns eine Affäre andichtete, aber es wirkte. Johann ertrug sämtliche Anschuldigungen. Deine Eltern stritten nur noch. Henriette warf ihm Untreue vor und mir, dass ich eine Lügnerin und Betrügerin wäre. Wie sagt man immer: Beim Geld hört die Freundschaft auf. Dass es jedoch wegen meines Hilfsangebots enden würde, wäre mir nie in den Sinn gekommen. Schließlich ist sie mit dir in einer Nacht-und-Nebel-Aktion ausgezogen. Offensichtlich hat sie sich schon Wochen vorher in aller Heimlichkeit nach einem Haus umgesehen. Der Bootsverleih war für sie verloren, ihre Ehe hat sie aufgegeben. Sie wollte neu anfangen, ohne Absprache mit Johann oder mit dir. Ich kann dir bis heute nicht sagen, warum sie all diese Falschbehauptungen aufgestellt und sich dermaßen hineingesteigert hat. Johann war verzweifelt, er wollte vor allen Dingen dich zurück.«

Ronda macht eine Pause und holt tief Luft. »Dein Papa hat alles getan, um dich nach Hause zu holen, aber Henriette war schnell mit den Scheidungspapieren. Das Sorgerecht bekam sie, Johann ein Umgangsrecht. Was sie unterbunden hat, wie du weißt.«

Clara sitzt bleich auf dem alten Sofa ihres Heimathauses. Sie möchte sich auf die Polster werfen, darauf einschlagen und weinen, aber diesmal kommen keine Tränen. Starr sitzt sie dort und blickt zur Tür. Unbemerkt ist Johann ins Wohnzimmer getreten. Eine Mischung aus

Glück und Trauer liest sie in seinem Gesicht. Wie lange er an der Tür gestanden hat, weiß sie nicht.

Ronda wendet sich um, spricht nicht weiter.

»Clärchen«, sagt er nur.

Mit einem Sprung ist Clara bei ihm, lässt sich von ihm in die Arme schließen.

Durch die geöffnete Tür dringt Bettys Juchzen, als Wiland mit ihr Fangen spielt. »Du bist dran!«, ruft sie fröhlich, während Wiland atemlos keucht.

Johann lässt sich auf der Couch nieder, Clara setzt sich in den Sessel gegenüber.

»Hast du meine Briefe bekommen?«, fragt er. Die Worte klingen trocken und abgehackt.

»Henriette hat sie ihr nicht gegeben«, antwortet Ronda.

Clara schüttelt nur stumm den Kopf.

»In den Briefen habe ich dir alles erklärt, denn ich wusste, dass du es verstehen würdest. Aber du hast nie geantwortet. Und so bin ich eines Tages zu euch gefahren und habe dich auf dieser Wiese abgepasst, weißt du noch?«

Na klar, weiß ich das, will Clara sagen, aber ihr Hals lässt nichts raus.

»Du hast mir gesagt, dass Mama dir verboten hat, mich zu treffen. Du würdest Ärger bekommen. Du wolltest keine Erklärung von mir, wolltest nicht zuhören. Stattdessen hast du dich losgerissen …«

»Du hast mir hinterhergerufen, dass ich abhauen soll. Verschwinden soll … bevor du …« Ihre Stimme versagt.

Es ist still geworden im Wohnzimmer. Durch die Tür dringt das fröhliche Spiel von Betty und Wiland.

»Bevor du was?«, fragt Clara schließlich.

Johann hebt die Schultern, dann versteht er. »Bevor ich anfange zu weinen«, sagt er.

Ronda steht auf, legt eine Hand auf Johanns Schulter. »Ich koche uns Kaffee. Es ist sogar noch etwas Kuchen im Haus, den kann ich aufschneiden.« Dann geht sie in die Küche.

»Ich habe dich so vermisst, Clärchen«, sagt Johann leise. »Du hast mir nie geantwortet. Ich wusste nicht, wie ich dich erreichen könnte.«

»Ich habe dich auch vermisst, Papa. Deine alte Telefonnummer ist bei mir gespeichert, aber ich habe mich nie getraut, dich anzurufen. Mama hat es verboten, wie so vieles. Sie sagte, dass ich bei euch nicht willkommen wäre. Heute glaube ich allerdings, dass sie einfach sehr verletzt war.« Clara hält inne. »Würdest du mit ihr sprechen wollen?«

»Dafür müsste sie es schaffen, über ihren Schatten zu springen und nicht anderen die Schuld zu geben«, antwortet er ausweichend.

»Mama fühlte sich allein gelassen. Ich habe sie getröstet, war für sie da. Sie hatte ja nur noch mich. Allerdings frage ich mich, ob ich ihr wirklich geholfen habe.«

»Wie meinst du das?«, fragt Johann.

»Vielleicht hätte ich rebellieren sollen? Darauf bestehen sollen, dass ich dich sehen darf, mit dir reden darf, zum Bootsverleih darf, so wie früher. Stattdessen habe ich ihr gehorcht. Aber sie ist dadurch nicht glücklich geworden.«

»Mach dir keine Gedanken, Clärchen. Du hast es damals bestmöglich gemacht. Ich bin froh, dass du heute hier bist.« Er steht auf, zieht sein Mädchen in die Arme. Clara spürt etwas Feuchtes auf ihrer Wange, weiß nicht, ob es ihre Tränen oder die ihres Vaters sind.

Sanft drückt sie ihn beiseite. »Damals, auf der Wiese, dachte ich, du würdest nichts mehr von mir wissen wollen, hättest nur deine neue Familie im Kopf. Das hat mich verletzt, ich konnte nichts erwidern. Ich wollte dich wiedersehen, Papa. Mit dir reden, deine Version von der Trennung hören. Man könnte sagen, mit ein paar Jahren Verzögerung habe ich gegen Mamas Verbot rebelliert.«

Johann drückt seine Tochter an sich. »Frag Henriette nach den Briefen. Sie bestimmt zwar gern über andere, aber sie liebt dich genug, um sie dir nicht vorzuenthalten.«

Clara nickt. »Danke, Papa.«

»Übrigens, ich habe eben deinen Wiland mit Betty spielen sehen. Ein netter Mann. Wo habt ihr euch kennengelernt?«

»Mama hat ihn ausgesucht. Sie meinte, er würde gut zu mir passen.« Ernsthaft schaut sie zu ihrem Vater auf, dann brechen beide in ein glucksendes Lachen aus.

Auf dem Heimweg sortiert Clara das Gehörte. Stück für Stück setzt sie die restlichen Puzzleteile zusammen. Mit ihren Unterstellungen und ihrer Eifersucht hat es Claras Mutter überhaupt erst geschafft, dass sich Ronda und Johann nähergekommen sind. Ihre ehemalige Freundin tröstete ihren Ex-Mann über den Verlust seiner Familie hinweg. Sie unterstützte ihn mit dem Kredit, Johann entwarf ein neues Konzept und der Bootsverleih begann wieder zu florieren. Ein Jahr später wurde die kleine Betty geboren.

»Ich hab 'ne süße kleine Schwester, was meinst du, Wiland?«, fragt sie gedankenverloren, erwartet aber keine Antwort. Wiland nickt lächelnd.

Drei

Ich kann es nicht anders sagen, ich bin guter Stimmung. Fröhlich schwenke ich mein Kleid hin und her. Mein Oberkörper gewinnt das Licht zurück. Nun kräuseln sich nur noch hüftabwärts die gräulichen Nebelschwaden. Dass sich die Schleier nach und nach auflösen, ist ein sicheres Zeichen, dass Clara meine Eingebungen richtig umgesetzt hat und sich auf ihrem Lebensweg befindet. Mitten im Schwung halte ich inne. Was bedeutet das für Frau Niefried? Hat sie sich ebenfalls zurückgebildet?

»Hallo Frau Niefried!«, rufe ich unsicher ins Dunkelrot des Körpers.

Von hinten tippt mir jemand auf die Schulter. Als ich mich umdrehe, grinst sie mich mit ihrer weißen Zahn-reihe an.

»Glück gehabt!«, atme ich erleichtert auf.

»Oh wie schön, ich sehe, du würdest mich vermissen. Keine Angst, ich bin bei dir. Bei euch«, ergänzt sie. »Wo sind die inneren Stimmen? Schlafen sie noch?«

»Natürlich nicht.« Prio ist die Erste, die zu uns schwebt. Sie zurrt ihren Dutt fest, streicht die letzten Falten aus ihrem blauen Kleid, dann ist sie bereit.

Atemlos gesellt sich Harmonia zu uns. »Ich habe eine dicke Schicht puderrosa Glückseligkeit in Clara verteilt, jetzt schläft sie wie ein Baby.«

»Prima. Wo steckt unser Strickgeist?«, fragt Frau Niefried.

»Ich bin beschäftigt!«, kommt es ungewöhnlich sachlich aus Vater Verstands grauen Zellen.

»An was strickst du?«, frage ich nach.

Endlich schwebt sie zu uns herab und hält stolz ihr neuestes Werk hoch über den Kopf. Wir alle recken die Köpfe, um die Aufschrift entziffern zu können.

»Offenheit«, liest Frau Niefried vor und nickt bedächtig. »Ein passendes Urteil über Clara, noch dazu ein hilfreiches. Denn Mut und Offenheit führt zu ...«

Als keine antwortet, wiederholt sie wie in der Schule: »... führt zu ...«

»Moffenheit!«, sagt Prio ernsthaft und Harmonia beginnt zu kichern.

»Sonnenseele?«, wendet sie sich direkt an mich. Es ist wirklich ein bisschen wie in der Schule.

»Vertrauen«, sage ich plötzlich. »Wenn der Mensch mutig und offen durch die Welt geht, gewinnt er Vertrauen.«

»Sehr gut, setzen«, weist sie mich an.

Unschlüssig schaue ich mich um, dann setze ich mich bequem auf die Leber. Das Speicherorgan, das sonst die Emotionen Ärger und Wut in sich aufbrodeln lässt, ist heute friedlich. Mein leuchtender Oberkörper streichelt die Leber mit Helligkeit, und sie wird sanft und weich unter mir.

Frau Niefried ist zufrieden mit uns. »So muss das sein«, sagt sie. »Erst wenn alle inneren Stimmen einschließlich unserer wegweisenden Sonnenseele im Gleichklang arbeiten, kreieren wir die richtigen Impulse, die Mutter Herz in Claras Gefühle umwandelt. Vater Verstand fasst alles in Worte und bringt es, ohne zu verletzen, über die Lippen.«

»Hach, das klingt so schön harmonisch! Das ist ganz nach meinem Geschmack.« Begeistert blickt Harmonia in die Runde.

»Wir wollen die anstehenden Tagesaufgaben nicht vergessen«, meldet sich Prio.

»Ich wurde in meinen Strickarbeiten unterbrochen«, beschwert sich Urtana.

»Na, dann mal los, innere Stimmen. Ihr habt zu tun, gleich bricht der nächste Tag an. Clara stehen heute Gespräche bevor.«

Die drei verabschieden sich und beziehen ihre Lieblingsplätze, die Grauzellen von Vater Verstand.

»Und?«, frage ich voller Vorfreude. »Was machen wir beide jetzt?«

»Ein mulmiges Gefühl erzeugen«, sagt Frau Niefried und hebt entschuldigend die Schultern, als sie meine Mundwinkel herabfallen sieht.

Clara gähnt ausgiebig und streckt Arme und Beine unter der Bettdecke aus. Fröhlich schlägt sie diese beiseite, steht auf und schlüpft in ihre Hauslatschen. »Ich hatte so einen schönen Traum! Irgendwie bin ich heute Nacht durch ein Feld gelaufen, auf dem rosa Zuckerwatte wuchs. Verrückt!«, ruft sie, während sie das Badezimmer aufsucht. In der Küche klappert Geschirr, aber eine Antwort bleibt aus. Clara steckt ihren Kopf durch die offene Tür.

»Wir müssen reden«, erklärt ihre Mutter kurz angebunden.

»Ja, das müssen wir«, erwidert Clara.

Mit einem mulmigen Gefühl schließt sie die Badezimmertür hinter sich. »Atmen, anziehen, anhören«, spricht sie sich Mut zu. »Dann antworten.«

»Nun weißt du also Bescheid über den Verrat der beiden Turteltäubchen«, stellt Henriette fest, als Clara am Frühstückstisch Platz nimmt. »Vielleicht ist es ja das Beste. Du bist alt genug, um die Wahrheit zu hören.« Sie klingt nicht nur mürrisch, sondern auch angriffslustig.

Über Claras Arme macht sich eine kühle Gänsehaut breit. »Ich habe einiges erfahren«, antwortet sie höflich.

Sie beobachtet ihre Mutter, wie sie die Teller auf den Tisch stellt, Besteck dazu legt und die Kaffeemaschine einschaltet.

»Du hast mir nur wenig über eure Trennung erzählt. Ich wusste bisher nur, dass du sauer auf Vater und die Thusnelda bist.« Clara hakt zwei Gänsefüßchen in die Luft, als sie den letzten Namen betont.

Ärgerlich schaut sich Henriette um. »Tante Ronda«, antwortet sie ironisch. »Ja, meine ehemals beste Freundin. Ein feiner Trick, nicht wahr? Bot sich uns mit ihrem Geld an und schaffte es tatsächlich, Johann um den Finger zu wickeln.«

»Sie wollte euch helfen.«

»Glaub diesen Schwachsinn bloß nicht, Clara Susann. Sie hat sich in unsere Familie eingekauft. Sie hat das Vertrauen zwischen Johann und mir zerstört, bis sie in vorderster Front stand und ihn beeinflussen konnte. Nein, ich habe diese beste Freundin bereits vor langer Zeit durchschaut. Das einzig Richtige war, mit dir fortzugehen.«

Clara erschaudert bei der kalten, rauen Stimme ihrer Mutter. So kennt sie ihre Mama nicht, so unerbittlich und verächtlich.

Glaubst du wirklich, was du da sagst?, liegt ihr auf der Zunge zu fragen, aber sie traut sich nicht.

Mit aller Willensstärke versucht sie, neutral zu bleiben, was ein Ding der Unmöglichkeit ist. Ein falsches Wort, und ihre Mutter würde zu toben beginnen. So sieht es zumindest aus.

»Ich möchte die Briefe sehen, die mein Vater geschrieben hat. Er hat Fotos von Betty beigelegt.«

Mit einer Mischung aus Erstaunen und Widerwillen betrachtet Henriette ihre Tochter. »Kommt nicht infrage. Die gehen dich nichts an.«

»Doch, sie waren an mich gerichtet«, sagt Clara leise, aber mit fester Stimme. »Mama, ich möchte sie lesen!«

»Ich habe sie weggeworfen«, erklärt ihre Mutter und reicht Clara den Brötchenkorb. »Nimm dir ein Brötchen. Wenigstens am Sonntag kannst du Zeit mit mir verbringen.«

»Und, wenn nicht? Bist du dann wütend auf mich?«

Henriette hält in der Bewegung inne. Sie wirkt erstarrt, ausholend zum Gegenschlag.

»Mama, ich will keinen Streit mit dir. Ich möchte, dass wir anfangen, erwachsen miteinander umzugehen. Und die bestimmende Mutter über ihre kleine Tochter ist alles andere als erwachsen. Ich war bei Papa. Er war glücklich, mich zu sehen. Er spricht überhaupt nicht schlecht von dir. Auch Ronda nicht. Die Einzige, die kein gutes Wort für die beiden übrig hat, bist du. Ist dir wenigstens bewusst, wie sehr du dich selbst verletzt?«

Henriette verharrt in ihrer Starre. Der Schlag ist nicht abgewendet.

»Ich hab dich lieb, Mama«, sagt Clara. »Ich würde dich nie verlassen. Das habe ich früher nicht getan und das mache ich auch heute nicht. Es gibt also keinen Grund …«

Sie überlegt, wie sie die Haltung ihrer Mutter beurteilen soll. »… eine Barrikade zu errichten. Du wirst die Einzige sein, die sich einmauert, wenn du niemanden an dich heranlässt.«

Es ist still in der Küche, nur die Kaffeemaschine zischt vor sich hin, müht sich redlich, den dünnen Wasserstrahl durch den vollen Filter mit Kaffeepulver laufen zu lassen. Schwarzer Kaffee tröpfelt auf den Boden der Glaskanne.

»Ich hole die Briefe«, sagt Henriette tonlos. Sie stellt den Korb ab, dass die Brötchen hüpfen.

Es dauert eine Weile, bis sie zurück ist. Ein Bündel Briefe landet vor Claras Teller.

»Danke. Hast du sie gelesen?«

»Nein, du siehst doch, dass sie ungeöffnet sind.«

»Willst du mir deine Version von der Trennung erzählen?«

»Das geht dich nichts an.«

»Schade.« Vorsichtig wie einen zerbrechlichen Schatz befühlt Clara das mit einem Band fest verschnürte Briefbündel.

Eine Schere wäre gut, um das Band zu zerschneiden, überlegt sie und schaut sich in der Küche um.

»Was ist, wolltest du sie nicht lesen?«, fragt Henriette.

»Du machst das Gleiche wie damals mit Papa und Ronda, merkst du das, Mama?«

Das Gesicht ihrer Mutter wechselt plötzlich in eine Zornesröte. »Wie meinst du das?«

»Du willst mich nicht verlieren, treibst mich aber mit deinem Verhalten weg. Du wolltest Papa nicht verlieren, hast es aber geschafft, dass er sich Ronda zuwendet. Tja Mama, bei mir ist das anders. Mich wirst du so schnell nicht los.«

Clara wendet sich zur Kaffeemaschine um. »Ah, der Kaffee ist durchgelaufen.« Sie steht auf, gießt sich und ihrer Mutter zwei Becher ein.

»Setz dich, Clara Susann. Ich erzähle es dir.« Mit einem Mal klingt ihre Mutter erschöpft wie nach einem langen, schweren Arbeitstag. Es dauert eine Weile, bis sie anfängt zu sprechen. Tief scheinen die Worte vergraben, müssen mühselig nach oben befördert werden.

»Als ich Ronda kennengelernt habe, waren wir wie zweieiige Zwillinge. Ich konnte mit ihr über alles reden. Alles, was mich freute oder belastete. Es war wohltuend, eine so verständnisvolle Freundin zu haben. Ich brachte sie mit nach Hause, stellte sie Johann vor. Du warst damals noch klein, aber sie liebte dich wie ein eigenes Kind, kam abends manchmal als Babysitterin zu uns, wenn Johann und ich ausgehen wollten. Als du drei Jahre alt warst, hast du sie Tante Ronda genannt, und wir haben das übernommen.« Ein Lächeln fliegt über Henriettes Gesicht und verschwindet wieder.

»Die ersten Risse entstanden, als sie mir vorschwärmte, was für einen tollen Mann ich hätte. Es sollte ein Kompliment sein, aber seitdem war ich wachsam. Trotzdem blieb unsere Freundschaft bestehen. Bis zu der Zeit, als es mit dem Bootsverleih bergab ging. Ich wollte das Problem mit Johann allein lösen, aber Ronda bot uns ihr Geld aus der Erbschaft an. Es wäre unsere Rettung gewesen. Aber ich wollte nicht, dass wir ihr irgendetwas schuldeten. Bei aller Freundschaft war sie kein Teil unserer Familie. Ich hatte den Eindruck, sie wollte sich uns aufdrängen. Irgendwann beschloss ich, diese Freundschaft zu beenden. Ich wollte Abstand zwischen ihr und mir, ihr und Johann und auch dich sollte sie nicht mit schönen Worten und Süßigkeiten beeindrucken. Aber Ronda blieb hartnäckig. Und sie hatte Erfolg. Johann begeisterte sich für ihren Vorschlag. Er versuchte, mich zu überreden. Und ich? Ich hatte das Gefühl, irgendwo am Rand herumzustehen, wild mit Armen und Händen fuchtelnd, ständig den Kopf schüttelnd und trotzdem würde mich keiner wahrnehmen. Es war zum Verzweifeln. Ich bin fast durchgedreht in dieser Zeit.« Ungewohnt schüchtern blickt Henriette ihre Tochter an.

»Eines Abends las ich in einer Wohnungsanzeige von diesem freistehenden Bungalow in der Leinemasch. Ich habe einen Termin vereinbart und mir das Haus angesehen. Es gefiel mir auf Anhieb. Es war ruhig in dieser Gegend, Wald und Wiesen in der Nähe, die Leine direkt vor der Haustür. Am Abend habe ich Johann die Pistole auf die Brust gesetzt. Er solle mit mir gemeinsam eine Lösung finden und den Kontakt zu Ronda abbrechen. Ansonsten würde ich einen Joker aus dem Ärmel ziehen. Johann wusste nicht, was ich meinte. Außerdem war bereits alles zu spät, das merkte ich. Johann hatte sich auf das Angebot von Ronda fixiert und ich spürte, dass da mehr zwischen den beiden war. Einige Tage später habe ich besagten Joker gezückt. Ich erklärte, dass ich ein neues Zuhause für dich und mich gefunden hätte und brach alle Zelte in Steinhude ab. Es war kein faires Verhalten, außerdem ging es auf deine Kosten. Es gibt Tage, da überlege ich, wie ich es hätte klüger und besonnener lösen können. Du hast recht, mit diesem Verhalten habe ich ihn geradewegs in Rondas Arme getrieben. Ich habe beiden böse Absichten unterstellt und siehe da, ich kann heute behaupten, dass ich recht hatte. Es ist kein Gefühl des Triumphs.«

Stille ist in der Küche eingekehrt. Clara hält das Bündel Briefe in der Hand. »Danke, dass du mir deine Geschichte erzählt hast«, sagt sie nach einer Weile.

Ihre Mutter lächelt traurig. »Du hast gesagt, so schnell werde ich dich nicht los.«

Clara erwidert ihr Lächeln. »Nein!«, sagt sie und schüttelt fröhlich den Kopf. »Das wird nicht passieren.«

Sie wedelt mit dem Briefbündel in der Hand. »Ich lese sie später in Ruhe. Wollen wir heute einen Bummel durch die Leinemasch machen? Die Sonne kommt schon ein bisschen hinter den Wolken hervor.«

Henriette schaut nach draußen. »Hm«, macht sie nur und tupft sich verstohlen mit einem Taschentuch die Augen.

Vier

Henriette hat sich bei ihrer Tochter eingehakt. Eng nebeneinander spazieren sie durch die winterlich kühlen Auen der Leinemasch. Der Raureif auf den Maschwiesen hat sich in Feuchtigkeit verwandelt und glitzert zart in der Vormittagssonne. Die Sonnenstrahlen geben alles, um den Frühling einzuläuten.

Aufmerksam lauscht Clara ihrer Mutter, aus der es sprudelt, wie aus einer lang versiegten Quelle. Details, über die sie nie gesprochen hat, aufgestaute Gefühle, alles bricht gleichzeitig aus ihr heraus. Fast scheint es, dass sie die Trennung noch einmal durchlebt. Angespannt wirkt sie, ihr Arm hängt eisern in Claras, ihr Blick ist geradeaus auf den Weg gerichtet. Beständig wiederholt sie, wie sie sich in die Ecke gedrängt und ihrer Selbstständigkeit beraubt sah, wie sie aus den gemeinschaftlichen Entscheidungen ausgeschlossen wurde. Betont, wie Ronda das Kommando übernommen hat. Wie blendend sich Johann und Ronda verstanden. Für Henriette war klar, ihre Freundin hatte es auf ihren Mann und ihre Familie abgesehen. Am Schluss hat sich ihre Behauptung, die beiden hätten ein Verhältnis, bewahrheitet.

Ab und zu beobachtet Clara ihre Mutter von der Seite. Sie ist sich sicher, dass diese zum ersten Mal seit der Trennung über ihre Gefühle spricht – und diese völlig widersprüchlich in ihr toben.

Als hätte ich ein verborgenes Zimmer geöffnet, vollgestopft mit verletzten Gefühlen, Traurigkeit und verwirrenden Gedanken, die nun alle gleichzeitig aus dem Gefängnis ausbrechen.

Zum einen weist Henriette alle Schuld von sich, zeigt weder Einsicht noch Reue. Zum anderen vermisst sie ihren früheren Alltag, ihren Mann und sogar ihre ehemalige Freundin.

Es war beängstigend für Mama, weil sie die Kontrolle über ihr Leben verlor. Je mehr sie an ihrer Sichtweise festgehalten hat, umso mehr waren ihr die Zügel entglitten.

»Es ist vorbei«, endet ihre Mutter erschöpft. »Johann wird mir niemals verzeihen, dass ich dich klammheimlich mitgenommen habe. Ohne dich hätte ich nicht gewusst, wie es weiter gegangen wäre. Aber ich liebe dich, meine Clara Susann, das musst du mir glauben.«

»Das weiß ich«, antwortet Clara.

Du hast mich damals gebraucht.

Während sich ihre Mutter im Schlafzimmer ausruht, sitzt Clara auf ihrem Jugendbett. Das Band um den Briefstapel hat sie durchschnitten.

Tief versunken liest sie jeden einzelnen Brief ihres Vaters. Betrachtet die beigelegten Fotos von Johanns und Rondas Hochzeit. Beide sind schlicht und elegant gekleidet, ihr Vater im dunklen Anzug, seine Frau im cremefarbenen Cocktailkleid, kein Schleier, kein Tüll.

Auf anderen Fotos ist die kleine Betty als Baby zu sehen, manchmal im Kinderwagen, später herumtollend im Garten. Auf einem Bild hält Johann die Kleine im Arm, während sie mit einem Elektroboot die Insel Wilhelmstein umrunden.

Eindeutig mein Schwesterchen. Clara lächelt. *Die großen dunklen Kulleraugen, die kurzen schokobraunen Löckchen auf dem Kopf.*

Ein Brief ist besonders engzeilig geschrieben. Hektisch kippen die Buchstaben nach rechts, und Clara hat einige Mühe, die Schrift zu entziffern.

»In meinen Augen hat deine Mutter eigenmächtig und unverantwortlich gehandelt«, hat Johann geschrieben. »Sie war weder kooperativ, noch hatte sie eine Lösung parat. Sie wollte nur gewinnen und ihre Macht beweisen. Also fing sie an, Ronda herabzusetzen und uns ein Verhältnis anzudichten. Dann jedoch war sie zu weit gegangen, als sie dich entführt hat. Das verzeihe ich ihr nicht. Das war der Grund für unser Zerwürfnis. Nur in deinem Interesse wollte ich die Sache nicht noch schlimmer machen und die Polizei oder einen Anwalt einschalten. Du hättest darunter leiden müssen. Ich wünsche kein Gespräch mehr mit deiner Mutter. Sie hat mich hintergangen und dich manipuliert.

Aber ich möchte dir nicht vorenthalten, wie es damals weitergegangen ist. Ronda hat sich nach der Scheidung von mir zurückgezogen. Wie versprochen hat sie mir das Geld als Kredit geliehen. Aus ihrer Sicht sollte ich frei wählen, ob ich um meine Familie kämpfen, allein bleiben oder mit ihr ein neues Leben beginnen will. Ich merkte, dass ich mich tatsächlich in Ronda verliebt hatte, und so entschied ich mich für sie.

Eine Versöhnung mit deiner Mutter oder gar ein Zurück wird es von meiner Seite aus nicht geben. Meine Verletzungen sind zu groß. Aber dich, mein Clärchen, werde ich immer lieben und hoffe, dass du mich und deine kleine Schwester bald besuchen kommst.«

Wie jeden Brief hat ihr Vater auch diesen unterschrieben mit »Ich vermisse dich, mein Clärchen.«

Sie dreht das Blatt auf die Vorderseite, welches mit dem Datum versehen ist. Fünfzehn wäre sie seinerzeit gewesen, als ihr Vater seine Version der Trennung geschickt hat.

Taube, schwere Gefühle lassen sich in ihrem Magen nieder. Stumm lässt sie den Blick über die Hundewiese schweifen. Die freie Sicht in die Weite hat ihr schon immer geholfen, Ordnung in ihre Gedanken zu bringen.

Sie macht etwas, was sie bisher nur einmal getan hat. Bequem setzt sie sich in den Schneidersitz, schließt ihre Augen und forscht aufmerksam in ihrem Inneren nach Antworten.

Was bedeutet das für mich? Wie gehe ich mit meinen Eltern um? Gehöre ich zu Vaters Familie? Wo werde ich gebraucht?

Die Geräusche um sie herum verstummen. Die Gefühle dürfen sich setzen und werden den einzelnen Protagonisten zugeteilt. Sie gehören Henriette, Johann und Ronda. Die meisten rumoren in ihr selbst.

Jeder Beteiligte hatte seine Gründe, sich so zu verhalten, wie er es getan hat. Das Hauptmotiv ihrer Mutter bestand aus Angst, ausgegrenzt zu sein und die Kontrolle zu verlieren. Ihr Vater suchte einen Ausweg und verliebte sich in Ronda. Und Ronda dachte, sie könne helfen und verliebte sich ebenfalls.

Ab hier kannst du nichts mehr tun, kommt die Antwort aus ihrem Inneren. Jetzt sind die anderen dran, ihre Angelegenheiten zu klären. Falls sie sich dafür entscheiden.

Es ist nicht ganz das, was Clara als Antwort erwartet hat. Sie ist es gewohnt, zu trösten oder helfend einzugreifen.

Dennoch, genau die richtige Antwort, stellt sie zufrieden fest. *Derzeit werde ich nicht gebraucht, also sollte ich mich auch nicht gebrauchen lassen.*

Ich schicke wohlige Wellen voller Zufriedenheit durch Claras Körper, um die letzten verwirrenden Emotionen zum Schweigen zu bringen. Diesmal ist das Zufriedenheitsgefühl nicht verwässert von den üblichen Ich-will-Ruhe-und-Frieden-und-es-allen-recht-machen-Aktivitäten, sondern strahlt etwas Wärmendes, Ganzheitliches aus, das nicht nur den Kopf erreicht, sondern den ganzen Körper bis zu den Finger- und Zehenspitzen. Atem ist die reißfeste Schnur aus meiner Werkzeugkiste, mit der ich mich mit Clara verbinden kann.

»Vertraue, dass sich alles fügt, wie es soll. Jede Entscheidung ist richtig, denn jeder Weg bringt Erfahrungen und führt weiter. Ob es jemals eine Annäherung zwischen deinen Eltern gibt, bleibt ihnen überlassen. Du hast den Wagen angeschoben, fahren müssen sie ihn selbst.« Meine Worte schicke ich intuitiv zu Mutter Herz. Sprache brauchen wir nicht.

Entspannt öffnet Clara die Augen. Ihr Blick fällt auf etwas Weißes, ein kleines rechteckiges Stück Pappe. Als sie es aufhebt und herumdreht, muss sie unwillkürlich lächeln. Es ist Wilands Visitenkarte, die Henriette einst ihrem Teddybären in die Westentasche gesteckt hat und die irgendwann auf dem Fußboden gelandet war.

Mit einem Anruf bei Wiland fing alles an.

Werden meine Eltern je wieder miteinander sprechen? Papa würde gewiss nicht den Anfang machen.

Während sie nach draußen schaut und überlegt, welcher Schritt als Nächstes ansteht, kommt ihr eine Idee. Sie nimmt ihr Handy zur Hand, öffnet den Kontakt und beschreibt mit einem Stift die Rückseite der Visitenkarte. Zufrieden betrachtet sie ihr Werk, als ein Anruf ihre Gedanken unterbricht.

»Hey Clara!«, flüstert Lars in sein Handy. »Ich liege gerade auf der Lauer. Ein Spaziergänger hat mir erzählt, er hätte vor einer halben Stunde den Biber gehört. Ich versuche, ihn vor die Linse zu bekommen. Hast du Lust, mit mir zu warten?«

»Hey Lars«, begrüßt sie ihn. »Heißt das, du bist an der Alten Leine hinter dem Biergarten?«

»Genau da«, erwidert er.

»Ich bin in zehn Minuten bei dir«, antwortet sie.

Sie atmet kurz durch, zieht sich im Flur die Jacke an. Ihr Blick fällt auf den Mantel ihrer Mutter.

Wann immer du mich brauchst – gebrauch mich nicht. Ich schenk dir dafür mich. Grinsend schüttelt sie den Kopf über ihre Geistesblitze, steckt die Visitenkarte in die Mantel-tasche und stürmt los, um dem Biber aufzulauern.

Fünf

»Oh weh, das war schwer auszuhalten«, flüstert Harmonia in mein Ohr. »Am liebsten hätte ich kleinbeigegeben und wollte Clara bitten, sie möge sich nicht in die Angelegenheiten ihrer Eltern mischen. Aber ich habe mich zurückgehalten.«

Ich nicke ihr zu. »Das hast du gut gemacht, mein unermüdlicher Harmoniefunken! Sonst hättest du meine Intuition unterdrückt, die ich hinaufgeschickt habe. Denn diese war wichtig, weil …« Ich zeige auf den dunklen Saum meines lichthellen Kleides. »… das Dunkle nur dann vollständig verschwindet, wenn Clara auf mich hört und nicht auf euch ängstliche Kopfstimmen.«

Stolz betrachte ich meinen kraftvoll leuchtenden Wegweiser. Seit wenigen Minuten haben sich die Grauschleier verzogen. Nur den Saum halten sie noch besetzt.

»Das war ein vortrefflicher Geistesblitz für unsere Clara!«, freut sich Frau Niefried, die zu uns herabschwebt.

Wir kichern wie zwei kleine Mädchen.

Harmonia schüttelt den Kopf und duckt sich unter Frau Niefrieds Wallemähne weg. »Ihr habt das ausgeheckt? Gebrauch mich nicht. Ich schenk dir mich«, ahmt sie uns nach. »Kann auch nach hinten losgehen.«

Frau Niefried kneift sie liebevoll in ihre rosa Wange. »Das kann es immer!«

Sie richtet ihren Blick in die Sphären von Vater Verstand und ruft: »Welches Urteil bekommen wir heute?« Sie meint Urtana. Augenblicklich ist der graue Strickgeist zur Stelle.

»Ihr wisst ja, ich habe begonnen, den Schal Vertrauen zu stricken. So leicht geht mir das Ding allerdings nicht von der Hand. Dauert also noch.« Urtana klingt bockig. Sie ist es gewohnt, zügig ein Urteil parat zu haben.

»Vertrauen braucht Übung, bis es in Fleisch und Blut eines Menschen übergegangen ist«, erklärt Frau Niefried. »Vertraut Clara Sonnenseeles Intuition, führt es sie Schritt für Schritt in die Freiheit. Vertraut sie ihrer Angst, führt es sie in die Abhängigkeit. Um die Eingebungen von Sonnenseele und euch Kopfstimmen unterscheiden zu können, braucht Clara eben Übung. Übung, Übung, Übung.«

»Das muss ich für mich festzurren: Sonnenseele führt sie in die Freiheit und wir führen sie in die Abhängigkeit? Oder wie ist das gemeint?« Natürlich darf Prio bei unseren Unterredungen nicht fehlen. Ärgerlich hat sie ihre blauen Arme ineinander verschränkt.

»In die Abhängigkeit ihrer Komfortzone.« Frau Niefried lässt sich nicht beirren. »Sie handelt, wie sie es gewohnt ist. Komfortabel eben. Allerdings wohnt in der Komfortzone auch die Angst, sich hinauszuwagen. Das können so einfache Dinge sein, wie eine Meinung zu sagen, Bedürfnisse zu haben, Wünsche zu äußern und sie umzusetzen bis hin zu radikalen Veränderungen wie einen Umbruch oder Neuanfang. Irgendwer könnte sie ja dafür kritisieren oder ihr etwas verbieten.«

»So, wie es Mutter Henriette getan hat«, stimmt Urtana zu und erntet einen strafenden Blick von Prio.

»Sie hat Clara gefördert und allein dafür Dank verdient«, wendet das blaue Geisterfräulein ein.

»Clara wird immer dankbar sein«, spricht Frau Niefried weiter. »Ihr drei Kopfstimmen vermittelt Sicherheit, beschwichtigt oder spinnt Vorurteile, die Clara in ihrer Komfortzone festhalten. Aber wenn wir uns ihren Lebensplan vor Augen halten, dann lesen wir, dass sie genau das ändern muss. Sie muss lernen, ihrer Intuition zu vertrauen und Konflikte auszuhalten. Dann erkennt sie, dass sie deswegen keine Strafe erhält oder dass ihr das den Boden unter den Füßen wegzieht. Bisher hat sie sich an Verbote gehalten und daher nicht den Sprung in die Freiheit geschafft. Aber genau das ist wichtig für ihre Entwicklung.«

Frau Niefried schaut mich an. »Und für ihre Seele. Wir fangen mit vermeintlich einfachen Aufgaben an. Sich trauen, eine andere Meinung zu äußern und dafür einzustehen. Sich trauen, gegen unangemessene Verbote zu verstoßen. Das benötigt Mut, Offenheit und Vertrauen. Und wie ich bereits sagte: üben, üben und nochmals üben.«

Frau Niefried wendet sich an Prio: »Du könntest festlegen, welche Angst Clara als Nächstes aufgeben soll.«

Prio tippt gewohnt ernsthaft mit einem Finger auf ihrer Nase herum. »Wir müssen die Angst aufgeben, für unsere Entscheidungen verlacht zu werden«, antwortet sie nach längerer Überlegung.

Ich liebe Frau Niefried. Sie schafft es, alle drei inneren

Stimmen einzubinden, ohne dass eine beleidigt davon schwebt.

»Na dann, auf in die wilden Leineauen!«, schlägt meine dunkle Schwester vor und reibt sich zufrieden ihre schwarzen Hände.

Lars sitzt regungslos auf einem Dreibein mitten im Gestrüpp zwischen herabhängenden Weidenzweigen und urwüchsigen Erlen. Vor den Augen hält er seinen Fotoapparat, das Objektiv zielt auf den vor ihm liegenden Damm, der den Wasserspiegel um fast einen Meter angehoben hat. Durch das Ast- und Zweigwerk plätschern kristallklare Rinnsale. Auf der gegenüberliegenden Uferseite ist ein sauber abgenagter Baumstumpf zu erkennen, dessen Stamm in den Fluss ragt. In den Uferschlamm wurde eine längliche, röhrenförmige Kuhle gezogen. Hier waren Biberfamilien am Werk, die leichter an die leckeren Zweige, Triebe und Knospen der Weiden- und Erlenbäume zu gelangen suchten.

»Biber verbergen sich tagsüber. Es würde mich wundern, wenn sich einer zeigt«, flüstert Clara, als sie nahe genug an Lars herangerückt ist. Sie hockt sich neben seinen Sitz und betrachtet aufmerksam die Spuren, die der Biber hinterlassen hat.

»Hey Clara, schön, dass du so schnell gekommen bist. Ein Spaziergänger meinte, er hätte ein dumpfes Platschen gehört, wie von einem großen Tier, das wenigstens zwanzig bis dreißig Kilo wiegt. Das klingt nicht nach einem Wasservogel.«

»Ja, könnte sein. Die Biberfamilien haben mittlerweile

überall in den Fließgewässern ihre Reviere und Wasserburgen angelegt. Aber auch wenn wir das Glück hätten und nur einen einzigen zu Gesicht bekämen, ließe er sich nicht lange beobachten und würde abtauchen. Du sitzt schon eine ganze Weile hier, stimmt's?«

Lars dreht sich zu ihr um. Sein Gesicht ist eine Mischung aus Ablehnung und Eingeständnis, dass sie recht hat. »Hm«, knurrt er unwillig.

Eine Weile bleibt es still. Clara bewegt sich in ihrer unbequemen Position. Der Boden unter ihr ist weich und von Feuchtigkeit durchtränkt.

»Du sprichst doch gerne vor dich hin, ruf ihn mal mit deiner magischen Macke«, flüstert Lars, ohne die Kamera abzusetzen. Sein ironischer Unterton ist nicht zu überhören.

Die Löwenflüsterin. So hat er mich nach der Raubtierfütterung genannt.

Einen Augenblick schaut sie ihn von der Seite an. Das feine, kantige Profil, das wellige kastanienbraune Haar, der würzige Zedernduft – betörend, genau wie bei ihrer ersten Begegnung. »Lars, warum ich eigentlich gekommen bin ... Ich wollte mich von dir verabschieden.«

»Warum?«, stößt Lars lauter aus, als ihm lieb ist. Sollte der Biber jemals in der Nähe ihres Beobachtungspostens gewesen sein, jetzt hätte er ihn vertrieben.

»Ich fahre demnächst zurück nach Bremen. Ich muss für die Prüfungen im Frühjahr lernen.« Sie merkt, dass sie nur die halbe Wahrheit ausgesprochen hat.

Geht es ihn etwas an, was ich in Zukunft tun werde? Ist er ein Freund geworden oder eine Zugbekanntschaft geblieben?

»Triffst du wieder den kleinen Knubbeligen, den Bekannten deiner Mutter?«, fragt Lars. »Habt ihr die gleichen Interessen? Liebt er die Natur? Interessiert er sich für deine Pläne?«

»Ja«, antwortet Clara, ohne zu zögern.

Wiland fragt nach allem, was mich berührt. Egal, ob das meine Familie, meine Interessen oder meine Gefühle sind.

»Bist du denn interessiert an meinen Plänen?«, folgt sie spontan einer Eingebung.

Lars überlegt. Kein spontanes Ja, aber auch kein Nein folgt als Antwort.

»Was magst du an mir?«, traut sie sich einen Schritt weiter.

»Du bist wahnsinnig hübsch mit deinen Rehaugen und den langen dunklen Haaren. … Und klug …Wir wissen, dass wir uns für dieselben Dinge begeistern. Du bist offen, wenn ich etwas vorschlage. Passt dich gut an, widersprichst nicht. Gib uns eine Chance. Eine Woche ist viel zu kurz, um sich kennenzulernen. So schnell geht das nicht.«

Clara erhebt sich aus ihrer unkomfortablen Haltung am Boden. Lars folgt ihrem Beispiel und zieht sie sanft zu sich herum.

Traurig sieht er aus, denkt sie und fühlt ihr Herz schwer werden. *Was wäre, wenn ich Wiland und Lars nicht zur selben Zeit kennengelernt hätte? Wiland habe ich seltener gesehen als Lars und dennoch ist er mir vertrauter.*

»Wiland ist nicht nur ein Bekannter meiner Mutter«, sagt sie schließlich. »Er ist mein Freund. Ich habe mich in ihn verliebt. Es wäre euch beiden gegenüber unfair, wenn ich mal den einen und mal den anderen treffe. Einer hätte immer das Nachsehen. Das funktioniert auf Dauer nicht. Es wäre nicht richtig.«

»Dann entscheidest du dich für den Spießer?« Lars Stimme hat dieselbe Tonlage wie damals nach der Löwenfütterung, als er meinte: War 'ne blöde Idee!

Damals. Das Erlebnis liegt nur zwei Tage zurück. Dennoch kommt es Clara vor, als lägen zwei Wochen dazwischen.

»Ja, ich habe mich entschieden. Danke dir noch mal, dass ich bei der Löwenfütterung dabei sein durfte. Das werde ich mein Leben lang nicht vergessen.«

»Du bleibst also bei diesem knubbeligen Nerd?«, hakt Lars nach, als ob er die Worte nicht verstanden hätte.

Erschrocken schaut Clara zu ihm auf. Lars' Stirn ist in Falten gezogen, seine Hände umklammern den Fotoapparat.

»Hör bitte auf, ihn ständig knubbelig zu nennen. Er ist kleiner als du, na und? Mit ihm kann ich reden, er nimmt mich ernst. Auch ihm bin ich keine Erklärung schuldig, aber er hört zu, wenn ich etwas loswerden will.«

So, jetzt ist es raus. Es wollte gesagt werden.

»Wir könnten locker in Kontakt bleiben. Uns über mein Studium oder deine Arbeit austauschen, wenn du möchtest«, fügt sie hinzu.

Lars' große stattliche Haltung wirkt eingefallen, die Schultern hängen nach vorn, der Fotoapparat baumelt lose in seiner Hand.

Antworte irgendwas, denkt sie ärgerlich und springt auf den befestigten Weg zurück.

»Los, du versinkst im Schlamm«, sagt sie und greift sich Lars' freie Hand.

Endlich zeigt sich ein Lächeln auf seinem Gesicht, und er macht ebenfalls einen großen Schritt zurück auf den Weg.

»Schade«, sagt er. »Aber du hast ja meine Nummer. Ruf mich an, dann sprechen wir über Löwen, Biber und andere Vögel.« Sanft klingt er und echt.

Authentizität braucht keine laute Stimme, nur eine echte, denkt Clara und umarmt ihn.

Lars erwidert die Umarmung. »Ich bleibe noch hier. Vielleicht zeigt sich ein Biber. Alles Gute für dich, Clara. Lass dich von niemanden unterkriegen.«

Clara nickt.

Die Spuren des Bibers sind überall sichtbar, aber was er im Untergrund treibt, hält er geheim, lacht sie in sich hinein, während sie zuschaut, wie er sich eine neue, bessere Position für seinen grandiosen Schnappschuss sucht.

»Ich wünsch dir viel Glück, Lars. Mach's gut und bis bald.«

Dann wendet sie sich ab und geht den Weg zurück zum Bungalow ihrer Mutter. Ihre Schritte fühlen sich schwer an, als hätte sie eine falsche Entscheidung getroffen.

Lars ist ein beeindruckender Mann, gutaussehend, klug und voller Begeisterung für das, was er tut. Aber sobald er etwas findet, das er ins Lächerliche ziehen kann, macht er sich darüber lustig. Auch mich verschont er nicht.

Die Entscheidung war richtig, weiß sie. Es war nur ungewohnt, sie so klar und eindeutig auszusprechen.

Sechs

Gemütlich kuschelt sich Clara in ihrer Bettdecke ein und schaut wie jeden Morgen hinaus auf die Wiese, über der heute eine wolkenweiße Nebelbank hängt. Bereits in wenigen Stunden wird sie sich aufgelöst haben.

Clara hat beschlossen, einen Tag länger in der Leinemasch zu bleiben. Da ihre Mutter unter der Woche gearbeitet hat, gab es nur die Frühstückszeiten und die Abendessen, bei denen sie sich austauschen konnten. Und die Gespräche waren nicht immer harmonisch verlaufen.

Henriette jedenfalls war überglücklich gewesen, als Clara ihren Entschluss beim gemeinsamen Abendessen mitgeteilt hat. Sofort nutzte sie den guten Kontakt zu ihrem Chef, um am Montag frei zu nehmen. Und nicht nur das hat geklappt. Auch Wiland hat seinen Vater gebeten, Clara am Dienstag nach Bremen zu fahren, um den Tag mit ihr zu verbringen.

Froh, dass sich alles so passend gefügt hat, öffnet Clara Wilands Textnachricht. Auch er ist früh auf den Beinen, schickt ihr Herzchen und Smileys. Seine nächste Nachricht ist eine Sprachnachricht.

»Du bist schuld«, beginnt er. Ein Lächeln liegt in seiner Stimme, dennoch klingt er ernst, fast ein wenig angespannt. »Du hast mich angestiftet. Eigentlich nur dadurch, dass du tust, was für dich richtig ist. Wenn mein Vater das wüsste, hätte er mir keinen freien Tag gewährt. Im Gegenteil, er hätte versucht, mich umzustimmen.«

Seine Entscheidung sei gefallen, teilt er ihr mit, sogar Pläne für die Umsetzung stünden an. Allerdings gibt er nicht preis, worum genau es sich handelt. »Ich muss jetzt am Ball bleiben, sonst siegt meine Angst und alles bleibt beim Alten«, beendet er seine Nachricht kryptisch.

Clara stört das nicht. »Sag einfach Bescheid, wenn du darüber sprechen willst«, schickt sie ihm direkt ihre Antwort.

Gut gelaunt springt sie unter die Dusche. Kaffeeduft zieht durchs Haus. Henriette hat vorgeschlagen, die große Storchenrunde abzulaufen. Das bedeutet, sie kämen an jedem Storchennest vorbei, das es derzeit in der Leinemasch gibt. Der erste Storch sei bereits aus dem warmen Afrika in die kühlen Gefilde Norddeutschlands zurückgekehrt, stand in der Zeitung. Mit viel Glück würden sie den Frühlingsboten beobachten können.

»Danke Mama, dass wir damals in dieses unglaublich schöne Naturschutzgebiet gezogen sind.«

Wie beim letzten Spaziergang hat sich Claras Mutter bei ihrer Tochter untergehakt, diesmal nicht wie an einen Haltegriff, sondern sie hält ihren Arm lässig-locker wie über einer Sofalehne. Still und aufmerksam durchstreifen sie die Leineauen.

Henriette nickt. Jede hängt ihren Gedanken nach.

Was für eine turbulente Woche! Ich werde demnächst öfter Papa, Betty und Ronda besuchen … mit Betty herumtoben … schwimmen gehen … Boot fahren …

»Wann holt dich Wiland morgen ab?«, unterbricht ihre Mutter Claras Tagträume.

»Gegen acht Uhr fahren wir los. Wir wollen uns ein paar Sehenswürdigkeiten in Bremen anschauen und mittags was essen gehen, bevor er nach Hause fährt.«

»Ehrlich, ich freue mich, dass ihr euch angefreundet habt. Das hätte ich nicht mehr zu hoffen gewagt, nachdem ihr euch beim ersten Abendessen so abweisend verhalten habt.«

So hat Mama das empfunden? Sie hat ein gutes Gespür, hätte ich gar nicht erwartet.

»Wir mussten uns erst kennenlernen«, antwortet sie.

Mit einer Mischung aus Vorfreude und Aufregung erinnert sie sich an Wilands Sprachnachricht von heute Morgen und grinst.

»Du siehst aus, als ob du Streiche ausheckst, Clara Susann?«, fragt Henriette, die die Gefühlsregungen auf Claras Gesicht verfolgt hat.

»Ich bin nur erstaunt, was man in einer Woche alles anstoßen kann.«

»Meinst du etwa das?« Henriette ist abrupt stehen geblieben. Aus ihrer Manteltasche hat sie ein Kärtchen hervorgeholt und hält es vor Claras Nase. Wilands Visitenkarte.

»Wann immer du es für richtig hältst«, liest sie laut vor, was Clara auf die Rückseite geschrieben hat. Darunter steht Johanns Telefonnummer. »Clara Susann. Ich halte es nie für richtig! Die beiden haben mich hintergangen!«

»Ich dachte, dass du Papa und deine ehemals beste Freundin vermisst. Vielleicht möchtest du den ersten Schritt machen?«

»Möchte ich nicht! Dein Vater kann auf mich zukommen, wenn er etwas will.« Ärgerlich wirft sie die Karte in den nächsten Mülleimer. »Außerdem wäre ich dir dankbar, wenn du dich nicht in meine Angelegenheiten mischen würdest.«

Clara zuckt ein wenig zusammen, obwohl sie den gelegentlich aufbrausenden Tonfall ihrer Mutter gewohnt ist.

»Ich hab's nur gut gemeint«, sagt sie reumütig. »Ich dachte, es wäre eine zweite Chance.«

Ich dachte, unser Gespräch hätte dich von deinen Verletzungen befreit, fügt sie lieber nicht hinzu.

Ihre Mutter gibt einen ärgerlichen Laut von sich. »Ich fand es ziemlich unverfroren, dass du eigenmächtig zu deinem Vater nach Steinhude gefahren bist.«

»Mama, ich bin zwanzig …«

Wie oft habe ich meiner Mutter in dieser Woche mein Alter genannt? Ich glaube, für sie bleibe ich ewig die kleine Vierzehnjährige.

»Du bist nach Hause gekommen, um mich zu besuchen. Für mich hast du dir gerade mal einen Tag Zeit genommen. Und jetzt das!« Henriettes vorwurfsvoller Tonfall hängt in der Luft.

Clara ist versucht, eine patzige Antwort zu geben.

Ruhe, mahnt sie sich. *Es geht nicht um die Zeit an sich, es geht darum, wie ich sie verbracht habe. Beim letzten Spaziergang wollte Mutter offensichtlich nur Ballast loswerden, sich von der Seele reden, was sie all die Jahre beschwert hat. Vom Willen nach Veränderung oder gar einem Neuanfang war nie die Rede.*

Clara verkneift sich jegliche Äußerungen. »Gut«, sagt sie nur. »Dann lass uns diesen herrlichen Tag genießen.«

»Ich gehe zurück«, antwortet Henriette und dreht sich um. Forschen Schrittes tritt sie den Rückweg an.

»Ja, das sehe ich«, murmelt Clara, während sie ihr nachschaut.

Sie richtet den Blick auf die Leinewiesen, die mittlerweile von der Sonne überflutet sind. Am Horizont ist der Storch auf Nahrungssuche. Mit seinem langen spitzen Schnabel durchforstet er die Wiesen nach Kleingetier. Bald werden weitere Störche eintreffen, ihre Wagenräder beziehen und Jungvögel ausbrüten. Dann beginnt der Frühling.

»Ist noch nicht so weit«, spricht Clara leise vor sich hin und schaut dem Storch zu, der einsam über die Wiese stelzt.

Schade, der letzte gemeinsame Tag hätte so schön werden können. Ist ja meine Schuld. Und jetzt setze ich dem Ganzen noch die Krone auf, denkt Clara, als sie den Bungalow betritt.

»Mama! Ich bin zurück. Können wir über etwas Organisatorisches sprechen?«

»Etwas Organisatorisches? Was soll das sein? Willst du mir jetzt erklären, dass du im Wechsel mich und deinen Vater besuchst?«

»Nein. Es geht um mein Studium.«

»Interessiert mich nicht.«

Wie schaffe ich es, ein normales Gespräch mit meiner Mutter zu führen? Sie muss es erfahren.

Tief atmet sie durch und geht in die Küche, in der ihre Mutter den Geschirrspüler ausräumt. »Ich wollte es dir schon länger sagen, aber ich habe mich nicht getraut, …«

»Was willst du mir sagen?«, unterbricht Henriette.

»… weil es so schwer ist, mit dir zu reden.«

»Das ist doch Unsinn. Was gibt es denn?«

»Ich werde im fünften und sechsten Semester ins Ausland gehen, das gibt der Studienplan so vor«, rückt Clara in einem Satz mit der Sprache raus.

»Wie bitte? Das erfahre ich erst heute?«

»Ja. Wenn ich es dir sofort gesagt hätte, hättest du mir das Studium nicht erlaubt.«

»Das ist doch … Das stimmt.« Henriette lässt sich auf einen Küchenstuhl fallen.

»Es gab nie einen günstigen Zeitpunkt, um mit dir darüber zu sprechen. Ich will dieses Mal nicht nach Bremen zurückfahren, ohne dir alles erzählt zu haben. Der Storch auf der Wiese ist den anderen vorausgeflogen, vielleicht vor ihnen geflüchtet. Hat nicht darüber nachgedacht, ob das richtig war.« Sie lächelt ihrer Mutter zu, beobachtet, wie deren Mundwinkel langsam ein Lächeln formen.

»Ich weiß, dass du deinen Weg gehen musst«, antwortet Henriette. »Es fällt mir echt schwer, das zuzulassen. Aber auch die Störche brechen zum Ende des Sommers in den Süden auf und kehren im Frühjahr zurück.«

Clara staunt. Ein freudiges Kribbeln durchströmt sie. »Jedes Jahr im selben Rhythmus, Mama.«

»Du bist schon lange erwachsen, ich habe nur die Augen verschlossen. Dieses Jahr hast du mir das bewiesen.« Henriette seufzt und wendet sich ihrer Tochter zu. »Du bist ja nicht aus der Welt, meine Clara Susann.«

»Ich flieg nicht mal nach Afrika«, erwidert Clara und schließt ihre Mutter in die Arme.

Der Rest des Tages verläuft gelöst zwischen Mutter und Tochter, wenn auch schweigsam.

Am Nachmittag telefoniert Clara mit Wiland, erzählt von dem Spaziergang, dem Storch auf der Wiese und der überraschenden Aussprache.

»Dir hat sie sofort verziehen, aber bei deinem Vater ist sie noch nicht bereit«, kommentiert dieser ihre Erzählung.

»Ja, ist leider so. Ab sofort mische ich mich nicht mehr ein. Mama muss selbst wissen, was sie tun will. Trotzdem war der Versuch nicht vergebens. So habe ich ihre wahren Gefühle kennengelernt.«

»Du hast sie hervorgeholt, könnte man sagen.«

»Oh, ich muss noch ein wichtiges Telefonat führen«, fällt ihr plötzlich ein. »Wiland, tut mir leid, ich muss auflegen. Wir sehen uns morgen!«

»Was gibt es denn so Geheimnisvolles?«

»Sei nicht so neugierig, du hast mir bisher auch nichts Genaues von deinem Entschluss erzählt.«

»Meinem Vater auch nicht.«

»Autsch«, sagt Clara und grinst. »Dann steht dir ebenfalls eine Aussprache bevor.«

»Sieht so aus. Aber ich weiß jetzt, was ich will. Bis morgen, Clärchen«, sagt er lachend, und Clara schickt ihm einen dicken Kuss durchs Telefon.

»Gut gemeint ist noch lange nicht gut gemacht, Sonnenseelchen. Trotzdem, die Sache mit der Visitenkarte war eine gute Eingebung«, lobt mich Frau Niefried an diesem

Abend und lässt sich auf Mutter Herz nieder. Ihr Seelenkeller in der Herzkammer bietet ihr keinen Unterschlupf mehr. Was gut ist, denn es bedeutet, dass Mutter Herz keinen Kummer hegt.

»Ist wohl nach hinten losgegangen«, wiederhole ich sinngemäß Harmonias Worte.

»Das kann es immer!«, antwortet Frau Niefried und lacht.

Sie schaut nach oben. »Hey ihr drei, das war eine prima Gemeinschaftsarbeit!«, ruft sie.

Nacheinander trudeln die inneren Stimmen bei uns ein. Erst Prio, dann Harmonia und schließlich Urtana, die natürlich strickt.

»Was meint ihr, wollen wir zusammenfassen, was wir erreicht haben? Was steht in Claras Seelenplan? Erster Punkt: Du lernst die Sorgen und Nöte deiner Mitmenschen kennen, verstehst ihre Beweggründe und entwickelst Verständnis.«

»Ja, das hat geklappt«, bestätigt sich Frau Niefried selbst. »Zweiter Punkt: Es wird dir helfen, zu verzeihen.«

»Hat auch geklappt!«, ruft Urtana und hält ihren fertigen Schal hoch. *Mitgefühl* hat sie aufgestickt.

Wir nicken Urtana anerkennend zu.

»Aber jetzt kommt's: Es wird nicht nur deine Mitmenschen erlösen, sondern auch dich. – Was meint ihr dazu?«

»Verzeihen hilft, andere so anzunehmen, wie sie sind«, überlege ich. »Die Erlösung besteht darin, dass jeder frei seine Meinung äußern kann, auch wenn sie nicht übereinstimmen. Sich und anderen die Erlaubnis zu geben, sich offen und ehrlich mitzuteilen, wirkt befreiend.«

»Klappt mittlerweile sogar mit Henriette«, stellt Urtana fest.

»Es muss eben in liebevoller Art und Weise geschehen«, meint Harmonia.

»Sollten wir üben. Schreibe ich gleich auf meine Prioritätenliste«, bestimmt Prio.

»Ihr habt ein ganzes Leben dafür Zeit. Irgendwann wird es euch völlig normal vorkommen«, sagt Frau Niefried.

Dann liest sie weiter: »Dieses Leben kann dich einen großen Schritt nach vorne bringen, wenn du alte Gewohnheiten aufgibst und dich neuen Erfahrungen zuwendest. – Welche Gewohnheiten hat Clara mit deiner Hilfe aufgegeben, Sonnenseelchen?«

»Weglaufen. Flucht. Vermeiden. Stattdessen spricht sie die Dinge direkt an«, antworte ich. »Überanpassung, um es allen recht zu machen. Macht sie nicht mehr. Mut entwickeln, um neue Schritte zu wagen. Die müssen nicht spektakulär sein, sondern zu Clara passen.«

»Meine Strickwerke Feigheit, Flucht und Überanpassung habe ich aufgedröselt! Hat mir blutige Finger beschert«, meldet Urtana.

»Lieb gewonnene Gewohnheiten aufgeben kann ein richtiges Abenteuer sein. Manchmal schlummern sie im Verborgenen, sodass sich erst im Nachhinein herausstellt, dass sich etwas verändert hat«, ergänzt Frau Niefried.

»Vertrauen, dass sich alles entwickelt, wie es am besten ist«, füge ich hinzu.

Frau Niefried und ich sehen aus, als ob wir uns gleich bei den Händen fassen und eine Runde Ringelpiez spielen wollen. Die drei Kinder von Vater Verstand folgen unserem Gespräch mit offenen Mündern.

»Wenn ich die fröhliche Eintracht mal stören dürfte«, unterbricht uns Urtana und alle Augen richten sich auf sie. »Es läutet gerade Sturm an der Haustür. Klingt nicht nach dem Postboten. Könnten wir bitte nachschauen, welches Debakel sich da draußen anbahnt?«

Frau Niefried und ich nicken uns zu. Wir lieben unseren drängelnden Strickgeist.

Die Geschenke meiner dunklen Seele

Eins

»Vielen Dank für Ihre Mühe, Professor Körner«, ruft Clara freudig in den Telefonhörer und legt auf.

Im nächsten Moment zuckt sie zusammen. An der Haustür läutet jemand, als ob ein Feuer in der Nachbarschaft ausgebrochen wäre und alle Leinemasch-Bewohner zum Wasserschöpfen abkommandiert würden. Hastig überlegt sie, wo sich im mütterlichen Bungalow der rettende Feuerlöscher befinden könnte.

Auch Claras Mutter hat das langanhaltende Klingeln vernommen und eilt zur Haustür, Clara sprintet hinterher. Als Henriette öffnet, steht ein junger Mann vor ihnen, stützt sich mit einer Hand am Türrahmen ab und schaut ihnen keuchend entgegen.

»Ich hab ihn! Gerade eben erwischt, kurz vor der Dämmerung!« Lars hält in der anderen Hand seinen Fotoapparat und richtet das Display auf die beiden erschrockenen Frauen.

Clara drängt sich an ihrer Mutter vorbei und starrt auf ein Foto.

»Was haben Sie?«, fragt Henriette und blickt ebenfalls auf das Bild, auf dem die Leine und unzählige Baumwurzeln der am Ufer stehenden Bäume zu erkennen sind.

»Ich habe an einer völlig falschen Stelle gesucht. Kurz

vor der Leinebrücke gegenüber dem Paddelklub habe ich einen weiteren angenagten Baum entdeckt. Im Uferschlamm kann man die röhrenförmige Spur gut sehen. Der Biber verschwindet gerade im Wasser. Hat sich nur kurz gezeigt«, beschreibt Lars das Digitalbild.

Clara betrachtet aufmerksam den Ausschnitt. »Tatsächlich. Mama schau, das ist ein Biber, er will gerade abtauchen.«

»Aha«, sagt Henriette und mustert das Bild. »Ich sehe nur Wurzeln und Äste.«

»Guck genauer hin. An der Leine liegt er, der runde braune Körper, das nasse Fell. Er beugt den Kopf zum Wasser.« Aufgeregt zeichnet sie mit dem Finger die Silhouette des Bibers nach.

»Woher willst du wissen, dass das ein Biber ist und keine Ratte?«

»Ratten sind kleiner, Mama. Hier erkennst du seinen platten Schwanz, die Kelle, das typische Merkmal eines Bibers.«

Die beiden Frauen beugen sich über Lars' Kamera. Langsam nickt Henriette. »Jetzt sehe ich es.«

»Ein echter Schnappschuss«, erklärt Lars stolz.

»Und deswegen machen Sie so einen Alarm?« Ärgerlich richtet sich Henriette auf.

»Ja, wir dachten, es brennt!« Auch Clara blickt Lars aufgebracht an.

Verlegen streicht er sich über den Kopf. »Na ja, ich fand es sensationell, dass ich ihn erwischt habe. Hatte gar nicht mehr damit gerechnet. Das wollte ich dir zeigen, Clara. Außerdem würde ich gern mit dir sprechen.«

Henriette sieht von ihrer Tochter zu Lars und wieder zurück. »Bitte, macht's euch nett«, sagt sie mit leicht pikiertem Unterton und weist ins Hausinnere.

Clara blickt in Lars' leuchtend stahlblaue Augen, entdeckt die fröhlichen Lachfältchen, als er sein verschmitztes Lächeln aufsetzt. Sie atmet seinen unwiderstehlichen Duft aus Kardamom und Zedern ein und erwidert sein Lächeln. Mit einer Geste winkt sie ihn ins Haus und überlegt, wo sie sich's nett machen könnten. Spontan greift sie nach ihrer Jacke und zieht sie über. Sie nimmt den Weg durch die Küche, öffnet eine Glastür und geht mit Lars hinaus in den Vorgarten. Im Gegensatz zu seinem Sturmgeläut folgt er ihr eher befangen.

»Du hast uns einen ordentlichen Schrecken eingejagt«, beginnt Clara, da Lars schweigsam bleibt. »Woher weißt du eigentlich, wo wir wohnen?«

Er zuckt die Achseln. »War nicht schwer, ich bin am Leinerandweg Haus für Haus abgelaufen und habe nach Familie Wunderlich gesucht.«

»Und hast dann ein infernales Sturmläuten eröffnet?«

»Bevor mich der Mut verlassen hätte«, erwidert er, und Clara schaut erstaunt zu ihm auf.

Ernst blickt er drein, die Stirn in Sorgenfalten gelegt, etwas Bittendes ist in seinem Blick. Clara scharrt mit der Fußspitze an einer Grassode, unschlüssig, was sie erwidern soll.

Etwas ist anders als sonst. Nur was?

»Ich wusste nicht genau, wann du zurück nach Bremen fährst«, fährt er fort. Eine kurze Pause entsteht. »Ich wollte nicht kampflos aufgeben, Clara. Dich nicht an den kleinen Knubbeligen … an den … anderen … verlieren. Wir beide passen gut zusammen, haben dieselben Interessen, verstehen uns wortlos. War das alles nicht echt, Clara?«

Ein belastendes Gefühl engt ihren Brustkorb ein, wehmütig und aufgeregt zugleich.

»Alles war echt, Lars. Ich war beeindruckt von dir, deinem Auftreten, deiner Begeisterung für das, was du tust. Aber offensichtlich enden hier unsere Gemeinsamkeiten. Ich wünsche mir eben mehr. Mehr Persönliches.«

»Aber ich tue etwas Persönliches für dich. Ich habe mich für dich umgehört, Clara. Ich habe mit Bertram Küster gesprochen. Er würde dir einen Praktikumsplatz anbieten. Er fand dich sympathisch und traut dir zu, dass du den Stier bei den Hörnern packst. Oder den Löwen bei der Mähne. Du kannst direkt mit ihm alles Weitere besprechen.« Er holt eine Visitenkarte aus seinem Portemonnaie. »Hier sind seine Kontaktdaten.«

»Danke«, antwortet Clara verblüfft und nimmt die Karte entgegen. Eine Weile betrachtet sie die Ziffern und Buchstaben, ohne sie wirklich zu lesen.

Sogar unter etwas Persönlichem verstehen wir etwas anderes.

»Ich überlege es mir.«

»Was gibt's da zu überlegen? Das ist eine einmalige Chance. Weißt du, wie schwer es ist, an einen Praktikumsplatz ranzukommen?«

»Ich habe mein Studium gerade erst begonnen, ich möchte es nicht unterbrechen. Vielleicht kann ich mit Herrn Küster abstimmen, dass ich nach dem dritten oder vierten Semester ein Praktikum einschiebe.«

»Das könnte zu spät sein.«

»Warum?« Clara sieht ihn an.

»Was, warum?«

»Warum ist es dir plötzlich so wichtig, dass ich gerade jetzt ein Praktikum mache?«

»Meine Mitfahrt auf der Polarstern wurde abgelehnt. Die nächste Forschungstour wird erst in einigen Jahren stattfinden«, gibt er resigniert zu.

»Warum wurde deine Mitfahrt abgelehnt?«

»Sie meinten, ich solle meine Begeisterung und meine analytischen Qualitäten besser mit dem Team in Einklang bringen oder irgend so einen Nonsens«, druckst er herum.

Der peinliche Moment verfliegt und seine Augen leuchten wieder, als er fortfährt: »Das bedeutet, ich bin öfter bei meinen Eltern in Wilkenburg. Wir könnten uns regelmäßig sehen. War es nicht das, was du wolltest? Dass ich dich in meine Pläne einbinde?«

Clara nickt. *Stimmt, das hatte ich mir gewünscht.*

»Wir könnten sogar einen Urlaub zu zweit machen, vielleicht auf eine Hallig, wir beide ganz allein. Nur du und ich? Was hältst du davon?«

»Du möchtest nicht allen Ernstes auf eine einsame Hallig?«

»Doch, mit dir. Dann ist es nicht einsam.« Er beugt sich zu ihren Lippen, und Clara zuckt zurück.

»Was ist los, Clara Susann?«, fragt er und richtet sich zu seiner vollen Größe auf. »Ich erfülle dir gerade jeden Wunsch, den du geäußert hast, ob mit Worten oder Blicken. Warum bist du plötzlich so zickig?«

»Clara Susann darf mich ausschließlich meine Mutter nennen«, erwidert sie ruhig. »Ich bin Clara. Und ich bin nicht zickig, sondern allenfalls wunderlich. Lars, du kommandierst mich herum, sagst mir, was ich tun oder lassen soll. Ich habe mich aber noch nicht entschieden. Wenn es so weit ist, will ich das ohne Absprache mit dir tun.«

»Oder lieber in Absprache mit dem kleinen Knubbeligen?«

»Hör auf, Wiland als knubbelig zu bezeichnen, das hatte ich dir schon einmal gesagt. Außerdem kommt es mir vor, als wäre ich nur eine Lückenbüßerin, weil es mit deiner Fahrt auf dem Forschungsschiff nicht geklappt hat. Hättest du dich auch für meine Wünsche ins Zeug gelegt, wenn du eine Zusage erhalten hättest?«

Lars reckt das Kinn vor, schaut an ihr vorbei hinunter zur Leine. Seine Kiefer mahlen, als suche er nach Worten.

Es ist nicht seine Schuld. Aus seiner Sicht hat er alles richtig gemacht. Aber diese überhebliche Art, über andere zu sprechen, die er nicht einmal kennt, ist herabsetzend und nicht meine Welt. Außerdem fehlt etwas. Etwas, was mich vor wenigen Tagen magisch angezogen hat.

»Es tut mir leid, Lars«, sagt sie. »Ich fürchte, wir passen nicht zusammen. Bei dir fühle ich mich nicht frei. Ich habe eher das Gefühl, ich muss mich unterordnen. Du brennst für deinen Job, bist zielstrebig und selbstbewusst, das hat mir imponiert. Ich habe zu dir aufgeschaut. Aber ich brauche jemanden auf Augenhöhe. Und bevor du wieder Witze über Wilands Größe reißt, ja, mit ihm kann ich über alles reden.« Eine sanfte Wärme durchflutet sie, als sie an Wiland denkt.

»Wenn du willst, bleiben wir Freunde«, fügt sie hinzu.

Lars schüttelt energisch den Kopf, blickt weiterhin in die Ferne. »Dein Name ist Programm, Fräulein Wunderlich. Du quasselst vor dich hin, bändigst Knubbelige genauso wie Löwen. Und kaum erfüllt man dir deine Wünsche, willst du sie nicht mehr. Viel Spaß mit deinem Nerd. Zwei Verklemmte, das passt zusammen. Ciao, Clara Susann!«

Ohne sie eines weiteren Blickes zu würdigen, wendet er sich um, nimmt den Weg zurück durch die Küche zur Haustür. Sie atmet seinen Duft ein, der durch die abrupte Drehung kurz aufwirbelt, schaut ihm nach.

»Da hat sich ja einiges zusammengebraut, Herr Brauer. Und jetzt beruhig dich, sei endlich still«, wendet sie ihre magische Macke an.

Sie atmet auf und stutzt. Da war es, das fehlende Puzzlestück. Sein Duft aus Kardamom und Zedern verursacht kein Kribbeln mehr in ihrem Bauch.

»Na, da hat der gute Lars Brauer endlich seine wahren Braukünste gezeigt«, flüstert Urtana, während sie an meiner Schulter rüttelt. »Hat wohl als Kind zu viel von der Maische genascht.«

Ich habe mich ganz und gar auf Clara konzentriert, Mut und Ehrlichkeit über Mutter Herz gesendet. Es hat funktioniert. Ich atme aus. »Ich dachte, den hätten wir bereits gestern verabschiedet, Urtana. Hatte ihn gar nicht mehr auf dem Schirm.«

»Man könnte sagen, das war eine passende Prüfung, ob Clara dem Charmeur widersteht und ihn in die Schranken weist«, bringt sich Frau Niefried ein. »Schließlich lebt ein anderer Herzensmann in ihrem Herzen. Hast du gut gemacht, Sonnenseelchen. Du hast Clara mit deiner Intuition erreicht.«

Urtana nickt zufrieden. »Na bestens, dann kann ich endlich weiter stricken.« Sie schwebt in ihre Heimatregion, während Prio und Harmonia Händchen haltend an ihr vorbei gleiten.

»Was war los? Wir wurden gar nicht gerufen?«, fragt Prio.

»Habe ich allein hingekriegt«, sage ich und schwenke stolz mein nahezu vollständig lichthelles Kleid.

»Das da hast du nicht hingekriegt«, macht mich Harmonia sofort auf den dunklen Saum aufmerksam. »Der muss verschwinden.«

Ich nicke und blicke verschwörerisch Frau Niefried an. »Bestimmt hat Frau Niefried auch dafür eine Prüfung auf Lager, die ich bestehen muss«, wage ich mich selbstbewusst hervor.

Frau Niefried zuckt die Achseln und zeigt ihre Zähnchen.

»Klingt so, als würden Harmonia und ich nicht mehr gebraucht«, schmollt Prio.

»Doch, doch«, beschwichtige ich. »Aber solange ich alles über Mutter Herz schicken kann, braucht es keine inneren Stimmen.«

Versöhnlich kneife ich Prio und Harmonia in ihre Pausbacken, dann entschwebe ich ausnahmsweise vor Frau Niefried in meine gemütliche Kammer bei Mutter Herz.

Zwei

Für mich ist es ein wunderschöner, erfrischender Morgen. Ganz früh hat es sich Clara auf ihrem Bett bequem gemacht, hält die Augen geschlossen und verbindet sich mit mir. Einfach so, um hineinzuspüren, wie der heutige Tag sein wird, die Aufbruchsstimmung genießend, die in der Luft liegt. Wir atmen gemeinsam, ohne dass eine innere Stimme stört. Sogar Frau Niefried scheint zu wissen, wann sie sich zurückhalten muss. Clara lässt die letzten Tage Revue passieren. Die Woche war vollgepackt mit Erlebnissen. Sie hatte das Glück, neuen Kontakt zu ihrem Vater aufzubauen, seine Frau und ihre Halbschwester Betty kennengelernt zu haben. Ihrer Mutter konnte sie sich annähern. Nicht zu vergessen das Gefühlschaos, das Lars und Wiland hinterlassen haben. Jeder auf seine Weise. Clara nimmt einen tiefen Atemzug, dann schwingt sie die Beine über die Bettkante. Es ist Zeit für die Abreise.

Kurz vor acht Uhr entdeckt sie Wiland, der seinen dunkelroten Toyota Yaris vor dem Bungalow parkt.

»Kommst du mit nach draußen, um uns zu verabschieden, Mama?«, fragt sie, als sie abreisefertig mit zwei gepackten Koffern an der Haustür steht. Trotz Aussprache liegt eine melancholische Stimmung in der Luft. Trennungsschmerz. Den besänftigen keine Worte.

»Natürlich«, antwortet ihre Mutter, putzt sich mit einem Taschentuch die Nase und reibt sich die Augen.

»Verdammt, der Heuschnupfen ist dieses Jahr früh dran«, schnieft sie.

Sie schlüpft in ihren Mantel und folgt Clara. Wiland winkt den beiden zu, nimmt Clara die Koffer ab und verstaut sie im Kofferraum. Henriette beobachtet Wiland, die Arme eng um sich geschlungen, um die morgendliche Kälte zu vertreiben.

Clara macht einen Schritt auf sie zu und umarmt sie. »Wir telefonieren, ja, Mama? Ich hab dich lieb. Bald besuchst du mich in Bremen. Ich besorge dir ein Hotelzimmer, in der WG wird es zu eng. Nun guck nicht so. Ach, Mama!«

Ihre Mutter antwortet nicht und drückt ihr Kind an sich. »Danke, Wiland, dass Sie meine Tochter nach Bremen fahren«, wendet sie sich an Claras Begleiter.

»Wir werden uns einen schönen Tag machen. Wir sehen uns morgen, Frau Wunderlich.« Wiland reicht ihr die Hand, dann nimmt er hinter dem Steuer Platz.

»Alles Gute, Mama. Ich melde mich.« Clara drückt ihre Mutter ein letztes Mal, bevor sie zu Wiland ins Auto steigt.

Henriette steckt die Hände in die Manteltaschen. »Nun fahrt endlich los, sonst kommt ihr noch in einen Stau«, sagt sie schniefend.

Clara schaut zurück und winkt. »Lass uns abfahren, bevor Mama anfängt zu weinen und das auf den Heuschnupfen schiebt«, flüstert sie Wiland zu.

Er lächelt und startet den Wagen. Im Rückspiegel beobachtet Clara, wie ihre Mutter rasch im Haus verschwindet.

»Jetzt muss ich alles wissen. Was hast du vor, Wiland von Stitzing?«, wendet sie sich an ihren freiwilligen Chauffeur.

Und Wiland erzählt. Ein Lieblingsfach hätte er während seiner Schulzeit gehabt: Physik. An ihrem ersten Abend, als sie nach dem Besuch beim Griechen nachts gemeinsam die Sterne betrachtet hatten und Clara beeindruckt war von seinem Wissen, war eine vage, fast verrückte Idee in seinem Kopf entstanden. Sie hatte sich beim Abendessen im Luisenhof verfestigt, ausgerechnet beim Austausch über ihre Eltern. Noch in derselben Nacht hatte er das Internet durchforstet, um herauszufinden, wie er seinen Kindheitstraum wahr werden lassen und Sterne, Sonnen, Galaxien, schwarze Löcher und deren Gesetzmäßigkeiten erforschen könnte. Er war fündig geworden. Er wollte Astrophysik studieren.

Wilands Begeisterung ist geradezu greifbar. Für eine Hochschule habe er sich noch nicht entschieden, erzählt er weiter, denn zuerst müsse er seinem Vater beichten, dass er die Laufbahn als Steuerberater aufgeben wolle.

»Dafür werde ich all meinen Mut brauchen. Schließlich hat mein Vater das BWL-Studium bezahlt.«

»Und ein zweites würde er nicht übernehmen?«, mutmaßt Clara.

»Das will ich nicht. Ich werde mir einen Job suchen, wenn ich weiß, an welcher Hochschule ich aufgenommen werde. Es wird ein kompletter Neuanfang. Mit deiner Hilfe«, wendet er sich mit einem schüchternen Seitenblick an Clara.

»Unbedingt!«, antwortet sie lachend. »Sieht so aus, als

ob wir anfangs eine Fernbeziehung führen. Bis du so weit bist und …« Sie unterbricht sich.

Wir kennen uns eine Woche! Wie war das mit Lars? Den wollte ich sofort heiraten und mit ihm Kinder kriegen! Clara schüttelt den Kopf über sich.

»… wir wissen, wo wir zusammenleben werden«, vollendet Wiland Claras Satz. »Zukunftspläne mit dir zu schmieden macht Spaß, Clärchen.«

»Dann müssen wir deinen Vater überzeugen, dass Astrophysik und Kosmologie deinen wahren Leidenschaften sind und nicht Steuerberatung.«

»Wir?«, fragt Wiland augenzwinkernd.

»Wir«, antwortet Clara schulterzuckend.

Wiland nimmt die Autobahneinfahrt Richtung Hamburg und beschleunigt den Wagen.

»Übrigens«, beginnt Clara. »Lars hat gestern unser Haus gestürmt. Er hat einen Biber auf Landgang erwischt. Der Polarforscher hat sich entschieden, nicht mit mir befreundet zu bleiben. Bin ihm wohl zu schnell wieder abgetaucht.«

»Bist du enttäuscht?«, fragt Wiland zögernd.

Clara schüttelt den Kopf. »Unsere einzigen Gesprächsthemen waren der Beruf, die gemeinsamen Interessen und natürlich diese beeindruckende Löwenfütterung. Aber ich habe gemerkt, dass ich in Wahrheit gar nicht über Job und Karriere reden will. Jedenfalls nicht ausschließlich.«

»Gab es nichts Privates, über das ihr gesprochen habt?«

»Ich fürchte, sein privates Heiligtum ist der Job«, antwortet Clara und lacht.

»Ich weiß nichts über ihn«, sagt sie schließlich ernst. »Und das, was ich weiß, hat mir nicht gefallen.«

»Warst du schon mal in Bremen?«, fragt Clara, als sie das Bremer Kreuz passieren.

»Na klar, ich kenne einige Sehenswürdigkeiten: die Bremer Stadtmusikanten, den Roland, das Rathaus und natürlich das Schnoorviertel.«

»Sehr gut«, lobt Clara. »Kommen wir jetzt zu meiner Überraschung. Wusstest du, dass Bremen auch einer der bedeutendsten Raumfahrtstandorte in Europa ist?«

»Ja natürlich, aber ... du hast doch nicht etwa ...?«

»Doch. Professor Körner hat einen guten Draht zu Airbus, die mit der Internationalen Raumstation zusammenarbeiten. Normalerweise muss man Besichtigungstouren für die ISS Monate im Voraus buchen. Mein Professor war so frei, uns zwei Karten für heute zurücklegen zu lassen. Was würdest du zu einer Führung durch das Columbus-Modell sagen?«

»Das Weltraumlabor? Wahnsinn!«

»Yepp! Maßstabsgetreu dem echten Weltraumlabor nachempfunden! Da ist die Ausfahrt, nicht verpassen!« Clara zeigt nach rechts. »Wir fahren bis an die Domsheide in der Nähe des Marktplatzes. Von dort werden wir mit einem Bus abgeholt, der uns bis auf das Airbus-Gelände bringt.«

»Wann hast du denn das geplant?« Wiland steht die Vorfreude ins Gesicht geschrieben.

»Gestern. Und anschließend essen wir im Schnoorviertel Mittag, bevor ich dich nach Hause entlasse, damit du deinem Vater noch ganz gefangen von dem heutigen Erlebnis deinen Entschluss mitteilen kannst.« Sie lacht ihn an.

Wilands Mundwinkel entgleiten kaum sichtbar. »Ah, da geht's zur Domsheide«, stellt er fest und steuert den Parkplatz an.

»Mensch, Clara. Dass du das für mich tust …« Er stellt den Motor ab und lächelt sie an. Seine graugrünen Augen schimmern feucht.

»Und für mich!«, erklärt sie fröhlich.

Wiland beugt sich zu ihr hinüber, wartet, ob sie zurückweicht. Sie rückt ein Stück näher, lässt sich von ihm in die Arme nehmen.

»Danke dir«, sagt er und schließt die Augen.

Der Kuss auf Claras Mund ist weich und fest zugleich, sie gibt sich ihm hin, spürt seine Zunge unter ihrer, lässt sie suchend kreisen.

»Wow!«, sagt sie, als sie sich atemlos zurücklehnt. »Mit wem hast du das denn geübt? Meine Mutter sagte, du hattest noch nie eine Freundin.«

Wilands Gesichtsfarbe nimmt gefährliche Ähnlichkeit mit dem Rot einer reifen Tomate an. »So was erzähle ich doch nicht deiner Mutter«, sagt er.

»Natürlich nicht«, erwidert Clara und presst die Lippen zusammen.

Dann lachen beide los.

Als der Shuttlebus sie zum Besichtigungsgelände der Airport Stadt bringt, lehnt Clara sich an Wilands Schulter, nimmt seine Hand, streicht sanft darüber und lässt seine langen starken Finger nacheinander durch ihre gleiten.

Der Rest des Tages war völlig anders verlaufen, als Clara geplant hat. Das lag zum einen daran, dass allein die Besichtigung der Airport Stadt bis in den frühen Nachmittag dauerte, da Wiland sich einfach nicht von den Erklärungen und Ausstellungsstücken losreißen konnte. Allerdings war das Mittagessen im pittoresken Schnoorviertel samt Stadtbummel einem anderen Umstand zum Opfer gefallen.

Wiland bot an, Claras Koffer in die WG zu tragen. Zu ihrer großen Freude waren ihre drei Mitbewohner ausgeflogen.

Behutsam zog sie ihm die Brille von der Nase und sah ihn an.

»Grün ist meine Lieblingsfarbe«, flüsterte sie und verteilte zwei Küsse auf seine geschlossenen Lider.

Sanft ließ sie ihre Hände über sein Gesicht gleiten. Ihr angehender Astrophysiker zog sie in die Arme, befreite sie vom Parka und störenden olivgrünen Kleidungsstücken. Zeitlupengleich löste sie ihren Zopf, ließ die schokobraunen Haare sanft wie Regen über ihre helle Haut rieseln, während er begann, ihren Körper zu erforschen und seine Entdeckungen mit leidenschaftlichen Küssen zu würdigen.

Noch immer spürt sie seine streichelnden Hände, die sich über ihren Po hinauf über den Rücken bis zum Nacken tasteten, um dort liegenzubleiben. Seine im Wechsel fordernden und zurückhaltenden Küsse, nur unterbrochen von ihrem leisen, glücklichen Lachen, hatten prickelnde Schauer über ihren Rücken gejagt.

Stark und kräftig fühlten sich seine Schultern und Ober-
arme unter ihren neugierig erkundenden Händen an. Sie
verharrten auf der Brust, in der sein Herz aufgeregt
klopfte. Tief sog Clara den Duft ein, der von seinem
Oberkörper ausströmte. Tabak vermischt mit Sandel-
holz. Ja, das gefiel ihr. Clara lächelt bei der Erinnerung.

Als sie ihn bat, aus der oberen Schublade des Nacht-
tischschrankes ein Kondom zu nehmen, war er tatsächlich wieder rot geworden. Allerdings hätte sie arg da-
nebengelegen, hätte sie geglaubt, ihr Sternenkundler ver-
stünde nichts vom Forschen. Wiland liebte es, Neuland
zu entdecken, stellte sie zufrieden fest.

Erst gegen Mitternacht war er in Hannover angekommen. Clara ließ sich ein paar süße Kosenamen
durchs Telefon flüstern und schickte ihrerseits eine Flut
an Küssen hinterher.

Nun wälzt sie sich in ihrem Bett, wickelt sich in die
Bettdecke, die nach Wiland duftet, herb und würzig wie
ein Weihnachtsabend voller Köstlichkeiten. Sie zieht die
Beine bis zum Bauch und lässt sich von Duft und
Erinnerungen in den Schlaf tragen. Kein Wecker sollte es
am nächsten Morgen schaffen, sie wachzurütteln, keine
emsigen Schritte vor der Tür sie aufschrecken lassen.
Claras Leben war innerhalb einer Woche auf den Kopf
gestellt worden.

Das war ihr Weg, träumte sie. Sie hatte vor, mit Wiland
zu den Sternen aufzubrechen.

Drei

Frau Niefried und ich sind fleißig an diesem frühen Mittwochmorgen. Lange vor Sonnenaufgang hocken wir in den Lungenflügeln. Mutter Herz, fröhlich klopfend in unserer Mitte, gibt sich Claras Träumen hin. Wir beide haben den Seelenplan unseres Mädchens vor uns ausgebreitet und gehen die einzelnen Abschnitte durch. Ich will nicht verheimlichen, dass mich bei all der Euphorie eine merkwürdig gedrückte Stimmung erfasst hat, die ich nicht einordnen kann.

Also konzentriere ich mich auf den nächsten Punkt. »Verlasse den Weg des geringsten Widerstands«, lese ich vor. Ich schaue Frau Niefried an, will hören, was sie dazu meint.

»Der Weg des geringsten Widerstands ist nicht immer schlecht«, sagt sie und wiegt ihren dunklen Kopf, sodass ihre Wallemähne in Schwingung gerät. Ich erwarte ein »Aber«.

»Aber er muss sich stimmig anfühlen«, fährt sie fort. »Manchmal geht Clara ihren Weg, weil er gemütlich und einfach erscheint. In dem Moment muss sie sich bewusst machen, welchen Stimmen sie folgt. Sind es die Stimmen des Verstandes, die ängstlich an nicht mehr dienlichen Mustern festhalten? Spätestens wenn nur der pure Wille dominiert, wird sich so ein Weg mühsam anfühlen, weil er nicht der Weg des Herzens ist. Mal ganz unter uns, je mehr der Mensch etwas begehrt, umso weniger bekommt er es in der gewünschten Form.«

Ich nicke. »Der Wille des Menschen unterdrückt meine Seelenstimme gewaltig. Ich spreche leise, dafür beharrlich. Wiederhole mich. Sage so lange: Da geht's lang, bis Clara es gehört hat. Und wenn sie nicht hört, füllen wir die Seelenkeller mit Kummer und bedrückenden Gefühlen.«

»Schmerzen und Krankheiten«, ergänzt Frau Niefried und reibt sich die schwarzen Hände. »Oft genug hört sie auch dann nicht. Vater Verstand und seine Kinder übertönen deine Eingebungen.«

Sie schaut nach oben, ob es eine Reaktion seitens der Verstandeskinder gibt. Nein, es rührt sich nichts. Noch haben sie Sendepause.

»Machen wir weiter, bevor sie die Hirnwindungen mit Gedanken fluten«, flüstert Frau Niefried. »Widerstände auf dem Lebensweg sind Herausforderungen, Konflikte und Auseinandersetzungen. Man muss sie aushalten können, sie bewältigen und eine Lösung finden. Auch das Aufgeben von lieb gewonnenen Gewohnheiten gehört dazu. Der Mensch hat zu gerne recht und besteht darauf. Und manche Widerstände sind kaum wahrnehmbar. Das merkt man daran, dass der Mensch Ausreden und Lügen benutzt. Die Konfrontation wird vermieden, er läuft einfach davon. Stellt man sich jedoch der Herausforderung, öffnen sich neue Wege. Die sind meist gar nicht so schwierig, wie sie anfangs aussehen. Es lohnt sich also, den Weg des geringsten Widerstands zu verlassen.«

»Und, habe ich die richtigen Impulse gesendet?«

»Mal sehen. Clara hat sich gegen Verbote durchgesetzt. Sie hat Mut aufgebracht, um Klärungen herbeizuführen.

Sie hat ihre Chancen genutzt. Es ist dabei egal, ob sie immer erfolgreich war. Ich finde, du hast deine Sache gut gemacht. Clara ist zufrieden mit sich.«

Ich freue mich über ihr Lob und tippe auf den nächsten Punkt. »Verlasse den Weg, es anderen recht machen zu wollen. – Ist ihr gelungen. Vor allen Dingen übernimmt sie Verantwortung für ihr Glück.«

Frau Niefried nickt und weist auf den letzten Satz: »Sorge für dich, dann sorgst du gleichzeitig für alle um dich herum. – Siehst du, was es bewirkt, wenn Clara für sich selbst sorgt? Von praktischer Hilfe und positiver Ausstrahlung mal abgesehen, bewegt sie andere zum Nachdenken, zum Anschauen der eigenen Widerstände und zur Veränderung. Und was ist automatisch noch passiert, Sonnenseelchen?«

Ich zucke mit meinen lichthellen Schultern.

»Denk an deine Zeit vor der Beseelung!«

»Daran kann ich mich nicht erinnern«, gebe ich zu.

Frau Niefried greift sich an die Stirn. »Ach ja, die Pforte des Vergessens! Du bist ohne Erinnerungen hindurch gerauscht. Nun, das war so. Während deines letzten Erdenlebens hast du dein Selbstvertrauen verloren. In diesem Leben hast du es zurückgewonnen.«

Ich schaue sie verwirrt an. »Wie habe ich denn mein Selbstvertrauen verloren?«

»Du konntest deinen Menschen nicht mehr erreichen mit deiner Liebe und deiner Intuition. Claire Sue nannte sie sich seinerzeit. Ihr Mann hat sie sitzenlassen, weil sie ihm zu aufmüpfig war. Ihr Bekannter starb bei einer Schießerei. Wirklich schade. Vielleicht hätte sie sich in ihn verliebt. Aber das Leben spielte eine andere Melodie. Claire Sue ordnete sich unter und resignierte«, resümiert Frau Niefried.

Ich glaube, ich schaue komplett verständnislos aus meinem Seelenkleid. Mein Mund steht offen, Worte bringe ich derzeit eh nicht heraus.

»Dies war deine Aufgabe für dieses Leben, Sonnenseelchen«, redet Frau Niefried munter weiter. »Gib deinem Menschen sein Selbstvertrauen zurück. Und meine Aufgabe war es, dranzubleiben, um dich – sagen wir – in der Spur zu halten.«

In mir keimt eine verschwommene Ahnung auf. Eine Frage fällt mir ein. »Du hast die Pforte des Vergessens erwähnt. Wie kommt es, dass du nichts vergessen hast?«

»An diesem Tor hat jede Seele die Wahl zwischen Vergessen und Erinnern. Wer sich mit dem Seelenstrom mitreißen lässt, vergisst für gewöhnlich. Das ist nicht schlimm. Der Strom entscheidet sich automatisch für den lernenden Weg. Vergessen ist wichtig, damit sich Seelen nicht mit alten, überholten Vorstellungen aufhalten. Ich habe mich für das Erinnern entschieden und den helfenden Weg gewählt. Ich wurde schwarz, um dich aus dem Verborgenen zu erinnern, was es alles zu bearbeiten gibt. Macht mir, ehrlich gesagt, mehr Spaß.« Wieder lächelt sie und zeigt ihre unwiderstehliche weiße Zahnreihe.

»Kanntest du mich bereits, als ich noch …?«, frage ich und gerate ins Grübeln.

»… durchs Universum zogst«, vervollständigt Frau Niefried meinen Satz. »Schon seit Urzeiten kenne ich dich. Aber du wirst mich immer aufs Neue vergessen.«

Erschrocken schaue ich sie an.

»Ach, komm in meine Arme, Sonnenseelchen! Hauptsache, ich vergesse dich nicht. Im letzten Leben bist du mir entglitten. Diesmal bin ich drangeblieben!« Frau Niefried zieht mich an sich.

Mir wird ganz warm in ihren Armen.

»Was treibt ihr hier?«, unterbricht uns Prio.

Zusammen mit den anderen beiden ist sie lautlos zu uns geschwebt. Ungewöhnlich leise warten sie im Hintergrund. In ihren Gesichtern erkenne ich die gleiche Besorgnis wie bei mir.

Urtana reicht mir einen Schal. »Den habe ich endlich fertiggekriegt.« Das Wort Vertrauen prangt mittendrin.

»Und, da ich eine gute Beobachterin bin, habe ich einen weiteren gestrickt!«, erklärt sie stolz und wedelt mit einem grauen Teil vor meiner Nase herum.

»Selbstvertrauen«, lese ich vor und nicke. »Obendrein haben wir Claras erste zwanzig Lebensjahre mit Mut, Ehrlichkeit, Offenheit und Vertrauen ins Leben bereichert.«

Frau Niefried klopft Urtana auf die Schulter. »Gut gemacht, du fleißiger Strickgeist. Du wirst weiterhin viel zu tun bekommen. Neue Schals müssen gestrickt, alte vernichtet werden. Ihr alle begleitet Clara ein Leben lang.«

»Mit neuen Pflichten und Verlässlichkeit«, wendet sie sich an Prio.

»Mit Gelassenheit, Freundlichkeit und Balance«, sagt sie zu Harmonia.

»Mit Urteilsvermögen und Entscheidungsfreude«, teilt sie Urtana mit.

»Gemeinsam mit Sonnenseele, Mutter Herz und Vater Verstand weist ihr Clara den Weg.«

Ich ziehe sie an ihrem schwarzen Kleid, sodass sie sich zu mir umdreht.

»Was wird aus dir, Frau Niefried?«

»Ja, was wird aus dir?«, schließen sich die inneren Stimmen an.

Frau Niefried betrachtet die Drei. Ihr Blick ist warm und dennoch ernst. »Sonnenseele ist ein Teil von mir und ich von ihr. Als Licht und Schatten bilden wir eine Einheit. Wir verleihen dem Menschen Energie und Durchsetzungskraft, um vertrauensvoll durch ein Leben zu gehen. Wenn eine Sonnenseele Grauschleier bildet, heißt das, dass sie sich zu sehr den Umständen angepasst hat. Das passiert beispielsweise, wenn sie auf die Stimmen des Egos hört, auf euch, ihr Kinder von Vater Verstand. Meine Aufgabe ist es, Sonnenseelchen daran zu erinnern, dass sie der Kompass im Leben eines Menschen ist.«

»Es gibt tatsächlich zwei Seelen in Claras Brust«, höre ich Vater Verstand seufzen. »Ich fasse es nicht.«

»So ist es, lieber Gatte Verstand«, spricht Mutter Herz. »Sieh es mal so: Die Sonnenseele ist der Kapitän an Bord eines Schiffes, während die Dunkelseele der Steuermann ist. Der Kapitän gibt den Kurs vor, die Dunkelseele korrigiert und steuert, um den Kurs zu halten.«

Ich ziehe meinen Steuermann dichter an mich heran, schließe die Augen und lege meinen Kopf auf Frau Niefrieds Schulter. Um mich herum höre ich die Verstandeskinder »Oh!« und »Ah!« rufen, als ob sie einem Silvesterfeuerwerk zusehen. Allerdings wird dies begleitet von vielfachem Schluchzen und Schniefen.

Als ich die Augen öffne, sehe ich es. Ich leuchte! Mein Kleid, mein wunderschönes, lichthelles Kleid, leuchtet, dass sogar Sirius vor Neid erblassen würde.

Frau Niefried jedoch löst sich in meinen Armen auf. Ich halte sie fest, aber sie verschwindet durch meine Finger. Während ich entsetzt zusehe, wie ihr Schwarz langsam verblasst, grinst sich mich ein letztes Mal mit ihren weißen, rund anmutenden Zähnchen an.

»Wir haben uns doch gerade erst angefreundet!«, jammere ich. »Bitte bleib! Du musst mir die ganze Erdengeschichte von Claire Sue erzählen. Warum ich sie nicht erreichen konnte und so weiter.«

»Keine Angst, Sonnenseelchen!«, antwortet sie, bevor ihre Konturen mit meinem Kleid verschmelzen. »Du bist eine selbstbewusste Seelenführerin. Clara hat ihr Selbstvertrauen durch dich zurückgewonnen. Es ist besser, wenn du nicht zu viel weißt. Vielleicht war es nicht das Selbstvertrauen, das Claire Sue damals verloren hat. Sondern eher das Gefühl, nichts bewirkt und damit nichts Gutes, Bleibendes in der Welt hinterlassen zu haben. Und das schmerzt.«

»Werde ich dich wiedersehen?«, frage ich traurig.

»Natürlich! Es folgen noch viele weitere Lebensabschnitte. Clara hat ein ganzes Leben vor sich. Ich lasse dir meine Geschenke hier. Pflege sie gut.«

Frau Niefried ist vollständig mit meinem Kleid verschmolzen. Dieses Mal geistern keine grauschwarzen Nebelschwaden durch das Gewand. Geblieben ist ein reines, strahlendes Licht.

»Ich werde dranbleiben!«, rauscht es durch die Kleider-
falten.

Ich schaue die wehmütig dreinblickenden Verstandeskinder an. »Wenn Frau Niefried sich nicht eingemischt
und mich ständig mit diesen gruselgrauen Nebelfetzen
geärgert hätte, hätte ich mich vermutlich verkrochen.
Hätte zugesehen, wie Clara die Geschenke Mut, Offenheit, Ehrlichkeit, Selbstvertrauen und damit Vertrauen
ins Leben einfach liegen lässt. Das sind Frau Niefrieds
Geschenke, die Geschenke meiner dunklen Seelen-
schwester. Die müssen wir erhalten, meine lieben
Geisterfräulein. Da müssen wir dranbleiben.«

Wir schauen uns an, nicken uns zu, einstimmig und
feierlich.

Über die Autorin:

Die Hannoveraner Autorin Simone Gütte schreibt bereits seit frühester Jugend leidenschaftlich gern. 2014 erschienen zwei Frauenromane: »Louises Wege« und »Schattensprünge sind nicht die leichtesten« im Selfpublishing. Mit ihrem Mann, dem Jazzmusiker Andy Gütte, spielte sie 2017 die CD »WORT-KLÄNGE Musik & Geschichten« ein, eine Lesung eigener Texte mit Klaviermusik. 2018 veröffentlichte sie mit »Karmageister« einen Historical Fantasy Roman.
»Die Geschenke meiner dunklen Seele« ist ein Frauenroman, erzählt aus Sicht einer suchenden Seele, gewürzt mit einer Prise Humor und vielen psychologischen Häppchen.
Seit 2013 ist Simone Gütte Mitglied beim Bundesverband junger Autoren und Autorinnen e.V. (BVjA).

Mehr über die Autorin und ihre Bücher gibt es auf der Website https://www.simoneguette.com und auf Facebook: https://www.facebook.com/SimoneGuette/

Taschenbuch: 480 Seiten, 14,99 €, ISBN: 9783748150497
eBook: 6,99 €, ISBN-13: 9783748115298

Mitteldeutschland, anno 1525. Die 13-jährige Kaufmanns-
tochter Brunhilda verliert durch den Landsknecht Dederich
von Lohe ihre Mutter. Der abergläubische Raubritter fürchtet
sich vor Hexen, Flüchen und Weissagungen. Als ihm die Hebamme Berthe in die Hände fällt und diese ihr Leben mit einer
Prophezeiung retten will, überlegt Brunhilda, wie sie die Worte
nutzen könnte, um ihn mit seinen eigenen Ängsten zu ver-
nichten. – Siebzehn Jahre später: Der Schöpfer schickt ihr die
Karmageister zu Hilfe. Sie haben sich damals in Brunhildas
Schicksal eingemischt und einiges wiedergutzumachen. Nun
erhalten sie ihre zweite Chance, um der jungen Frau zu helfen.
Fragt sich nur, ob sie jetzt dafür bereit sind.